唐 詩 的 傳 承

——明代復古詩論研究

陳國球 著

臺灣學生書局 印行

"È Bëatrice quella che sì scorge
di bene in meglio, si subitamente
che l'atto suo per tempo non si sporge.

"...... che Bëatrice eclissò ne l'oblio.
Non le dispiacque, ma sì se ne rise,
che lo splendor de li occhi suoi ridenti
mia mente unita in più cose divise."

——*Paradiso, X*

陳　序

近年來，文學史和文學批評史的寫作，在中國一般都以能排比作者生平及提供範例爲能事。由於受到孟子＂知人論世＂的說法及近代文藝思想的影響，作者和作品的社會背景便成爲討論的焦點。這樣便產生了從作品勾畫出的社會狀況，又回頭用來討論作品的循環（ circularity ）現象（ Crane, p. 56 ）。這種現象就使＂文學或流爲歷史的被動的反映，或只成了一般社會生活趨勢的例證＂（周寧、金元浦，頁三五〇）。此外，有些文學史家對所討論範圍之內的作家和作品都很少加以研究，於是出現了陳陳相因，轉相剽襲的現象。

在西方，近數十年來，新的文學理論風起雲湧，層出不窮，各執一端，言之成理。其中有一個說法是作者已死。它認爲探索作者生平及作者意圖是徒勞無功的。從這一點引申出去，作品的意義（或生命）純粹是由讀者的閱讀過程產生。此外，對於寫作文學史這一個問題，也曾有過各種不同的意見。韋勒克（ René Wellek ）和沃倫（ Austin Warren ）在《文學論》（ *Theory of Literature* ）中有下面幾段說話：

> 我們必須承認大多數的文學史如果不是社會史便是用文學作說明的思想史，再不然便是順着時代排列的某些特定作

品的印象和批評。（頁四二五）

文學不應該被認為只是人類政治、社會，甚至智識發展的被動的反應或複本。由是之故，文學的時代劃分應該以純文學的標準來建立。（頁四四五至四四六）

以作者的＂意圖＂作為文學史所固有的題目，這整個的想法似乎是非常錯誤的。一部文藝作品的意義既非意圖所能盡，也不是與作家的意圖相等的東西。它作為一個價值系統，是有着它自己的生命。一件藝術作品的意義不可能只用它對作者和作者同時代的人的意義來決定。它毋寧說是一種增添過程，也就是說歷來許多讀者對它所作的批評之歷史的產物。（頁六五）

如果我們能真正重新建立哈姆雷特一劇對現代觀眾的意義，那我們將只是損害了它。我們會妨害後一代人在哈姆雷特中找到的正確意義。我們將阻止一種新的詮釋的可能性。這並不是可以任意作主觀的曲解：＂正確的＂和引入歧途的解釋之間不同的困難仍將存在，並且在每一種特定的情形下各需一個解決方法，歷史學者對僅僅以我們這一時代的看法去判斷一件藝術品將不會滿意的，那看法是當今批評家的特權，他用現在的風格和潮流的需要來重新估計過去。但是他可能更會得益於從第三度時間——超出他本身的時代和作者的時代——去看一件藝術品，或者綜觀一件作品的整個詮釋和批評的歷史，這將會作為這作品整個意義的指引。（頁六六）

而托馬舍夫斯基（ Boris Tomaševskij ）也指出：這是讀者對
於藝術家的人格根本沒有興趣的時代，只有出現了創作的個性化
問題時，作者的名字與人格才在我們感知中起作用（周寧、金元
浦，頁二九八、三一九）。

當陳國球最初接觸到這些見解時，深表贊同，便更進一步探
研布拉格學派（ Prague School ）的伏廸契卡（ Felix Vodič-
ka）（ 或譯伏狄卡）的文學史理論，寫成＜文學結構的生成、演
化與接受＞一文，刊於《中外文學》（後收入《鏡花水月》）。
他對文學史理論的掌握便相當的穩固。他對這段經歷曾這樣說過：

> 由研究胡應麟的詩史觀開始，引起了我對文學史理論研究
> 的興趣，花了好些時間看Lovejoy的意念史（ history of
> ideas ）理論；看得更多的是Wellek的文學史理論；由美
> 國時期的Wellek追踪到布拉格學派時期的Wellek，看他如
> 何參與當時的文學史論爭，由此又追踪到Mukařovský以
> 至Vodička的文學史理論，於是寫成了＜文學結構的生成、
> 演化與接受＞一篇文章。回顧這段「遊學」的歷程，也覺
> 得有點出乎意料之外。（《鏡花水月》自序）

同時他又進行寫作這篇論文。這正合乎姚斯（Hans　Robert
Jauss ）和加達默（ Hans-Georg Gadamar ）的

理解──闡釋──應用

三部曲（周寧、金元浦，頁一七六、三一九）。

在這本書裏，國球首先指出明代反宋詩的風尙（伏廸契卡說：在包括時間、地點或社會條件的環境改變時，整個作品的結構也隨之具有了新特點。因而，這種具體化概念相應更加完備，足以解釋經驗觀察到的趣味的相異與個別本文或整個標準的盛衰興亡〔周寧、金元浦，頁三一五〕）和恢復唐詩的＂興象風神＂（胡應麟語，詳參《胡應麟詩論研究》）的意向。這說明了同一作品在不同時代有不同接受的情況。所以姚斯說：

> 一部文學作品並不是一個自身獨立、向每一時代的每一讀者均提供同樣的觀點的客體。（周寧、金元浦，頁二六）

穆卡洛夫斯基（ Jan Mukařovský ）也說過：＂藝術標準並非一成不變的、永恆的構成物。＂（同書，頁三一三）又說：＂藝術標準的建立，藝術作品的評價，以及藝術在特定社會中的相應的功能，決不能脫離藝術從中產生的環境、分配的可能性、以及與市場狀況有關的各種因素。＂（頁三一四）

陳國球在闡釋＂唐有其古詩而無古詩＂這句悖論（ paradox ）時，他就指出當時的作者是要揣摩古代作品的神味的。

> 漢魏人詩，本乎情興，學者專習凝領，而神與境會，即情興所至。（許學夷語）

當然，這是難乎其難的。因此，明代作者希望能找出一些作品可以作爲範例，以作他們寫作的鵠的。於是，就有所謂"正典化"
(canonization) 的情況出現。作者希望通過揣摩這些範例，便
能夠達到文學的最高境界。爲了找尋最佳範例，他們便得審視往
昔的作品，於是對文學史有了新的認識。譬如①文類的演變，②
本色論，③分期論等。這幾點都和西方理論互相呼應。關於第一
點文類的演變，許學夷說："秦漢四子各極其至；漢魏、李杜亦
各極其至焉。何則？時代不同也。"顧炎武說："詩文之所以代
變，有不得不變者。一代之文，沿襲已久，不容人人皆道此
語。"王國維說："蓋文體通行旣久，染指遂多，自成習套；豪
傑之士，亦難於其中自出新意，故遁而作他體以自解脫。一切文
體所以始盛中衰者，皆由於此。"許、王的說法近乎俄國形式主
義 (Russian formalism) 的陌生化 (defamiliarization) 主
張；而顧說則和蒂尼亞諾夫 (Jurij Tynjanov) 的看法相似：
"文學史的延續可以看作是一個主因群 (處於特定作品或特定階
段的前景中的某一因素或因素組) 被另一個主因羣不斷取代的過
程。被取代了的主因羣並不從系統中全然消失：它們退入背景中，
日後以一種新的方式重新出現。"(周寧、金元浦，頁二九九至
三〇〇) 史拉文斯基 (Janusz Slawinski) 也說："一個本來
以抄本形式在作者友朋間流傳的文本，日後可能成爲該國文學的
典範 (案當指《紅樓夢》而言)。一個被當時揚棄及遺忘的有革
新性的特異作品，可能在另一個時代成爲學校課程的一個項目。
平民的作品，經過了一段時間，會成爲精英文學的一部分。高雅
的作品，亦會被貶爲有代表性的糟粕 (案當指漢賦一類的作
品)。"(" Reading and Reader in the Literary Histori-

cal Process," p.527)

至於本色論，國球在《胡應麟詩論研究》中已詳加討論；分期論亦然。本書中有關高棅《唐詩品彙》及其他選本的討論也觸及到分期問題。韋勒克、沃倫說過這樣的話：

> 我們應該很清楚地瞭解時代並非一個典型或抽象的類別，或一系列等級的概念，而是依據〔基準〕構成的整個體系——並不表示任何藝術作品的全部形態都在這體系上——所支配的時代區別。時代的歷史，是成立於一個〔基準〕體系轉變為另一體系的探索之中。因此，一個時代是一段具有某種統一性的時間，而這統一性顯然只是相對的。
>
> （頁四四七）

國球在本書論點的組織，也暗合伏廸契卡對文學史的要求：

①重建所討論時期的文學——作為經常被評價的客體的作品——和它的等級性的文學價值。

②研讀古今文學作品的具體化。卽是研究在某一參考框架中這些作品如何具體化。（關於 " 具體化 " 一詞的意義，可參考《鏡花水月》。）

③研究一個作品在文學或非文學的領域內它的效果。（參考 <對語言藝術的回應> 〔"Response to Verbal Art"〕, in *Semiotics of Art : Prague School Contributions*。）

因此，我們可以說，這本書就是國球對文學史理論實踐的成果。

　　中國以往的作家／批評家對文學所提出的看法，多失之零碎，及無系統。國球在《胡應麟詩論研究》和本書中對前人的議論能條分縷析，突顯其中特出之處，進而加以系統性的歸納，眞可謂＂發潛德之幽光＂，對學術界的貢獻實非俗學之士所能夠比擬的。最主要的是他能洋爲中用，全無入主出奴的見解，所以他的析述很能令人信服。固然，文學史的著作實在是一種詮釋的行爲，免不掉個人的見解（或許是偏見）的存在。赫奇（E. D. Hirsch, Jr. ）曾指出：

　　　　某一作品或某一個人的作用不能與其發生着影響的歷史分割開來，或者說與決定我們的評價和受評價影響的社會條件分割開來；而且還證明了：我們對于過去的個人的判斷，有賴于其現象學形式，有賴于他們出現在我們面前的方式，而並非他們現在或過去的本質。（周寧、金元浦，頁三三〇）

不過，正如加達默所說，文學史是個人視野和歷史視野的熔合（ fusion of horizons）（同書，頁三二三、三四七），也就是＂文學的歷史性準確地揭示了歷時性與共時性的交接點＂（同書，三四八）。這本書正可見出國球的個人學養和學術能力。這也是本書原本作爲博士論文的主要目的。

　　國球在這十年來向我問學，對我來說，頗得教學相長的益處。現在他能別闢蹊徑，卓然有成。欣喜之餘，便以這篇序言作爲對他的獎勉。

陳炳良　一九八九年九月三十日
於港大中文系

本文引用書目：

王夢鷗、許國衡譯：《文學論》（台北：志文，一九七九）

周寧、金元浦譯：《接受美學與接受理論》（瀋陽：遼寧人民，一九八七）

陳國球：《胡應麟詩論研究》（香港：華風，一九八六）；《鏡花水月──文學理論批評論文集》（台北：東大，一九八七）

Crane, R. S., *Critical and Historical Principles of Literary History* (Chicago：The University of Chicago Press, 1971).

Matejka, Ladislav and Irwin R. Titunik, *Semiotics of Art : Prague School Contributions* (Cambridge：The MIT Press, 1976).

Slawinski, Janusz, Reading and Reader in the Literary Historical Process," *New Literary History* 19：3 (Spring, 1988), pp. 521-539.

黃　序

　　對古代文論著作，現代人所能採取的閱讀方式，當然不必拘於一格。"古代文論"是個現代概念，指涉所及，姑不談實質內容，只言其文章體裁，便包含寬廣，詩賦書序，俱爲所用，論說正體，僅居一席；若《文心雕龍》之近子書且結構整然者，反繼紹罕覯。詩話則以隨筆雜談始，衍爲大國，著述之家且有托體於斯；如胡應麟《詩藪》、許學夷《詩源辯體》，雖不以詩話署其書，論述亦比一般詩話整飭，畢竟短章連綴，仍與《文心》或子書有異，更不能合於今人學術論著的格局了。

　　中國古代文論採取這種表述方式，既與古人思維方法密不可分，更與思維的內容互相制約，同時也與述者受者、述說目的，大有關係。今人閱讀古代文論，固然可以盡量追擬傳統的閱讀方式，遊於藝而會於心；但現代人，尤其是現代"學者"的"研究"取向，則主要是知性的認識探討，資以表述的是邏輯論辯的語言，須涉理路，須落言詮，須顯系統。善用現代思想方法及理論範式，閱讀詮解，再以現代學術"話語"方式表達，訴諸現代人的理性思維。

　　表面看來，似乎不過把古人話語"轉譯"成現代話語，但此中複雜的關係，恐怕超過本世紀從事古代文論的第一代學者之料想所及。他們當年借鑑於西方的文藝學方法，在西方近數十年已有突破性的進展。例如結構主義、接受美學，所涉不僅文學理論、文學批評理論，且涉及文學史理論、批評史理論等，都可作今日研究的他山之石。而闡釋學所探討的讀解問題與古今彼我的複雜關係、與理解的歷史性，也能爲今人對古典採取某種解讀方式時，提供反思的途徑。借鑑當然不等於攀附，主要幫助向研究對象本身深入。把中國文論作爲學術研究對象，成果一方面須賴前後學者工夫的累積，一方面要求每代學者思路的突進。

這本《唐詩的傳承——明代復古詩論研究》，便既見工夫的累積，又見思路的突進。此書以明代“復古派”詩論爲研究對象，所據的典籍包括明人的詩話體著作與元明的唐詩選本及其他篇章。關於明人詩話及詩文理論研究，學術界一向注意不足，尚幸近年稍有推展，且開始破除成見，不因明人創作成績之高下遽定其理論批評之是非，從而平心細讀其評論著作，包括讀出其潛在系統結構，把古人“弱義”的理論表述，轉繹爲概念確切，理路分明的“強義”的理論表述。本書作者便沿此繼續用功。而本書所研究的明人著作，其理論表述已不乏由“弱義”漸趨“強義”的，所以說來多見妥貼允當；但落實於現代學術語言的表述，仍須下一番勾稽提挈，鎔裁整合的功夫。

明人論詩，特重辨體明法，其破立與奪，縱挾門戶之見，亦多有理據可尋。表而出之，雖繁複卻非困難。困難在能否讀出其深層意義。辨體明法，原來用意主要指導寫作。今人研究，則要把此類以“創作論”爲中心展開的理論結構從表層突入深層，又不能牽強附會，無中生有。國球兄在這方面之創獲，固然因爲所治的《詩藪》《詩源辯體》《唐音癸籤》諸家，從創作論轉移到統緒流別，傾向宛然可尋；而國球兄之具眼看出他們對詩史的建

構，抉發其" 文學史意識 "，蓋由於善能借鑑西方近年有關文學
史理論及文學接受理論的思考成果。

　　此書題目《唐詩的傳承》，" 傳承 " 一詞甚雅，但意義似不
如書名自譯爲 " The Reception of Tang Poetry in Ming
Neo-Classical Criticism " 所用 reception 一詞顯豁。這個標
志當代西方文論一大家派，通譯爲 " 接受 " 的詞語，也點出此書
着眼之所在與方法論上的特色。此書着眼於明代 " 復古派 "（譯
作 Neo-Classicist，正與此書研究所得的評價相侔，也較現代
漢語 " 復古派 " 一詞內涵明確）如何 " 接受 " 唐詩，如何辨體明
法，形成 " 正典 "，進而揭示明人對詩史之建構及 " 基準 " 之確
立。於是文學批評與文學史兩個方面的研究，縮結起來，從而把
整個文學研究提升到較高的層次。國球兄前此已著有《胡應麟詩
論研究》一書，初步開出上達之途。另作＜文學結構的生成、演
化與接受——伏迪契卡的文學史理論＞一文，功在引介，拈出金
針。針法初施於《詩藪》，復以豐厚的國學修養，調整針法的運
用，研閱窮照，《唐詩的傳承》出，逐漸泯初繡之痕，頗見全幅
之美了。

　　因之此書並不以比較文學或比較文論標榜，而實收 " 視界融
會 "（ Horizontverschmelzung ）之功。中國與西方視界，
現代與明代視界，融而會之，以觀明人視界與唐人視界融會產生
的理論姿采；董理出之，以成現代規格的學術論著。作爲國學著
述，研究成果之高下，當然也應在其 " 本業 " 的參照系中論定。
能否於明人詩論，原迹明心，得其實情，正是得失關鍵所在。我
以爲此書成功率很高，尤其在對五言 " 古詩 " 與 " 唐古 " 問題之

分疏，直能勾出明人一段苦心。但此書的貢獻不僅在個別論點之
證立，且在整體格局之調遣。這爲中國文論研究方法的多元化開
展，又提供一項可行的示例。

黃　繼　持　庚午初夏
於香港中文大學

唐詩的傳承——明代復古詩論研究 目　次

第一章 序　　論

第一節　文學批評與文學史研究

　　有關文學的研究，可以簡單地分兩大類：文學史與文學批評。前者從歷時（diachronic）的角度探索文學的發展和變化；後者主要是靜態的探討，包括文學理論的研究和具體作品的批評。韋力克（René Wellek）等認爲應該分畫成：文學理論（literary theory）、文學批評（literary criticism）和文學史（literary history）。文學批評在此是指具體文學作品的批評，或稱作實際批評（practical criticism）；文學理論則指文學本質、功能、分類等理論的探究❶。劉若愚在《中國文學理論》一書的《導論》中，提出先分畫文學的研究和文學批評的研究兩個範疇，然後再作進一步的區分。我們將他的分畫稍加約化，列成下表❷：

I、文學的研究（study of literature）

　A.文學史

　B.文學批評

　　1.文學的理論研究

　　2.實際批評

II、文學批評的研究（ study of criticism ）

A. 文學批評史

B. 文學批評的批評

1. 文學批評的理論研究

2. 文學批評的批評

這個表看來真的能夠將有關文學的種種研究都包括在內。例如劉
大杰的《中國文學發展史》和郭紹虞的《中國文學批評史》當然
是 IA 和 IIA 的研究。無論今人評賞李白、杜甫詩，或鍾嶸《詩
品》品第五言詩人都是IB2的活動。而曹丕說的＂文章經國之大
業，不朽之盛事＂與劉勰說的＂一觀位體，二觀置辭，三觀通變，
四觀奇正，五觀事義，六觀宮商＂❸，則分屬IB1及ⅠIB1項。
ⅠIB2項則指對鍾嶸、嚴羽的文學批評所作的詮釋、評價等研究。
每種研究活動似乎都可分派入表中各項之下。

　　然而我們必需了解，這些區分只是從傳統的作家與作品為本
的視角（ perspective ）所作的觀念或邏輯的界畫；如果視角一
旦改變，以上各項文學研究活動就不能按照上列的架構清楚地釐
分，很多項目要重新歸類或併合了。這裡所指的另一視角是指近
年有相當蓬勃發展的一種文學史理論所帶來的文學研究新觀點。

　　傳統的文學研究重點在於作家和作品，主要研究作家在甚麼
情況下寫成作品，其作品又有甚麼風格特色。無論文學批評或文
學史都以作品的完成為研究的終點。不過，對於大多數人來說，
文學之有價值不在創製過程而在閱讀過程；作品寫成後如果未經
閱讀，就好像未曾演奏過的琴譜一樣，不能引發美感經驗。捷克

布拉格學派理論家伏迪契卡（Felix Vodička, 1909-1974 ）提出的文學史理論就特別指出，文學活動並不在文學作品寫定時或排印好就停止。作家完成的只是一件 " 文藝製成品 "（ artefact ），這件製成品要經讀者以審美的眼光去閱讀，使之轉化成審美客體（ aesthetic object ），然後才有眞正的 " 文學生命 "（ liter-ary life ）。因此他認爲文學史應該包括文學作品在當代以至後世如何被接受承納，才算完備。但閱讀文學作品是非常個人化的活動，每個人都可能因先天的稟賦，或後天環境的影響，而產生不同的閱讀經驗。爲了避免 " 無政府主義 " 的狀態，伏迪契卡認爲個別讀者的主觀印象或短暫反應，不是文學史研究的重點；文學史家應該注意的是整個時代對各種文學現象（ 包括當代面世或者往代流傳下來的作品 ）的看法。這些看法的集中表現就是當時的文學基準（ literary norm ）。要重建這些基準，可以通過考查當時的主導文學理論，批評家的評論意見，當世的文學正典（ literary canon，卽經常被閱讀或批評，保持著文學生命的作品系列 ），以及文學選本中最常登錄的作品，並分析其構成因素。在這個層面而言，文學批評和文學史這兩個範疇就已經融合爲一了。甚至文學創作活動，亦可以從讀者接受作品的層面去理解，因爲作家面對文學傳統，無可避免地受閱讀以往作品的經驗的正負面影響，從而受其規限或激發，作出迴避、抗衡、融匯或發揚等相應的創作行動。這種文學史理論擴大了文學史研究的範圍，也提醒我們注意文學作品在後世的傳承❹。

　　本書的主題是明代復古詩論。如果依照劉若愚的架構，其中對李夢陽、王世貞等人的詩評的探討便屬於ⅡB2項：文學批評的批評；然而在處理有關的資料時，本書主要從復古詩論的發展角度著眼，因此又可算是ⅡA項文學批評史一個段落的研究。文中要考察詩論家的批評活動，因此他們所留存屬於IB1和IB2項的理論和批評便是整理分析的重要素材。如果依著這個架構去思考，本書的研究方向只能作出以上的分解；然而，這個分解活動似乎還未能將全書的意向和目標解釋清楚。因此有必要從另一個角度作補充。

明代復古詩論最顯著的特點是回顧傳統。復古詩論家希望在創作的整體成就方面攀及古代詩歌的盛世，於是要學習古代的詩人詩作。他們的批評活動基本上是試圖整理一套值得學習的典範，而不是單純的作品詮釋和鑒賞。傳統的詩歌盛世之中又以各種詩體都發展成熟的唐代最受他們注目。他們希望對唐詩有最充分、最深廣的認識，因此，他們怎樣閱讀唐詩，或者說，唐詩在明代被接受承納的過程，當然是研究明代復古詩論所不能忽略的重點。另一方面，復古派是明代文學的主流，復古詩論對唐詩的探討分析然後作出評騭取捨，又直接影響到這些身兼詩人與批評家兩重身分的復古派中人的創作基準，故此復古詩論研究必然關涉到文學史的多個部門。職是之故，本書可說是＂文學批評＂或＂文學批評史＂的一個段落的研究，也是＂文學史＂的一個重要環節的研究。再者，最富興味的是，經過本書的探索辨析，我們會發覺復古詩論因為經常以一種歷時的觀念去掌握唐詩、認識唐詩，於是他們的諸種閱讀評析，漸漸引向一條文學史研究的道路，復古詩論家自己居然成為文學史的編撰者，成為文學史家。

在申述過本書的意向和目標之後，接著想簡單的介紹本書
預備討論的重點。

本章下一節先簡述復古詩論在明代的興起和發展、其中的代
表人物及著作。

第二章從"宋人主理"這一個命題出發，檢討宋詩不被復古
派歡迎的原因，並探索明代主理詩風與各期復古詩論的關係，從
而了解前中期復古運動的背景，以及復古派尊尚唐詩的基礎。

第三、四兩章主要探討唐詩在復古詩論中的傳承。在古典詩
的各種體裁當中，本書選取七言律詩及五言古詩作爲詳細析論
的兩個樣本，因爲這兩種詩體各有其值得特別注意的地方。七言
律詩面世最晚，到唐代才算完全成熟，然而在後世的應用度卻
日益增加；明代文壇中的應酬唱和，亦多選用七律體，因此引來
最多的關注和討論，甚至視爲最難的律體。五言古詩的情況剛剛
相反。這種體裁在唐代以前已有長時間的發展，復古派甚至認爲
古詩在兩漢已造極峰。故此唐代五古詩與漢魏古詩之間的關係對
照也就成爲了解復古派承納詩歌傳統的複雜心態的最佳視角。三、
四兩章分別採用不同的處理手法，探視復古派對這兩體唐詩的看
法。第三章縱論復古詩論家心中的七律的"正典"範式或範圍；
第四章主要討論他們如何從唐代五古與漢魏古詩的對照中爲"唐
體古詩"定位。

第五章以影響復古詩論的幾個唐詩選本爲探討對象，嘗試剖
析這些選本與復古詩論發展的相應關係，尤其對復古派的文學史
意識突顯的助力。

最後一章先簡略檢討復古派尊唐詩與他們創作的關係，以說

明復古詩論成就不必在預設的目標——攀及詩歌的盛世，而在因爲"學古"而"識古"的過程——對詩史傳統作出梳理綜合；然後再補充解釋復古詩論的文學史意識的發展；最後再就全書作出總結。

第二節　明代的復古詩論

"復古"可說是明代文學的主潮，由國初到末世，主張"復古"的議論層出不窮。即使站在復古派對立面的公安三袁也曾說：

> 夫復古是已！
> 有縉紳先生倡復古，用以捄近代固陋繁蕪之習，未爲不可。❺

只不過不滿"句比字擬"、"剿襲格套"的寫作方法而已。我們當然不能脫離上下文的語境，光憑以上所摘引的片言隻語就將他們畫爲復古派的附從者，但起碼可以見到復古思想的深入人心。

事實上，早在明初的宋濂，於《答章秀才論詩書》中就主張"師古"，說：

> 詩之格力崇卑，固若隨世而變遷，然謂其皆不相師可乎？

又批評一些"師心"的主張：

> 近來學者類多自高，操觚未能成章，輒闊視前古爲無物，且

揚言曰：曹、劉、李、杜、蘇、黃諸作雖佳，不必師；吾即師，師吾心耳。故其所作往往猖狂無倫，以揚沙走石為豪，而不復知有純和沖粹之意。可勝歎哉！可勝歎哉！❻

劉基《照玄上人序》也批評時人說：

為詩者莫不以哦風月弄花鳥為能事，取則於達官貴人，而不師古。❼

他們的正面意見當然是要師法古人。在主張師古的同時，我們又可以見到不少論詩尊唐的言論；如王褘《張仲簡詩序》說：

《三百篇》尚矣，秦漢以下，詩莫盛於唐。❽

貝瓊《乾坤清氣集序》說：

詩盛於唐，尚矣！❾

閩中十子的領袖林鴻認為：

李唐作者，可謂大成，……開元天寶間，神秀聲律，粲然大備，故學者當以是楷式。❿

與林鴻同屬閩中十子的高棅，因為編有《唐詩品彙》和《唐詩正

聲》等選本,對明代中葉以後的詩論有極大的影響,所以更值得
注意。

　　高棅（1350—1423）,又名廷禮,字彥恢,號"漫士"。
福建長樂人。明永樂元年（1403）以布衣召爲翰林待詔,後升
爲典籍。著有《嘯臺集》、《木天清氣集》。年七十四卒❶。高
棅未仕之前,與林鴻等人提倡唐詩,窮十餘年之力,編成《唐詩
品彙》九十卷,《唐詩拾遺》十卷,"以爲學唐詩者之門徑",
晚年再就《品彙》六千首唐詩中精選九百餘首,編成《唐詩正
聲》,以方便學者❷。高棅選本在嘉靖（1522—1566）以後
非常流行,其中所蘊含的文學史意識對復古詩論有很大的推動作
用❸。

　　永樂以後,文壇主要由館閣學士領導,所爲文章稱爲"臺閣
體"❹。由楊士奇、楊榮、楊溥等"三楊"以至李東陽,都先後
成爲文壇領袖。臺閣體的傳統詩風平正典實,譽之者說雍容典雅,
毀之者譏誚其靡弱呆滯。例如三楊中以楊士奇的文學成就最高❺,
王世貞就評他的詩說:

　　少師韻語妥協,聲度和平;如潦倒書生,雖復酬酢馴雅,無
　　復生氣。❻

胡應麟評述這段時期的詩風也說:

　　永樂以後諸子,變高（啓）、楊（基）者也。見謂汰尖纖而
　　就平實,其流也庸冗厭觀。❼

到後來李東陽繼掌臺閣，詩風開始有所轉變，如李夢陽在《徐子將適湖湘，余實戀戀難別，走筆長句，述一代文人之盛，兼寓祝望焉耳》一詩中說：

> 我師崛起楊與李，力挽一髮迴千鈞，天球銀甕世希絶，鰲掣鯨翻難具陳。 ⓲

楊是指楊一清，李是指李東陽；二人之中又以李東陽的聲譽較隆，影響較大。

李東陽（1447—1516），字賓之，號"西涯"。茶陵（今湖南省）人。位至宰輔，參預內閣機務凡十餘年；與此同時，他又注意"汲引人才"，"以詩文引後進"⓳。著有《懷麓堂集》，內有《懷麓堂詩話》一卷，凡 137 則。論詩意見，具見其中⓴。胡應麟說：

> 成化以還，詩道旁落，唐人風致，幾於盡隳。獨李文正才具宏通，格律嚴整，高步一時，興起李何，厥功甚偉。是時中晚、宋元諸調雜興，此老砥柱其間，故不易也。㉑

李東陽的詩和詩論可說代表了臺閣體到復古派之間詩風的變換。胡應麟認爲"興起李何"，王世貞也說：

> 長沙之於何李也，其陳涉之啓漢高乎！㉒

他論詩尊尚唐代,主張辨體,又注意探討詩歌的發展變化;這些意見與復古派的理論亦多吻合。雖然他因為"歷官館閣,四十年不出國門"❷,詩文及言論難免保留了相當的"臺閣"色彩❷。但我們討論復古派的詩論時,亦不能不連及《懷麓堂詩話》。

現代一般論著認為李夢陽、何景明復古運動主要針對臺閣體或李東陽❷,其實臺閣體的靡弱風格固然引起復古派的不滿,但兩者的對立情況還不算太尖銳。例如楊士奇本身就很尊尚唐詩。他在《題東里詩集序》說:

> 《國風》、《雅》、《頌》,詩之源也,下此為《楚辭》,為漢魏晉,為盛唐,如李、杜及高、岑、孟、韋諸家,皆詩正派,可以泝流而探源焉。

其《東里集·續集》的題跋中多有記載他讀唐詩的經驗。例如跋《唐詩雜錄》說:

> 右唐詩,昔余在武昌,蔣文恭攜《文苑英華》殘編一冊見過,遂令童子錄之,題曰"雜錄",謂其不純也。

又跋《唐律詩》說:

> 右唐詩十卷,皆近體七言,越人宋洵所編。余得之章尚文郎中。近體固盛於唐,然洵識下,非知詩者,此編可見已。❷

而李東陽更出入臺閣與復古之間。復古派所要抗衡的，還有當時的理學詩人，其中以陳獻章（1428—1500）和莊㫤（1437—1499）最有代表性。他們都很推崇宋代邵雍《擊壤集》，寫詩多以性理爲宗，與重"情"、重"興象"的復古派有很大的衝突。朱彝尊《明詩綜》說：

> 成弘間，詩道旁落，雜而多端。臺閣諸公，白草黃茅，紛蕪靡蔓，其可披沙而揀金者李文正、楊文襄也。理學諸公，《擊壤》打油，"觔升""樣子"，其可識曲而聽真者，陳白沙也。北地一呼，豪傑四應，信陽角之，迪功犄之；律以高廷禮詩品：浚川、華泉、東橋等為之"羽翼"，夢澤、西源等為之"接武"；"正變"則有少谷、太初；"傍流"則有子畏。霞蔚雲蒸，忽焉丕變。嗚呼盛哉！㉗

朱彝尊在這裡指出前期復古派崛起的背景，及其興起時聲勢之盛。雖然以李東陽、楊一清與陳獻章對舉有欠當之處，但點明了復古派實際面臨的形勢。所列的兩方面，其中理學詩風與復古詩論的宗旨距離更遠，但一般論者都較少觸及；本書第二章對這種風氣與復古詩論的關係再有討論。

　　朱彝尊又借用了高棅在《唐詩品彙》所設的品目㉘，描述當時復古運動風起雲湧的盛況。其中北地是李夢陽，信陽是何景明，迪功是徐禎卿，浚川即王廷相，華泉即邊貢，東橋即顧璘，夢澤即王廷陳，西源即薛蕙，少谷即鄭善夫，太初即孫一元，子畏即唐寅。參照高棅的條例，"傍流"的唐寅不算在內，其餘各人都可說是復古派中人。而這也是一般論著所講的"前七子"時期❷。
有關弘治（1488—1505）期間由李夢陽領導的復古運動的情
況，我們還可以參閱一些更早期的資料。李夢陽曾有《朝正倡和
詩跋》一文，其中說：

> 詩倡和莫盛於弘治，蓋其時古學漸興，士彬彬乎盛矣，此一
> 運會也。余時承乏郎署，所與倡和則揚州儲靜夫，趙叔鳴，
> 無錫錢世恩、陳嘉言、秦國聲，太原喬希大，宜興杭氏兄弟，
> 郴李貽教、何子元，慈谿楊名父，餘姚王伯安，濟南邊庭實；
> 其後又有丹陽殷文濟，蘇州都玄敬、徐昌穀，信陽何仲默；
> 其在南都則顧華玉、朱升之其尤也；諸在翰林者，以眾不敘。
> ❸

文中提到與李夢陽倡和，共襄"古學"的人物包括：儲巏、趙鶴、
錢榮、陳策、秦金、喬宇、杭濟、杭淮、李貽教、何孟春、楊子
器、王守仁、邊貢、殷文濟、都穆、徐禎卿、何景明、顧璘、朱
應登等❹。稍後的何良俊《四友齋叢說》又記載：

> 我朝文章，在弘治正德間可謂極盛，李空同、何大復，康滸
> 西、邊華泉、徐昌穀一時共相推轂，倡復古道。而南京王南
> 原、顧東橋，寶應朱凌溪則其流亞也，然諸人猶以吳音少之。
> 稍後則有亳州薛西原（蕙〔原注：下同〕）、祥符高子業（叔
> 嗣）、廣西戴時亮（欽）、沁水常明卿（倫）、河南左中川
> （國璣）、關中馬西玄（汝驥）諸人。薛西原規模大復，

……他如王庸之（教）、李川甫（濂），則空同門人；樊少南
（鵬）、戴仲鶡（冠）、孟望之（洋），則大復門人；譬之
孔門，其田子方、荀卿之流歟。❷

可見當時復古運動的浩大聲勢。一般人以"前七子"之名來說明
這段復古時期，實在不算準確。當時參與其事的人，只有康海在
《漢陂先生集序》中將現時被列作"前七子"的幾個人名連合：

我明文章之盛，莫極於弘治時，所以反古昔而變流靡者，惟
時有六人焉：北郡李獻吉、信陽何仲默、鄠杜王敬夫、儀封
王子衡、吳興徐昌穀、濟南邊庭實，金輝玉映，光照宇內，
而予亦幸竊附于諸公之間。……於是後之君子，言文與詩者，
先秦兩漢、漢魏盛唐，彬彬盈乎域中矣。❸

裡面剛巧提到李夢陽、何景明、王廷相、王九思、徐禎卿、邊貢、
康海七個人名。後來李開先在他寫的《何大復傳》中就正式稱這
些人為"弘德七子"❹。但當時還有許多不同組合的稱呼。如何
景明有《六子詩》，是指王九思、康海、何瑭、李夢陽、邊貢、
王尚絅六人❺；後來唐錡在《升庵長短句序》所說的"七子"卻
是李夢陽、何景明、鄭善夫、徐禎卿、薛蕙、孫一元❻。相與標
榜名目繁多，這是其時的風氣使然。許學夷《詩源辯體》就說過：

弘正諸子，觀諸家序列不同，則知李、何、徐、邊而外，初
無定名也。❼

因此，＂前七子＂的名目不能作準；論參與其中的，實在遠超七人，實際居領導地位的，則只有李夢陽、何景明等三數人❸。尤其李何二人，後來因爲論詩爭議，往返駁辯，在理論上的思慮就更加深入；因此本書以二人爲復古詩論前期的代表人物，其他復古派的言論則隨有關論題而徵引參證。

李夢陽（1472—1529），字獻吉，號＂空同子＂。慶陽（今甘肅省）人。弘治六年（1593）進士，官戶部主事、郎中，因代尚書韓文草疏劾宦官劉瑾而遭貶謫。劉瑾被誅後，復官江西提學副使，後又因事被革職。家居二十年而卒。著有《空同集》❸。何景明（1483—1521），字仲默，號＂大復＂。信陽（今河南省）人。弘治十五年（1502）進士，授中書舍人。因劉瑾專權而被排擠，托病辭歸。劉瑾被誅後復官。後受命爲陝西提學副使。年三十九卒。著有《大復集》❹。李何二人都沒有撰作詩話，其詩論主要見於往來書信及序跋題詞之中。

李何復古運動的末流，帶來了剽襲陳言的風氣，於是引起了種種的反動，王世貞《徙倚軒稿序》說：

> 當德靖間，承北地、信陽之創而秉觚者，於近體疇不開元與杜陵是趣，而其最後稍稍厭于剽擬之習，靡而初唐，又靡而梁陳月露，其拙者又跳而理性。于鱗起濟南，一振之，即不佞亦獲與盟焉。❹

王世懋《賀天目徐大夫子與轉左方伯序》說：

于鱗輩當嘉靖時，海內稍馳騖于晉江、毘陵之文，而詩或為臺閣也者，學或為理窟也者。于鱗始以其學力振之，諸君子堅意唱和，邁往橫屬。❷

這兩段文字指出嘉靖年間文壇上異於李何復古的不同流派。王世懋提到的王慎中（晉江）和唐順之（毘陵），不但在文章寫作方面的主張與復古派不同，於詩風方面又先主初唐，後轉入理學詩派，與復古詩論宗旨迥異，所以激起李攀龍、王世貞等人的反對❸。李王等人以繼承李何的復古自命❹，在他們左右先後結集的文人相當多，尤其在李攀龍居刑部的時候。先是李攀龍為吳維嶽（字峻伯）引入西曹詩社，與王淙沐（字新甫）、李先芳（字伯承）、王世貞（字元美）、謝榛（字茂秦）等唱和；稍後吳維嶽、李先芳等出為外吏，宗臣（字子相）、徐中行（字子與）、梁有譽（字公實）、吳國倫（字明卿）先後入社❺，當時李攀龍又倡議為“五子詩”❻，一時之間又有“嘉靖七子”之稱。王世懋說：

世廟時，比部郎李于鱗與其儕梁公實、宗子相，今左方伯徐公子與，與吾兄元美五人，皆友也。而吳明卿稍後入，為“六子”。最後德甫、肖甫輩亦進矣。而海內好事者遂傳“嘉靖間七子”，豈非以建安之鄴下、正始之竹林，好稱舉其數耶？❼

王世貞記自己的經歷時說：

明年（嘉靖二十七年〔1548〕）為刑部郎，同舍郎吳峻伯、王
新甫，袁履善進余於社，……亡何，各用使事，及遷去，而
伯承者前已通余於于鱗，……始定交，自是詩知大曆以前，
文知西京而上矣。已于鱗所善者布衣謝茂秦來，已同舍郎徐
子與、梁公實來，吏部宗子相來，休沐則相與揚扢，冀於探作
者之微，蓋彬彬稱同調云。而茂秦公實復又解去，于鱗乃倡
為"五子詩"，用以紀一時交游之誼耳。又明年而余使事竣
還北，于鱗守順德出，茂秦登吳明卿，又明年同舍郎余德甫
來，又明年戶部郎張肖甫來，吟詠時流布人間，或稱"七
子"或"八子"，吾曹實未嘗相標榜也。❹

可見"嘉靖七子"之名比"弘德七子"一說較有根據。雖然其中
人名還不能完全確定❹，但在這群人當中確有流傳這稱號，王世
貞說"未嘗標榜"是不對的。不過這原是明代文人互相標榜的風
氣流習，只要一時相聚唱酬，就標立名目❺，我們不能假設曾經
並稱者真的組成了組織緊密的團體，一定對詩文有一致的看法。
其實這些名目不外是一時與會的紀錄，"嘉靖七子"中真正的領
導者而在詩論上又有貢獻的只有謝榛、李攀龍、王世貞三人；因
此本書就以這三人為中期復古詩論的代表，而以楊愼為這個時
期的先導者，就好像前期以李東陽為前驅一樣。

楊愼（1488—1559），字用修，號"升庵"。新都（今
四川省）人。十四歲時以《黃葉》詩受知李東陽，被視作"小
友"。正德六年（1511）殿試第一，授翰林修撰。世宗時任經
筵講官，嘉靖三年（1524）因議大禮得罪，謫戌雲南永昌，此

後三十餘年只在四川雲南等地渡過。卒年七十二。楊愼學問非常
廣博，有詩文雜著一百多種❺。論詩意見主要見諸《升庵詩話》，
爲謫戍雲南以後之作，後人編成十餘卷❺。楊愼雖可算是李東陽
的門生，又曾與何景明等交往❺，但因老壽，他的卒年只比李攀
龍早十一年。在詩論主張方面大致與復古派相同，尤其與中期復
古詩論要求廣泛認識傳統的趨向一致，因此連及。

謝榛（1499—1575）❺，字茂秦，號“四溟山人”。臨
淸（今山東省）人。布衣終身。嘉靖二十年（1541）遊北京，
後與李攀龍等結社，又先後得到當時的藩王禮遇。年七十七卒。
著有《四溟集》❺。其中有《四溟詩話》四卷，又名《詩家直
說》，縱論古今詩人詩篇，其論見很值得重視❺。

李攀龍（1514—1570），字于鱗，號“滄溟”。歷城
（今山東省）人。嘉靖二十三年（1544）進士，授刑部主事，
官至河南按察使。年五十七卒。著有《滄溟集》❺。李攀龍別無
論詩專著，有關詩論除見諸詩文序跋之外，還可參閱他編輯的選
本的宗旨體例❺。

王世貞（1526—1590），字元美，號“鳳洲”，又號
“弇州山人”。太倉（今江蘇省）人。嘉靖二十六年（1547）
進士，授官邢部。後與宰相嚴嵩結怨，父王忬被構陷而死。解職
八年後才再復官，至邢部尙書。年六十五卒。王世貞任職邢部時
開始與李攀龍等唱酬，倡導復古；李攀龍死後，更成爲詩壇領袖
凡二十年。著有《弇州山人四部稿》。其中包括詩話《藝苑巵
言》。又有《弇州山人續稿》、《明詩評》、《讀書後》，以及
其他雜著多種❺。他的論詩意見，以《藝苑巵言》所載最爲集中，

初稿爲六卷本，經兩次修訂後，改成八卷，其組織安排亦比前述
其他詩話較有系統❻。王世貞有弟名世懋（ 1536—1588 ），
字敬美，有詩話《藝圃擷餘》一卷，對《巵言》的意見多有補充
❻。

　　王世貞死後，復古派再沒有一個能相比擬的領袖，反復古的
公安派和竟陵派又先後出現❻；然而復古主義卻未完全絕跡，反
而在個別詩論家手中得到更大的發展。例如王世貞晚年交遊的後
輩胡應麟就是其中一位重要理論家。胡應麟（ 1551—1602 ），
字元瑞，一字明瑞，號＂少室山人＂，又號＂石羊生＂。蘭谿
（今浙江省）人。萬曆四年（ 1576 ）舉人，屢次應會試不中，
年五十二卒。胡應麟於萬曆八年（ 1580 ）正式與王世貞見面，
二人的文學觀念相似，對詩壇習氣的看法亦相同，因此交情甚篤。
胡應麟著有《少室山房類稿》、《詩藪》、《少室山房筆叢》等
❻。其中《詩藪》二十卷是他的論詩專著：內編六卷論古近各體
詩，外編六卷論周、漢、六朝、唐、宋、元各代詩，雜編六卷分
論遺逸篇章、歷代詩歌載籍，以及三國、五代、南宋和金代詩，
續編二卷則論明代洪武至嘉靖年間詩，體例完善而有系統，可說
集復古詩論的大成❻。

　　胡應麟的年輩約略與公安三袁之長的袁宗道同時，二人又同
應萬曆十四年（ 1586 ）會試，結果袁宗道登進士而胡應麟下第；
然而胡袁二人卻不似有交往的跡象。胡應麟可能從來都沒有注意
過公安派的詩論❻。但另一位復古詩論的後繼者許學夷，卻一直
有留意公安及竟陵的活動，並且站在復古派的立場，對袁宏道的
論詩意見、鍾惺譚友夏《詩歸》的選詩，一一指摘駁斥；另一方

面他又將以往復古詩論家的論見鎔裁整合，成爲復古派最自覺的，
對論詩方法最能反思省察的一位代表。許學夷（1563 —1633），
字伯清。江陰（今江蘇省）人。隱居不仕，杜門讀書。曾經刪緝
《左傳》、《國語》、《國策》、《史記》等書，凡數百卷；又
以四十年的時間，先後易稿十二次，撰成《詩源辯體》。年七十
一卒❻。《詩源辯體》按照原定體例，本有詩選和詩論兩部分，
互相配合，以明歷代詩歌的源流正變：前集由《三百篇》到五代，
有詩論 956 則，選錄撰論所及者 169 人及無名氏的 4474 首詩；
另外後集論宋至明 260 則，選詩 6362 首。但今本只存其中的詩
論，凡三十萬言。雖然詩選部分已經亡佚，但單就詩論而言，已
經是宋以來體例最純，系統最周密，篇幅最龐大的一本論詩著作
❻。

　　本書所論及的後期復古詩論家，除了胡應麟和許學夷之外，
還包括唐詩研究的巨擘胡震亨。胡震亨（1569—1642），原
字君鬯，後改字孝轅，號“赤城山人”，又號“遯叟”。海鹽（今
浙江省）人。萬曆二十五年（1597）舉人，屢應會試不第，萬
曆三十五年（1607）選授故城縣教諭，官至兵部職方司員外郎。
年七十四卒。著有《赤城山人稿》、《讀書雜錄》、《唐音統
籤》等❻。其中《唐音統籤》共十籤，前九籤輯錄有唐一代詩作，
凡一千卷，是後來清康熙時編的《全唐詩》的重要根據❻。第十
籤《唐音癸籤》則是胡震亨研究唐詩心得的結晶。全書三十三卷，
分《體凡》、《法微》、《評彙》、《樂通》、《詁箋》、《談
叢》、《集錄》七部分，按部選錄歷代有關論述，再以自己的論
詩意見補充，成爲唐詩研究當中體大思精的重要著作❼。胡震亨

的論詩主張與復古詩論一脈相承，尤其推賞胡應麟的論見❼。書中所輯錄，雖然包括宋元人的言論，但其旨歸仍然不出復古派的範圍。本書以明復古派的唐詩論爲主題，自然不能忽略這本專著❼。

　　以上所述，是復古詩論在明代發展的大概情況。所作的前中後三期之分，只是概略而言：大抵前期詩論以領導潮流、標舉方針爲主，卽康海所謂："詩道始有定向"❼；然而一般論點比較粗疏，不及後來者精密。中期詩論家包括了楊愼、王世貞等學問家兼詩人，視野開闊，討論的範圍擴大，論見漸見深刻。後期則以系統周密的思想爲特色，多能鎔冶匯合，論見最爲成熟。本書以下各章各有主題，按各論題需要舉出各家詩論以作分析，不會硬性按前中後三期逐一討論，避免看似嚴整而實際支離的論述方法，以求對復古詩論有一個重點而又立體的認識。

注　釋：

❶　參René Wellek and Austin Warren, *Theory of Literature*, 3rd edn. (New York: Harcourt, Brace & World, Inc., 1966), Chapter 4, "Literary Theory, Criticism, and History," pp.38-45; René Wellek, "Literary Theory, Criticism, and History," in his *Concepts of Criticism* (New Haven and London: Yale University Press, 1963), pp.1-20.

❷　James J.Y.Liu（劉若愚）, *Chinese Theories of Literature* (Chicago and London: The University of Chicago Press, 1975), "Introduction,"pp.1-2.

　　按劉書中IB1項原文作"Theoretical criticism"，下再分a. The-

ories of literature，b．Literary theories 兩細項，前者指文學
的基礎本質及功能，後者指文學的形式、分類、風格及技巧等項；同樣，
II B 1 項 " Theoretical criticism of criticism " 之下再細分
爲 a．Theories of criticism， b．Critical theories；但這種分
法實在太過苛細。又 IB2 " Practical criticism " 及 I IB2 " Prac-
tical criticism of criticism " 之下再分 a．Interpretation，
b．Evaluation，則只是一般常識；因此，在正文加以約化。

❸　曹丕語出《典論・論文》。見蕭統編，李善注：《文選》（北京：中華
書局，1977 影印胡克家刻本），卷52，頁7下。劉勰語載《文心雕龍・
知音》篇。見劉勰著，王利器校箋：《文心雕龍校證》（上海：上海
古籍出版社，1980 ），頁289。

❹　伏迪契卡的文學史理論牽涉很廣，後來又影響到當代德國康斯坦茨學派
（ Konstanz School）的 " 接受美學 " —— 尤其堯斯（ Hans Robert
Jauss ）—— 的文學史理論。正文所作撮述只屬部分概念的簡介，旨在
說明本書的思考方向，有關純文學理論層次的問題，以至伏氏理論的
種種關涉，因爲不屬本書的範圍，故不予討論。伏氏理論的進一步介
紹可參陳國球：《文學結構的生成、演化與接受——伏迪契卡的文學史
理論》，《中外文學》，第八期（ 1987 年1月），頁64－96；又收
入陳國球：《鏡花水月——文學理論批評論文集》（台北：東大圖書公
司，1987 ），頁127－165。有關伏氏理論與堯斯 " 接受美學 " 的承
傳關係可參 Douwe Fokkema and Elrud Kunne-Ibsch， *Theories
of Literature in the Twentieth Century* （London： C.Hurst &
Co.， 1977 ），pp.136-164； Endre Bojtar， *Slavic Structur-
alism* （Amsterdam： John Benjamins， 1985），pp.136-137；
Paul de Man， " Introduction " to Hans Robert Jauss， *Toward
an Aesthetic of Reception* （Brighton： Harvester Press，

1982）, pp. xvi-xviii；Hans Robert Jauss, "Norwid and Baude-
laire as Contemporaries：A Notable Case of Overdue Con-
cretization," in P. Steiner, M. Cervanka and R. Vroon
ed., *The Structure of the Literary Process* （Amsterdam：
John Benjamins, 1982）, pp. 285-286.

❺ 分見袁宏道：《雪濤閣集序》，載袁宏道著，錢伯城箋校：《袁宏道集
箋校》（上海：上海古籍出版社，1981），頁710；袁中道：《解脫
集序》，載《珂雪齋前集》（台北：偉文圖書公司，1976 影印明刊
本），卷9，頁45上。

❻ 宋濂：《宋文憲公全集》（《四部備要》本），卷37，頁17下－18上。

❼ 劉基：《誠意伯文集》（《四部叢刊》本），卷5，頁14上。

❽ 王緯：《王忠文公集》（《四庫全書》本），卷5，頁42上。

❾ 貝瓊：《清江貝先生文集》（《四部叢刊》本），卷1，頁9上。

❿ 轉引自高棅：《唐詩品彙》（上海：上海古籍出版社，1984 影印明汪
宗尼刊本），《凡例》，頁1上。

⓫ 高棅生平見林誌：《漫士高先生棅墓志》，載焦竑：《國朝獻徵錄》
（台北：學生書局，1965 影印明刊本），卷22，頁61上－62上；又
《明史》有傳，見張廷玉等：《明史》（北京：中華書局，1974），
卷286，頁7336。

⓬ 參《唐詩品彙・總敘》，《唐詩正聲・凡例》。按高棅選詩的版本甚繁，
第五章再有交代。以下引文除非特別聲明，《唐詩品彙》、《唐詩拾
遺》將以影印汪宗尼本（見註❿）為據，《唐詩正聲》將以桂天祥批點
《批點唐詩正聲》（明嘉靖刊本）為據。

⓭ 詳見本書第五章。

⓮ 張慎言《何文毅公全集序》說："當代名相之業，莫著於楚石首楊文定
（溥），值締建之初，補天浴日，策勳亡兩，於時文章尚宋廬陵氏，號

‘臺閣體’，舉世嚮風。其後權散不收，學士大夫各挾其所長，奔命辭
苑，至長沙李文正（東陽）出，倡明其學，權復於臺閣。”（見黃宗羲
編：《明文海》〔《四庫全書》本〕，卷253，頁7上。）王世貞亦說：
“文章之最達者，則無過宋文憲濂、楊文貞士奇、李文正東陽、王文成
守仁。……楊尚法，源出歐陽氏，以簡澹和易爲主，而乏充拓之功，至
今貴之曰‘臺閣體’。”又說：“臺閣之體，東里（楊士奇）闢源，長
沙（李東陽）道流。”（均見《藝苑巵言》〔丁福保編《歷代詩話續
編》本；北京：中華書局，1983〕，頁1024、1025。）所述雖然
主要指文章，但臺閣領袖的詩風，亦自成一體。有關明代臺閣體的情況
又可參簡錦松：《論明代嘉靖以前之臺閣體與臺閣文權之下移》，《古
典文學》，第9集（1987年4月），頁289-354。文中亦有徵引張
愼言的話，但誤以楊文定爲楊士奇。按楊士奇，諡“文貞”，泰和人；
楊溥，諡“文定”，石首人。

⓯ 朱彝尊說：“東楊（楊榮）詩頗溫麗，上擬西楊（楊士奇）不及，下視
南楊（楊溥）有餘。”可見三楊詩的品第。（見朱彝尊：《明詩綜》
〔台北：世界書局，1970再版〕，卷17，頁7下。）

⓰ 王世貞：《明詩評》（沈節甫輯《紀錄彙編》本，明刻本），卷2，頁
28下。又《藝苑巵言》評楊士奇詩說：“楊東里如流水平橋，粗成小
致。”（頁1033）

⓱ 胡應麟：《詩藪》（上海：上海古籍出版社，1979），頁351。

⓲ 李夢陽：《空同集》（《四庫全書》本），卷20，頁21上。

⓳ 生平見楊一清：《特進光祿大夫左柱國少師兼太子太師吏部尙書華蓋殿
大學士贈太師諡文正李公東陽墓志銘》，法式善纂輯，唐仲冕增補：
《明李文正公年譜》，均收入李東陽著，周寅賓點校：《李東陽集》
（長沙：岳麓書社，1984－85），第三卷，《附錄》，頁452－457，
492－557。本傳見《明史》，卷181，頁4820－25。

⑳ 《懷麓堂集》經周寅賓整理點校成《李東陽集》三卷（見⑲），《懷麓堂詩話》收入第二卷，頁528－563。本書稱引《懷麓堂詩話》，則以較通行的《歷代詩話續編》本爲據，有需要時才參用《李東陽集》本。

㉑ 《詩藪》，頁345。

㉒ 《藝苑卮言》，頁1044。

㉓ 見錢謙益：《列朝詩集小傳》（上海：上海古籍出版社，1983），頁245。

㉔ 參陳國球：《＜懷麓堂詩話＞論杜甫》，收入《鏡花水月》，頁75。

㉕ 例如：馬茂元《略談明七子的文學思想與李何的論爭》說七子"反對臺閣體阿諛粉飾的文風，振起茶陵派（指李東陽及其門人）的委弱"；王文生《明代的文學理論》說"前七子的文論主要是以復古的權威口號來對抗'臺閣體'的柔靡文風"（均見馬茂元：《晚照樓論文集》〔上海：上海古籍出版社，1981〕，頁190；王文生：《臨海集》〔西安：陝西人民出版社，1983〕，頁101。）類似的說法還可參敏澤：《中國文學理論批評史》（北京：人民文學出版社，1981），頁662－663；黃海章：《中國文學批評簡史》增訂本（廣州：廣東人民出版社，1981），頁148；皮朝綱：《中國古代文藝美學概要》（成都：四川省社會科學院出版社，1986），頁240。

㉖ 楊士奇：《東里集》（《四庫全書》本），《續集》，卷15，頁24下；卷19，頁7下、9下。

㉗ 《明詩綜》，卷29，頁4上。

㉘ 高棅《唐詩品彙》定了九個品目："正始"、"正宗"、"大家"、"名家"、"羽翼"、"接武"、"正變"、"餘響"、"傍流"。其中"傍流"一目指"道人、衲子、宮閨、仙怪，及有姓氏無世次可考者"，與前八目不同類。（見《唐詩品彙·五言古詩敍目》，頁15上。）有關詳情請參閱第五章的討論。

㉙ 一般論著以"前後七子"來稱呼明代復古運動中人。如：郭紹虞《中國文學批評史》（上海：商務印書館，1934 － 47）立"前後七子與其流派"一章（下卷，頁171－ 232）；方孝岳《中國文學批評》（原1934年上海出版；北京：三聯書店，1986 年新版）亦專題討論"前後七子所醉心的 ' 才 ' "（頁162－166）；敏澤《中國文學理論批評史》又有專節論"前後七子及其復古主義運動"（頁662－692）。前七子專指：李夢陽、何景明、徐禎卿、邊貢、康海、王九思、王廷相；後七子專指謝榛、李攀龍、王世貞、宗臣、梁有譽、徐中行、吳國倫。這些講法相信源起於錢謙益對李何等批評時所說的"一則曰先七子，一則曰後七子"。（見《列朝詩集小傳》，頁431。）

㉚ 《空同集》，卷59，頁18下－19上。

㉛ 有關這些人物的事蹟考訂可參簡錦松：《李何詩論研究》（台灣大學碩士論文，1980 ），《李夢陽＜朝正倡和詩跋＞的意義》，頁69－74。

㉜ 何良俊：《四友齋叢說》（北京：中華書局，1959 ），頁235。

㉝ 康海：《對山集》（《四庫全書》本），卷3，頁3上－3下。

㉞ 李開先著，路工輯校：《李開先集》（上海：中華書局，1959 ），頁608。錢謙益在《邊尚書貢》小傳內說："弘治時，朝士有所謂七子者：北郡李夢陽、信陽何景明、武功康海、鄠杜王九思、吳郡徐禎卿、儀封王廷相、濟南邊貢也。"大概也是由李開先之說而來。（見《列朝詩集小傳》，頁315－316。）

㉟ 《大復集》，卷8，頁1上－3上。

㊱ 見王文才、張錫厚輯：《升庵著述序跋》（昆明：雲南人民出版社，1985 ），頁145。按當時另一個盛行的並稱是"四傑"。袁袠（李夢陽的晚輩）曾說："弘治初，北地李夢陽首爲古文，以變宋元之習，……士大夫翕然從之，其詩濟南邊貢、姑蘇徐禎卿，及景明最有名，世稱' 四傑'。"（見《皇明獻實》〔台北：文海出版社，1970 影印明抄

本〕，頁772。

㊲ 許學夷：《詩源辯體》（北京：人民文學出版社，1987），頁411。

㊳ 除李何外，另一個重要領導人是康海，但他在復古運動中的主要成就在於文章，據李開先記載王九思的話說："崆峒（李夢陽）爲予改詩稿今尚在，而文由對山（康海）改者尤多；然亦不止於予，雖何大復、王浚川、徐昌穀、邊華泉諸詞客，亦二子有以成之。"（見《李開先集》，頁598。）

㊴ 李夢陽生平可參崔銑：《明江西按察司提學副使空同李公墓誌銘》，見崔銑：《洹詞》（《四庫全書》本），卷6，頁34上－36下；簡錦松：《李夢陽、何景明年譜簡編》，載《李何詩論研究》，頁253－266。本傳見《明史》，卷286，頁7346－48。

㊵ 何景明生平可參喬世寧：《何先生傳》、樊鵬：《中順大夫陝西提學副使何大復先生行狀》、孟洋：《中順大夫陝西按察司提學副使何君墓誌銘》。均見《大復集》，《附錄》。又簡錦松：《李夢陽、何景明年譜簡編》（見上註）。本傳見《明史》，卷286，頁7349－50。

㊶ 王世貞：《弇州山人續稿》（台北：文海出版社，1970影印明刊本），卷41，頁13下。又《藝苑卮言》亦有類似的記載（見頁1023－1024）。

㊷ 王世懋：《王奉常集》（萬曆十七年〔1589〕吳郡王氏家刊本），卷5，頁12上。

㊸ 李攀龍在《送王元美序》中批評王愼中、唐順之的文章說："今之文章，如晉江毘陵二三君子，豈不亦家傳戶誦，而持論太過，動傷氣格，憚於修辭，理勝相掩，……世之儒者，苟治牘成一說，不憚儕俗，比之俚言而布在方策者耳，復以易曉，忘其鄙俗，取合流俗，相沿竊譽，不自知其非。"（《滄溟先生集》〔台北：偉文圖書公司，1976影印明刊本〕，卷15，頁17上下。）對王、唐詩風的批評，以王世貞的《明詩評》最爲激烈。詳見第二章討論。

❹❹ 李攀龍《送王元美序》引述王世貞的話說："文章經國大業，不朽盛事；今之作者，論不與李獻吉輩者，知其無能為已。且余（王世貞）結髮而屬辭比事，今乃得一當生（李攀龍），僕願屬前先揭旗鼓，必得所欲，與左氏、司馬千載而比肩，生豈有意哉？"（《滄溟先生集》，卷15，頁18上。）可見他們立意繼承李夢陽等的復古運動。王世貞在《藝苑巵言》中說："中興之功，濟南為大矣！"（頁1024）胡應麟《詩藪》說："王李再興，……盛矣！"（頁351）都是指復古運動的復興。

❹❺ 參閱許建崑：《李攀龍年譜》，載許建崑：《李攀龍文學研究》（台北：文史哲出版社，1987），頁17－123；黃如文：《弇州先生文學年表》，《文學年報》，第4期（1938年4月），頁189－226。

❹❻ 李攀龍的文集中有《五子詩》五首，分別以五言古詩描述王世貞、吳國倫、宗臣、徐中行、梁有譽五人。（見《滄溟先生集》，卷4，頁9下－11上。）王世貞又寫有《五子篇》五首古詩，分寫李攀龍、徐中行、梁有譽、吳國倫、宗臣。（見《弇州山人四部稿》〔台北：偉文圖書公司，1976影印明刊本〕，卷14，頁3上－4上。）另外謝榛又在詩話中提到當時有繪"六子圖"之盛。（見《四溟詩話》〔《歷代詩話續編》本〕，頁1206。）

❹❼ 《賀天目徐大夫子與轉左方伯序》，《王奉常集》，卷5，頁12上。

❹❽ 《藝苑巵言》，頁1068。

❹❾ 無論是王世貞兄弟所述，還是錢謙益或《明史》的記載，其間人物都不很明確。王世貞、世懋之言已見正文引述，錢謙益之言見於《宗副使臣小傳》："於時稱'五子'者：東郡謝榛、濟南李攀龍、吳郡王世貞、長興徐中行、廣陵宗臣、南海梁有譽。名'五子'，實六子也。已而謝李交惡，遂黜謝榛而進武昌吳國倫，又益以南昌余曰德、銅梁張佳胤，則所謂'七子'也。"（《列朝詩集小傳》，頁431。）《明史李攀龍傳》記載："攀龍之始官刑曹也，與濮州李先芳、臨清謝榛、孝豐吳維

岳輩倡詩社。王世貞初釋褐，先芳引入社，遂與攀龍定交。明年，先芳出爲外吏。又二年，宗臣、梁有譽入，是爲'五子'。未幾徐中行、吳國倫亦至，乃改稱'七子'。諸人多少年，才高氣銳，互相標榜，視當世無人，七才子之名播天下，擯先芳、維岳不與，已而榛亦被擯，攀龍遂爲之魁。"（見《明史》，卷287，頁7577－78。）又錢大昕有《嘉靖七子考》，沿用了部分錢謙益的講法，但未能明證"七子"是實指那七人。（見錢大昕《潛研堂文集》〔《四部叢刊》本〕，卷16，頁16下－18上。）

(50) 就以王世貞來說，他曾將自己的交遊朋輩，分別標目作：前五子、後五子、廣五子、續五子、末五子等，分列寫詩作記，但都是隨心隨手而出，不必認眞看待。（參見《五子篇》、《後五子篇》、《廣五子篇》、《續五子篇》，《弇州山人四部稿》，卷14，頁4上－5下；《重紀五子篇》、《末五子篇》，《弇州山人續稿》，卷3，頁7上－10下。）

(51) 楊愼生平可參陳文燭：《楊升庵太史愼年譜》，載《國朝獻徵錄》，卷21，頁51上－59下；簡紹芳：《贈光祿卿前翰林修撰升庵楊愼年譜》，載楊愼著，王仲鏞箋證：《升庵詩話箋證》（上海：上海古籍出版社，1987），《附錄二》，頁588－602。本傳見《明史》，卷192，頁5081－83。

(52) 比較重要的輯本是焦竑《升庵外集》（台北：學生書局，1971影印萬曆本）卷67－78所收十二卷本，題爲《詩品》；丁福保《歷代詩話續編》十四卷本。王仲鏞以焦竑本爲據，參以丁福保及其他各本，撰成《升庵詩話箋證》（見上註），分十二卷，附錄一卷。本書以通行的《歷代詩話續編》本爲據，有需要時再參用王仲鏞箋證本。

(53) 楊愼曾記自己與何景明論詩事，如《蓮花詩》、《螢詩》兩則。（見《升庵詩話》，頁873、902。）

(54) 一般人將謝榛生年推定爲弘治八年（1495），但《四溟詩話》曾說：

"正德甲戌，年甫十六。"見《四溟詩話》，頁1190 。陳志明據之定謝榛生年爲弘治十二年（1499）。（見陳志明：《謝榛生平及其＜四溟詩話＞述評》，《中國古典文學論叢》，第5輯〔1987年9月〕，頁309－323。）

(55) 謝榛生平可參龔顯宗：《謝茂秦之生平及其文學觀》（政治大學碩士論文，1973），陳志明：《謝榛生平及其＜四溟詩話＞述評》。本傳見《明史》，卷287，頁7375－76。

(56) 《四溟詩話》本收入謝榛《四溟山人全集》（台北：偉文圖書公司，1976影印明刊本）卷21－24，但以《歷代詩話續編》本最通行；李慶文、孫愼之又作整理箋注，撰成《詩家直說箋注》（濟南：齊魯書社，1987）。本書以通行的《歷代詩話續編》本爲據，餘本有需要再參用。

(57) 李攀龍生平可參殷士儋：《明故嘉議大夫河南按察司按察使李公墓誌銘》，王世貞：《李于鱗先生傳》。均見《滄溟先生集》，卷32，《附錄》，頁1上－5上，以及許建崑：《李攀龍年譜》。本傳見《明史》，卷175，頁7377－78。

(58) 參見本書第五章。

(59) 王世貞生平可參王錫爵：《太子少保刑部局尙書鳳洲王公世貞神道碑》，載《國朝獻徵錄》，卷45，頁85上－91上；黃如文：《弇州先生文學年表》；姜公韜：《王弇州的生平與著述》（台北：台灣大學文史叢刊，1974）；黃志民：《王世貞研究》（政治大學博士論文，1976）；許建崑：《王世貞評傳》（東海大學碩士論文，1976）。本傳見《明史》，卷287，頁7379－81。

(60) 《藝苑卮言》的寫作及修訂過程，見王世貞於嘉靖三十七年（1558）及隆慶六年（1572）的序。本書亦以通行的《歷代詩話續編》本爲徵引的根據。（王世貞序見頁949－950。）顏婉雲認爲《藝苑卮言》

是王世貞最有組織、有系統的論詩專著:"在第一章及第八章,王氏以問題為中心,按專題如:不同的詩體的標準作法、學詩的方法、詩法的運用、論詩辨優劣的重要性、詩人的通病、詩人的際遇等等,正面提出其意見,使人清楚容易地看出他對某一問題的基本見地。卷二至卷七,討論的對象,有《三百篇》、漢、魏、晉、南北朝、唐、宋、金、元、明;討論的問題,從重大如歷代詩人的評價、寫作理想、學詩途徑至微小如字、句的斟酌,都有涉及,可謂廣括而精微。"(見顏婉雲:《王世貞<藝苑卮言>詩論析論》〔香港大學碩士論文,1975〕,頁205。許建崑對《藝苑卮言》的體例也有介紹,但指出"可能是因為屢經刪削及增入文字",內容編次都覺淆亂。(見許建崑:《王世貞評傳》,頁103—104。)然而我們若將《藝苑卮言》與《懷麓堂詩話》、《四溟詩話》等作一比較,就會覺得《卮言》的體例較為優勝;但若果與《詩藪》、《詩源辯體》比較,則後者體例嚴謹得多。

⑥ 《藝圃擷餘》以何文煥輯《歷代詩話》(北京:中華書局,1981)本為據。

⑥ 公安派以三袁──袁宗道、袁宏道、袁中道──為領袖,江盈科、黃輝、陶望齡等為羽翼,以"獨抒性靈"、"不拘格套"為論旨。這一派最活躍的時間大概是從萬曆二十三年到二十八年(1595 – 1600)。到袁宏道在萬曆三十八年(1610)死後,公安派轉趨沉寂,繼之而興的是竟陵派。竟陵派以鍾惺、譚友夏為主,蔡復一、張澤等人為附從,一方面主張"求靈致厚",另方面標舉"幽深孤峭"之詩。因《詩歸》一書的流行,影響直到明末。有關兩派的文學思想,可參閱邵紅:《公安竟陵文學理論的探究》,《思與言》,第12卷,第2期(1974年7月),頁16—23;陳萬益:《晚明性靈文學思想研究》(台灣大學博士論文,1977);周質平:《公安派的文學批評及其發展》(台北:商務印書館,1986);竟陵派文學研究會編:《竟陵派與晚明文學革新

思潮》（武昌：武漢大學出版社，1987 ）。

(63) 胡應麟生平可參王世貞：《胡元瑞傳》，《弇州山人續稿》，卷68，頁14下－19下，又載胡應麟：《少室山房類稿》（胡宗楙輯《續金華叢書》本，台北：藝文印書館，1979 影印），卷首；吳之器：《胡應麟傳》，載吳之器：《婺書》（崇禎十四年〔1641 〕刊本），卷4 ，頁31上－35下；吳晗：《胡應麟年譜》，《清華學報》，第9卷，第1期(1934)，頁183－252。又本傳見《明史》，卷287，頁7382 。

(64) 參陳國球：《<詩藪>與胡應麟詩論》，《中外文學》，第12卷，第8期（1984年1月），頁176－180。本書以上海古籍出版社1979年王國安點校本《詩藪》爲徵引根據。

(65) 胡應麟在《少室山房類稿》和《詩藪》等著作之中完全沒有提過公安三袁。公安派傾動京師時，胡應麟正臥病鄉間。袁宏道作品中最早刊行的《錦帆集》刻於萬曆三十一年（1603 ），而胡應麟又已病死。（參陳國球對此的討論，見《胡應麟詩論研究》〔香港：華風書局，1986〕，頁210。）

(66) 許學夷生平可參惲應翼：《許伯清傳》，原載於1922年惲毓齡刊《詩源辯體》卷首，北京人民文學出版社1987年杜維沫校點《詩源辨體》則移於書後《附錄》。又許學夷並無文集留存，惲毓齡刊本後附有《伯清詩稿》、《許伯清遺詩輯補》各一卷。

(67) 本書徵引《詩源辯體》，皆以杜維沫校點本爲據。有關許學夷對原書體例的敍述參見頁1、375、463。

(68) 胡震亨生平可參俞大綱：《紀唐音統籤》，《中央研究院歷史語言研究所集刊》，第7本，第3分（1936年11月），第六節，《紀胡氏略歷》，頁378－384；周本淳：《胡震亨的家世生平及其著述考略》，《杭州大學學報》，1979年第4期（12月），頁54－60、68;周本淳:《有關胡震亨材料補正》，《杭州大學學報》，1982年第3期（9

月），頁 115－120。

⑥ 有關《唐音統籤》及其與《全唐詩》的關係，可參俞大綱：《紀唐音統
籤》，頁 355－378；《四庫全書總目》（武英殿本），卷 190，《全
唐詩》提要，頁 2 上－3 下；周勛初：《敍＜全唐詩＞成書經過》，載
周勛初：《文史探微》（上海：上海古籍出版社，1987），頁 249－
277。

⑦ 參周本淳：《唐音癸籤·前言》，載胡震亨著，周本淳校點：《唐音癸
籤》（上海：上海古籍出版社，1981），卷首，頁 10－11。本書徵
引以此本爲據。

⑦ 胡震亨稱讚《詩藪》說："胡《詩藪》自《騷》、《雅》、漢、魏、六
朝、三唐、宋、元，以迄今代，其體無不程，其人無不騭，其程且騭，
亦無弗衷。唐詩，其論詩中之一也，而論定於是。元美才地高，書所腹
也；元瑞見地實，書所目也。卽元美亦稱其上下千古，周密無漏而刻深，
成說詩一家言。此可徵也矣。吾嘗謂近代談詩，集大成者，無如胡元瑞。
……吟人從此入，庶不誤歧嚮爾。"（《唐音癸籤》，頁 333。）

⑦ 下文徵引《唐音癸籤》時，主要以胡震亨自己的意見（書中一般註明
"遯叟"二字）爲主，部分前人論見如經他刪削修改，而又能見其用意
的，亦斟酌採用。

⑦ 康海《張孟獨詩集序》說："明興百七十年，詩人之生亦已多矣！顧承
沿元宋，精典每艱；忽易漢唐，超悟終鮮。惟李、何、王、邊，洎徐迪
功五六君子崛起於弘治之間，詩道始有定向。"（《對山集》，卷 4，
頁 27 下－28 上。）

第二章 〝宋人主理〞

——復古派反宋詩的原因

明初以來，尊唐抑宋的意見非常易見，如洪武（1368——1398）時人劉績《霏雪錄》說：

> 唐人詩一家自有一家聲調，高下疾徐，皆為律呂；吟而繹之，令人有聞韶忘味之意。宋人詩譬則村鼓島笛，雜亂無倫。

又說：

> 或問余唐、宋人詩之別，余答之曰：唐人詩純，宋人詩駁；唐人詩活，宋人詩滯；唐詩自在，宋詩費力；唐詩渾成，宋詩飣餖；唐詩縝密，宋詩漏逗；唐詩溫潤，宋詩枯燥；唐詩鏗鏘，宋詩散緩；唐人詩如貴介公子，舉止風流；宋人詩如三家村乍富人，盛服揖賓，辭容鄙俗。❶

同時人葉子奇《草木子》說：

> 傳世之盛，漢以文，晉以字，唐以詩，宋以理學，元之可傳，獨北樂府耳。宋朝文不如漢，字不如晉，詩不如唐，獨理學

之明，上接三代。

又說：

宋之詞勝於唐，詩則遠不及也。❷

據葉盛（ 1420—1474 ）《水東日記》引明初黃容《江雨軒詩序》說：

近世有劉崧者，以一言斷絕宋代，曰："宋絕無詩。"❸

劉績是當時在野隱居之士，葉子奇則曾以薦授巴陵主簿，劉崧更曾官拜禮部侍郎，攝吏部尚書；可見當時無論朝野都有類似的想法❹。這些論見與部分復古派的言論也有相近的地方，但一般來說，復古派批評宋詩更加不留餘地，往往反覆詳言，力斥其弊。其原因主要是他們認爲宋詩所代表的"主理"傾向完全背離詩的本質，因爲涉及到這些根本原理的問題，就不能不傾力批駁宋詩及依隨這種"主理"詩風的流派了。

第一節　從李夢陽《缶音序》說起

李夢陽集中收有《缶音序》一篇，是了解他的詩學主張的一篇重要文獻。《缶音》是他的弟子余育之父余存修的詩集❺，文章的末部解釋爲這本詩集寫序的原因，而前文則發揮他的詩學主張：

> 詩至唐，古調亡矣，然自有唐調可歌詠，高者猶足被管絃；
> 宋人主理不主調，於是唐調亦亡。黃、陳師法杜甫，號大家；
> 今其詞艱澀不香色流動，如入神廟坐土木骸，即冠服與人等，
> 謂之人可乎？夫詩，比興錯雜，假物以神變者也；難言不測
> 之妙，感觸突發，流動情思，故其氣柔厚，其聲悠揚，其言
> 切而不迫，故歌之心暢而聞之者動也。宋人主理作理語，於
> 是薄風雲月露一切剗去不為，又作詩話教人，人不復知詩矣。
> 詩何嘗無理，若專作理語，何不作文而詩為邪？今人有作性
> 氣詩，輒自賢於"穿花蛺蝶"、"點水蜻蜓"等句；此何異
> 癡人前說夢也。即以理言，則所謂"深深"、"款款"者何
> 物邪？《詩》云："鳶飛戾天，魚躍于淵"，又何說也？❻

這段文字牽涉的問題不少，然中心論旨應是"宋人主理不主調"
一句。"調"在明代詩論中是一個用得很濫的術語，但意義卻不
很明確；有時指詩的音聲律度，有時指風格、風貌❼。上文說
"唐調可歌詠"、"足被管絃"，似乎指音律的問題；但我們都
知道，宋人不是不講求聲律，自杜甫以後的"吳體"、"拗格"
等在宋人手裡只有更大的發揮；反之，在明人眼中宋人可能拗得
過甚。所以"不主調"不等於"不講求聲律"，"調"可能已經
代表一種價值判斷；聲律或再加上其他的語言運用技巧若能造達
某種理想效果，才能算是"調"。但這種理想的"調"究竟具體
內容是甚麼？下文沒有詳說，在此我們只能探討其背反的一面

——"宋人主理"。

　　據李夢陽所講，"宋人主理"所以"作理語"，所以"薄風雲月露，一切剗去不爲"，依此"風雲月露"就是"理"的對立面。卑視所謂"風雲月露"，早見於隋李諤的《上隋高祖革文華書》，文中說：

> 江左齊、梁，其弊彌甚，貴賤賢愚，唯務吟詠；遂復遺理存異，尋虛逐微，競一韻之奇，爭一字之巧；連篇累牘，不出月露之形；積案盈箱，唯有風雲之狀。❽

李諤認爲這種"遺理存異"的風氣有壞"風敎"，所以主張"棄絕華綺"。他的說法和後來白居易《與元九書》的見解很相近，白居易指斥六朝尤其梁、陳間人，"率不過嘲風雪、弄花草而已"，"於時六義盡去矣"❾。這些指摘都是建基於"理"、"六義"與"風雲月露"、"風雪花草"的對立，傾重前者而貶抑後者。

　　李夢陽批評的對象是宋詩，而宋人的有關言論中最著名的應是《六一詩話》的兩條：

> 國朝浮圖以詩名於世者九人，故時有集號《九僧詩》。今不復傳矣；余少時，聞人多稱之。……當時，有進士許洞者，善爲詞章，俊逸之士也。因會諸詩僧分題，出一紙，約曰："不得犯此一字"。其字乃"山"、"水"、"風"、"雲"、"竹"、"石"、"花"、"草"、"雪"、

“霜”、“星”、“月”、“禽”、“鳥”之類，於是諸僧
皆閣筆。

楊大年與錢、劉數公……雄文博學，筆力有餘，故無施而不
可，非如前世號詩者，區區於風雲草木之類，為許洞所困者
也。❿

歐陽修認爲詩的本質別有所在，不限於“風雲草木”，再看他推
重的梅堯臣，在《答韓子華韓持國韓玉汝見贈述詩》云：

邇來道頗喪，有作言皆空；煙雲寫形象，葩卉詠青紅；人事
極詼詭，引古稱辯雄；經營為切偶，榮利因被蒙，遂使世上人，
只曰一藝充。

《寄滁州歐陽永叔》又云：

不書兒女書（事？），不作風月詩，唯存先王法，好醜無使
疑。

《答裴送序意》又云：

我於詩言豈徒爾，因事激風成小篇，辭雖淺陋頗剋苦，未到
《二雅》未忍捐。安取唐季二三子，區區物象磨窮年。⓫

可知他們論詩的重點在“道”、“先王法”，歐陽修教人寫詩也

說：

> 其言在合理，但懼學不臻。⓬

這些講法，很能代表宋詩的精神，而又與李夢陽等復古詩論家的主張不同。李夢陽在《缶音序》中最直接正面攻擊的是號稱" 師法杜甫 "的黃庭堅、陳師道等江西派大家。黃、陳等人本就有：" 寧拙毋巧，寧樸毋華，寧僻毋俗 "的主張⓭，陳巖肖《庚溪詩話》指出：

> 本朝詩人與唐世相亢，其所得各不同，而俱自有妙處，不必相蹈襲也。至山谷之詩，清新奇峭，頗造前人未嘗道處，自為一家，此其妙也。至古體詩，不拘聲律，間有歇後語，亦清新奇峭之極也。然近時學其詩者，或未得其妙處，每有所作，必使聲韻拗捩，詞語艱澀，曰：" 江西格 "也。此何為哉？⓮

他認為宋詩如黃庭堅的作品造達與唐詩不同的風格，又說江西派末流卻" 聲韻拗捩，詞語艱澀 "，這個批評與《缶音序》的講法是相通的，只不過李夢陽認為黃庭堅等人的詩已經是" 艱澀 "的，而陳巖肖只批評學黃庭堅的人；就宋詩的主流傾向來說，二說大旨並無不同。這種江西派的作風肯定與寫" 風雲月露 "的詩處於不同的立場。李夢陽認為江西派詩就好像神廟中的" 土木骸 "，" 不香色流動 "，他在《潛虬山人記》說：

詩有七難，格古、調逸、氣舒、句渾、音圓、思沖、情以發
之；七者備，而後詩昌也；然非色弗神，宋人遺茲矣，故曰
無詩。❶

謂宋詩無 "色"，大概就是批評他們刻意剷去 "風雲月露"。

歐陽修等人反對專寫 "風雲月露"，本是針對宋初流行的晚
唐體；李夢陽批評 "薄風雲月露"的詩風，也不表示他推崇晚唐
體❶，只是他覺得刻意避開寄托物象的表達方法，實在違背了詩
學的原則。在《缶音序》中李夢陽特別揭出他的詩學宗旨：

1. "比興錯雜，假物以神變"；

2. "難言不測之妙，感觸突發，流動情思"；

3. "其氣柔厚，其聲悠揚，其言切而不迫"；

4. "歌之心暢而聞之者動也"。

最後一點說成功的詩作應能引發讀者的美感經驗；而這樣的詩作
在語言表現方面如 "氣"、"聲"、"言"等應有一定的成就
❶；第2點是說我相觸而使情思流動是一段不易明言的過程❶，
這裡提到的 "情"，也是他的詩論重點之一，他認為詩的創作一
定牽涉到詩人的 "情"，正如上引《潛虬山人記》的 "情以發
之"❶。2、3、4三點已綜括作者、作品與讀者三方面的有關情
況，但最重要的綱領還是第1點，李夢陽指出詩的原理是 "比
興"、"假物"；論 "比興"就 "牽涉到作者情意與外界景物之
間相互感發，相互融會的關係"❶，於是屬於外界景物的 "風雲
月露"就不應被排斥，因為要 "假物以神變"才能成就一首理想
的詩作。在他眼中宋人排斥物象的寫詩風氣根本不符合詩歌創作

的原理，掌握不到詩的本質。

　　李夢陽又認為宋人拒斥＂風雲月露＂是因為他們＂主理作理語＂，此說很有可能由嚴羽的《滄浪詩話》而來；嚴羽說：

　　詩有詞理意興。南朝人尚詞而病於理；本朝人尚理而病於意興；唐人尚意興而理在其中；漢魏之詩，詞理意興，無跡可求。❷

他也是先界定詩的原理，然後才作評論。他認為宋詩＂尚理＂的特點也是不及唐詩、漢魏詩的主要原因。李夢陽的說法是宋人因為＂主理＂＂作理語＂而忽視了＂物象＂語的重要性，這是宋詩的弊病，不過他沒有說＂理＂與詩的本質互不相容，只是不應專作＂理語＂而已；他說：＂詩何嘗無理，若專作理語，何不作文而詩為邪？＂＂作理語＂是寫文章的方法。這和嚴羽的意見也相近：詩可以有＂理在其中＂，但＂以文字為詩，以才學為詩，以議論為詩＂就違背了詩的原理了 ❷。

　　宋代＂主理作理語＂最極端的例子就是理學派詩人了。《四庫全書總目·擊壤集提要》云：

　　案自班固作《詠史》詩始兆論宗，東方朔作《誡子》詩始涉理路；沿及北宋，鄙唐人之不知道，於是以論理為本，以修詞為末，而詩格於是乎大變。此集（邵雍《擊壤集》）其尤著者也。❷

《詩問》卷四記載劉大勤問 "宋詩多言理" 時，王士禎答云：

> 昔人論詩曰："不涉理路，不落言詮。"宋人惟程、邵、朱
> 諸子為詩好說理，在詩家謂之旁門。❷

簡錦松《李何詩論研究》認爲《缶晉序》中所謂 "宋人主理" 中
"理" 字的實指，"可能就是指宋儒所談的性理"，證據之一是
下文接著批評 "今人有作性氣詩，輒自賢於 "穿花蛺蝶"、"點
水蜻蜓" 等句"，簡錦松的結論是：

> 夢陽認為宋詩主理，並不盡是指宋詩最為人所詬病的議理太
> 多之病，而是認為宋詩性氣的味道太濃，好談理道，而忽略
> 了詩本應追求情志和比興的任務。❷

這個講法很值得我們注意。正如上文的分析，由歐陽修到黃庭堅
所代表的宋詩傾向，確是李夢陽的批評對象，但對 "性氣詩" 的
貶抑又分明與宋儒的 "理""道" 有關，李夢陽以 "主理作理
語" 爲線索，將兩者結合在一起討論，正好揭示宋詩背後的文化
精神——對人生、宇宙的知性反省，尋求 "理" 的掌握。一方面
無論歐、黃等宋詩的典型，或者邵雍等的理學家詩，都是在同樣
精神背景之下產生的，只不過在程度上有所區別；另方面歐、黃
等宋詩大家與道學、理學亦有千絲萬縷的關係❷。宋詩的傾向既
違反了李夢陽心目中的詩歌原理，則今人（當代人）有依此傾向
寫作的，當然要大力批判了。他所講的 "今人" 很可能是指陳獻

章、莊杲等繼承邵雍詩風的一派,所謂"自賢於'穿花蛺蝶'、
'點水蜻蜓'",也可能實有所指,不過在文中沒有正面提出,有
關的討論將在下文細表;這裡先就文中提及的現象作一分析。

《河南程氏遺書》卷十八記載程頤的話說:

> 某素不作詩,亦非是禁止不作,但不欲為此閑言語。且如今
> 言能詩無如杜甫,如云:"穿花蛺蝶深深見,點水蜻蜓款款
> 飛",如此閑言語,道出做甚?某所以不常作詩。

他認為杜甫《曲江》詩的"穿花蛺蝶"一類詩句是"閑言語",
不必作;他想作的是有實際用途的詩:

> 別欲作詩,略言教童子灑掃、應對、事長之節;令朝夕歌之,
> 似當有助。

可以想像,如果照他的想法寫詩,必定會剷去"風雲月露"、
"蛺蝶蜻蜓"的物象;說理的成分一定很高。不過他好像沒有寫
下這些詩篇;文集中僅載詩三首,例如題作《遊嵩山詩》的七絕:

> 鞭羸百里遠來遊,巖谷陰雲暝不收。遮斷好山教不見,如何
> 天意異人謀?[27]

將一首登覽詩寫得如議論文一樣,更要顧及"天意"、"人謀";
這種詩作與李夢陽推崇的盛唐詩相差實在太遠。李夢陽認為抱著

這個宗旨論詩，無異"癡人說夢"。他再就詩與理的關係作進一步分析，指出：難道"穿花蛺蝶"的"深深"、"點水蜻蜓"的"款款"不是物"理"的呈露嗎？他更舉出《大雅·旱麓》的兩句："鳶飛戾天，魚躍於淵"來駁辯，這兩句詩在《中庸》也被稱引❷，並成爲後世理學家反覆討論的名句。孔穎達疏釋云：

> 其上則鳶鳥得飛至於天以遊翔，其下則魚皆跳躍於淵中而喜樂，是道被飛潛，萬物得所，化之明察故也。❷

朱熹亦說：

> 鳶飛魚躍，道體隨處發見。
> 道理昭著，無乎不在。❸

從物象的表現顯示"道"的廣被，可見這些詩句不但不是"閑言語"，而且可與"道"——理學的最高準則——相通；《缶音序》的這番理論，正好加強了前述"比興錯雜，假物以神變"的詩學宗旨的防衛能力，免受理學家的攻擊。

復古派的另一個領導人物是何景明，他的言論很多時似乎與李夢陽針鋒相對，但實際上其基礎理論是相差不遠的。李夢陽認爲文章可以"作理語"而詩則不應"作理語"，提出了界定詩文之別的一個準則；何景明沒有特別去區分詩文，但也說過類似的話。《大復集·內篇》說：

> 夫詩之道尚情而有愛，文之道尚事而有理。是故召和感情者，
> 詩之道也，慈惠出焉；經德緯事者，文之道也，禮義出焉。㉛

何景明認為詩的重心是感情，文的重心是事理；據此他也不會贊
成"主理作理語"的詩風了。

此外他在批評李夢陽的詩時，其實也講出一些與李夢陽相類
似的見解。李夢陽說宋詩無"色"，"薄風雲月露一切剗去不
為"，何景明則說：

> 近詩盛唐為尚，宋人似蒼老而實疏鹵，……空同之作，間入
> 於宋，……江西以後之作，辭艱者意反近，意苦者辭反常，
> 色澹黯而中理披慢，讀之若搖鞞鐸耳。㉜

這裡不必討論何景明對李夢陽詩的批評是否準確，有沒有意氣之
爭的成分；要注意的是他的批評基準。很明顯，他對"詞艱意
苦"並不欣賞；詩中的思理，要求不要紛亂（這一點似乎與《內
篇》說文尚"事"、"理"，詩尚"情"、"愛"沖突，但我們
可以說，就算李夢陽也不反對詩中見"理"，他只反對太涉"理
路"，以"理語"為詩的作風）；還有一點，就是對"色"的重
視。重視"色"也就是重視詩中的"物象"語，所以他又說"聯
類而比物"是詩的"不易之法"之一；《內篇》又說過詩是"體
物而肆采，撰志而約情……比方屬類，變異陳矣"㉝。由此可見
李夢陽主張的"比興錯雜，假物以神變"在何景明的詩論也佔有
一個非常重要的地位，李、何二人對於"物象"在詩中所起的作

用,都非常重視。

李夢陽和何景明都不滿宋詩;李夢陽在《潛虯山人記》說
"宋無詩",何景明在《雜言十首》之五也說:

> 秦無經,漢無騷,唐無賦,宋無詩。

兩人都崇尚早期的詩,但何景明的態度更爲激烈,例如《漢魏詩
集集序》說:

> 唐詩工詞,宋詩談理,雖代有作者,而漢魏之風蔑如也。

《海叟集序》又說:

> 蓋詩雖盛稱於唐,其好古者自陳子昂後莫若李杜二家;然二
> 家歌行近體誠有可法,而古作尚有離去者,猶未盡可法之也。

唐詩對他來說,還有不足之處,比起李夢陽的"詩至唐古調亡矣,
然自有唐調可歌詠",何景明對"古"的要求更切,同文中他甚
至標舉三代的詩:

> 三代前不可一日無詩,故其治美而不可尚;三代以後言治者
> 弗及詩,無異其靡有治也。然詩不傳其原有二:稱學爲理者
> 比之曲藝小道而不屑爲,遂亡其辭;其爲之者率牽于時好而
> 莫知上達,遂亡其意;辭意併亡而斯道廢矣。㉞

在這裡何景明表現爲一個極端的理想主義者，歷史時空只簡單二分爲三代前與三代後；這與詩史的實際發展根本脫了節，因此我們不能將其中論點隨便套入具體的詩史時期，否則一定會陷入矛盾（例如下文就說詩盛於唐），我們只能就其立論基礎作分析。何景明認爲"意"與"辭"要並存。所謂"意"當是合乎"風人之義"的意 ❸，"辭"就如前面所講，包括"聯類比物"、"體物肆采"的語言表達，主張放棄"辭"的是"稱學爲理者"；道學家以爲詩歌充斥著"閑言語"，這種觀點也就危害到詩的存在了。

概括而言，何景明和李夢陽一樣，論詩宗旨也主情，也重比興，對於能引發感興的物象當然會重視，因此要求詩中有"色"、有"采"，由是對"主理作理語"的宋詩也就不滿意，認爲"宋無詩"。

第二節　排擊宋詩與性理派詩

有關"宋人主理"之說，在李、何以後的復古詩論中，亦常常可以見到；一般都強調唐宋之分，以宋詩的主"理"來顯示唐詩的優點。

楊慎《升庵詩話》就曾以《詩經》爲基準量度唐宋詩的優劣：

> 唐人詩主情，去《三百篇》近；宋人詩主理，去《三百篇》卻遠矣。❸

以“主情”、“主理”去界分唐、宋，與李、何的論調相同；楊
愼的補充論點是，不單“作詩”是可以依此分劃，連“解詩”也
可以“主情”、“主理”分❸。言下之意，宋代無論是詩的創作，
或者對詩篇以至經典的解釋（所謂解詩就是指對《詩經》的詮
釋），都被“主理”的精神籠罩，因此宋詩與宋儒解經也有同類
的特色。

謝榛在區分唐、宋時，重點在於創作過程，《四溟詩話》說：

> 詩有辭前意、辭後意，唐人兼之，婉而有味，渾而無跡。宋
> 人必先命意，涉於理路，殊無思致。❸

謝榛其實也是在發揮“宋人主理”的概念。在他眼中宋人的知性
精神表現在對“意”的重視；所謂“意”就是詩人對整個創作過
程的駕御。他論詩重情景的遇合❸，“情”之生並不如宋人所講
的“意”可以由作者“先命”❹，他認爲詩中就是有“意”，也
是隨著寫詩過程慢慢發展出來的：

> 宋人謂作詩貴先立意。李白斗酒百篇，豈先立許多意思而後
> 措詞哉？蓋意隨筆生，不假布置。詩有不立意造句，以興為
> 主，漫然成篇，此詩人之入化也。❹

有創作經驗的人大抵都會同意，寫一首詩或者一篇文學作品與寫
一篇議論文不同。議論文可以有很強的邏輯結構，作者運筆之先
往往已有全盤架構於胸中；文學作品則可能一邊寫一邊發展，作

品完成後很可能已經偏離作者的初意；有時作者根本就沒有初意，只是由某些思緒所引發。宋詩的特點是強調知性、理性；宋人希望將作詩的過程變一些明晰具體，人人都可以掌握的步驟❷，"立意"的主張就是由此而來。在明人眼中這樣做法就如寫文章，不是寫詩的正確方法，謝榛評之為"涉於理路"，也是這個緣故。他一定認為"以意為主"的詩很難趕得上"以興為主"的唐詩那麼"婉而有味"了。

謝榛在另一處提到唐宋之別時，又以"議論"比諸宋詩：

> 若江湖遊宦羈旅，會晤舟中，其飛揚輘軻，老少悲歡，感時話舊，靡不慨然言情，近於議論，把握住則不失唐體，否則流於宋調。此寫情難於景也。

他認為宋人即使在"言情"時，也會直言不隱，一瀉無餘，就好像滔滔的議論一樣。可惜文中沒有舉出詩例，只是以先存的概念，加上"宋調"的標籤。宋人詩中正式被謝榛點為"流於議論，乃書生講章"的，是歐陽修的《明妃曲》。在指出用"虛字"多而又"兩句一意"的毛病時，他就舉出晚唐李建勳和歐陽修此詩來批評，說：

> 歐陽永叔亦有此病，《明妃曲》："耳目所及尚如此，萬里焉能制夷狄。"夫"耳目"之"所及"者"尚"然"如此"，況"萬里"之外，"焉能制"其"夷狄"也哉！❸

這種"講章"式的詩句與重緣情比興的明復古派當然格格不入，
王世貞對《明妃曲》這兩句也批評說：

> 論學繩尺，公從何處削去"之"、"乎"拾來？

對歐陽修的總體批評是：

> 永叔不識佛理，強鬪佛；不識書，強評書；不識詩，自標譽
> 能詩。❹

可見歐陽修在他們心目中的地位。有關助語辭的使用，楊慎有這
樣的看法：

> 王右丞詩："暢以沙際鶴，兼之雲外山。"孟浩然云："重
> 以觀魚樂，因之鼓枻歌。"雖用助語辭，而無頭巾氣。宋人
> 黃、陳輩效之，如"且然聊爾耳，得也自知之。"又如：
> "命也豈終否，時乎不暫留。"豈止學步邯鄲，效顰西子，
> 乃是醜婦生瘡，雪上再霜也。❺

他所講的"頭巾氣"其實就是所謂"書生講章"，也是"主理"、
"涉理路"的表現。

　　"宋人主理"的一個現象就是理學詩風的出現，明人對邵雍、
朱熹等理學家詩人都不予好評。例如朱熹模仿陳子昂《感遇》詩
作《齋居感興二十首》，在序中指明陳子昂詩"不精於理，而自

託於仙佛之間以爲高也”，可知他認爲自己的詩會精於“理”，
而且“切於日用之實”❻。但楊愼批評這二十首詩說：

> 或語予曰：“朱文公《感興》詩比陳子昂《感遇》詩有理
> 致。”予曰：“譬之青裙白髮之節婦，乃與靚妝袪服之宮娥
> 爭妍取憐，埒材角妙，不惟取笑旁觀，亦且自失所守。要之
> 不可同日而語也。”❼

大概他認爲朱熹之作（理學家之言，以“節婦”爲象徵）與陳子
昂之詩（詩人篇什，以“宮娥”爲象徵）根本不屬同一範疇；朱
熹要保持理學家的身分，本來就不應寫詩來講“理”，和詩人比
較高下。王世貞對楊愼此說非常贊同，說：

> 善乎用修言之也。❽

又批評邵雍說：

> 若邵堯夫非不有會心處，而沓拖跂跛，種種可厭；譬之剝荔
> 枝、薦江瑤，以佐蒲萄之酒，而餒魚敗肉、梟羹蛙炙，雜然
> 而前進，將掩鼻扶喉，嘔穢之不暇，而暇辨其味乎。❾

理道本是“荔枝”、“江瑤”、“蒲萄酒”，但邵雍以之寫成詩，
其表現手法就好比“餒魚敗肉，梟羹蛙炙”。復古派詩論一般都
不會反對儒學，但他們都覺得詩是另外一個世界，寫詩的人不應

刻意講"理"。

　　然而在明代卻也有好些詩人專門效法宋代的理學派詩，李夢陽《缶音序》就指出"今人有作性氣詩"，楊愼又就其中的著名代表如陳獻章等作出批評：

> 白沙之詩，五言沖淡，有陶靖節遺意，然賞者少；徒見其七言近體，效簡齋、康節之渣滓，至於"筋斗"、"樣子"、"打乖"、"個理"，如禪家呵佛罵祖之語，殆是《傳燈錄》偈子，非詩也。若其古詩之美，何可掩哉？然謬解者，篇篇皆附於心學性理，則是癡人說夢矣。❸

案陳獻章非常推崇邵雍詩，在《批答張廷實詩箋》曾說：

> 只看程明道、邵康節詩，真天生溫厚和平，一種好性情也。

又《次韻廷實見示》說：

> 《擊壤》之前未有詩，《擊壤》之後詩堪疑。

《隨筆》詩說：

> 子美詩之聖，堯夫又別傳，後來操翰者，二妙少能兼。❸

楊愼批評他的七言近體仿效簡齋❸、邵雍，充斥著"筋斗"、

"打乖"一類字眼,而且讀來有如佛偈,意思是說這些作品淡無詩味,不是眞的詩——不符合他們的詩學宗旨。或者我們可以參看陳獻章《夕惕齋詩集後序》所說:

> 詩家者流,矜奇炫能,迷失本真,乃至句鍛月鍊,以求知於世,尚可謂之詩乎?晉魏以降,古詩變為近體,作者莫盛於唐,然已恨其拘聲律、工對偶,窮年卒歲為江山草木、雲煙魚鳥粉飾文貌,蓋亦無補於世焉。❸

他的講法和《缶音序》指摘的"劓去風雲月露"之說差不多,對於復古派來說,當然難以接受。但楊愼卻認爲,如果剔開這些"主理"的詩,部分近陶潛風格的五古,也值得欣賞❸。同樣的態度又見於他對莊㫒詩的批評:

> 莊定山早有詩名,詩集刻於生前,淺學者相與效其"太極圈兒大,先生帽子高",以為奇絕。又有絕可笑者,如"贈我一壺陶靖節,還他兩首邵堯夫",本不是佳語,有滑稽者改作《外官答京官苞苴》詩云:"贈我兩包陳福建,還他一疋好南京",聞者捧腹。然定山晚年詩入細,有可並唐人者,……此數首若隱其姓名,觀者決不謂定山作也。❸

楊愼認爲莊㫒的詩也有好的,那就是"可並唐人"而又"語含興象"一類的詩❸——與"主理作理語"不同的詩。可惜一般人只認識他的淺陋可笑的詩,例如《遊茅山》的"山敎太極圈中闢,

天放先生帽頂高 "，《與王汝昌魏仲瞻雨夜小酌》的 " 贈我一杯
陶靖節，答君幾首邵堯夫 " 等❺❼。擁護陳獻章和莊㫤的明人中以
楊廉最有代表性。朱彝尊《明詩綜》載：

> 詩話：月湖（楊廉 ）詩派本白沙、定山，其言曰：" 近代之
> 詩，大抵只守唐人矩矱，不敢違越一步，惟陳公甫，莊孔㫤
> 獨出新格。予好公甫詩，既選注之，好孔㫤詩，又選注之。"
> 其論絕句云：" 於宋得濂、洛、關、閩之作，於元得劉靜修，
> 於國朝得陳公甫、莊孔㫤，因類成一帙，名曰《風雅源
> 流》。" ❺❽

楊廉曾經說過：

> 子美 " 穿花蛺蝶深深見，點水蜻蜓款款飛 "，視孔㫤 " 溪邊
> 鳥共天機語，擔上梅桃太極行 "，尚隔幾塵；以是知工於辭
> 而淺於理者之未足貴也。❺❾

從楊廉的言論可見明人都以為陳獻章、莊㫤的詩是有別於唐人而
可上溯於宋代理學詩派的，他舉出莊㫤《與謝汝申飲北山周紀山
堂石洞老師在焉》詩的兩句：" 溪邊鳥共天機語，擔上梅挑太極
行 " 為代表作❻⓪，認為遠勝杜甫《曲江》的兩句。這個說法當是
受程頤以杜甫詩為 " 閑言語 " 的影響，也可能是《缶音序》" 輒
自賢於 ' 穿花蛺蝶 '、' 點水蜻蜓 ' 等句 " 所針對的對象。較李
夢陽稍後的安磐❻❶，著有《頤山詩話》，其中對楊廉的批評也和

李夢陽《缶音序》之說差不多：

> "蛺蝶"之"穿花"，"蜻蜓"之"點水"，各具一太極，
> 各自一天機，亦"鳶飛魚躍"之意也，奚必待說"天機"
> "太極"始謂之言理哉！且"穿"字更著"深深"字，"點"
> 字更著"款款"字，微妙流轉，非餘子可到。就以理言，
> "擔挑太極"，全不成語也。㊷

這也是說詩可以有"理"，但不必作"理語"的意思；杜句是有
"理"的詩句，而莊句則"不成語"，更談不上詩了。對於性氣
詩，復古派中人甚至稱之爲"贋詩"，楊愼說：

> 今之作贋詩者……謂詩必用語錄之話，於是"無極"、"先
> 天"、"行窩"、"弄丸"，疊出層見。又云："須夾帶禪
> 和子語。"於是"打乖"、"打睡"、"打坐"、"樣子"、
> "撒子"、"句子"，朗誦之有矜色，疾書之無怍顏，而詩
> 也掃地矣。㊸

他認爲如果寫詩只顧搬弄那些"無極"、"先天"等術語，那就
墮落到不得了。

王世貞在早年寫成的《明詩評》㊹，也對性氣詩人作了不少
批評，例如評陳獻章云：

> 獻章襟度瀟灑，神情充預，發爲詩歌，毋論工拙，頗自風雲

間作瘦語,殊異本色,如禪家呵罵擊杖,非達磨正法,又類
優人出諢,便極借扣,終乖大雅。❻❺

他說陳獻章詩"殊異本色"、"非達磨正法",當然是對陳氏師
法邵雍的詩風不滿;這些宋代詩風,是違反復古派的論詩宗旨的。
這一點在王世貞評莊杲詩時更清楚:

詩以緣物極興,非為詁義訓辭,杲與獻章俱號山林白眉,至
乃"鳥點天機","梅挑太極",如巫師降神,里老罵坐,
兒女走聽,雅士掩耳。❻❻

王世貞先標明他們主張的詩學原理,所謂"緣物極興",是說詩
的感興作用賴物象作為引發的媒體,興是"外感於物"而"內動
於情"❻❼,復古派強調"興",當然也會重視物象在詩中的作用。
因此王世貞對於莊杲被人標舉為遠勝杜詩的兩句詩就大張撻伐。
這兩句本是詩中的頸聯,復古派詩論很講究這個位置的情景安排
和佈置❻❽,莊杲卻在物象語的"鳥"與"梅"之上強加上抽象的
理學術語"天機"和"太極",於"景"無所增益,又完全牽不
上"情",所以王世貞認為是嚴重的敗筆,甚至說不是詩,只如
"巫師降神,里老罵坐",會吸引到一些無知淺薄之徒聆聽,懂
得甚麼是詩的"雅士"就掩耳不欲聞。
　　被王世貞批評的另一個性氣詩人是王守仁。他早年曾與李夢
陽同在郎署,刻意為詞章;後來專意於"致良知"之學❻❾,詩風
就有所改變。王世貞說他:

> 詩初銳意作者，未經體裁，奇語間出，自解為多，雖謝專家
> 之業，亦一羽翼之雋也。……暮年如武士削髮，縱談玄理，
> 僧語錯出，君子譏之。❼

指他憑早期詩作雖未能成大家，但可以是一時的"羽翼之雋"，
到後期卻寫出一些說理的詩❼，於是"雅士"、"君子"——復
古詩論家——就不會歡迎了。

在《藝苑卮言》中王世貞也有指出這些理學派詩人並非全無
佳作，他認為"七言最不易工"，但卻可舉出薛瑄❼、莊㫤、陳
獻章和王守仁的精句警聯，說"何嘗不極其致"，對陳獻章和王
守仁的詩又加以比較：

> 公甫少不甚攻詩，伯安少攻詩而未就，故公甫出之若無意者，
> 伯安出之不免有意也。公甫微近自然，伯安時有警策。❼

說"講學者"有"極致"的詩句，說陳詩"自然"、王詩"警
策"，其著眼點都一樣，是以復古派詩論的基準去衡量，試圖找
出正如楊慎所講的"可並唐人"之詩。事實上王世貞舉列的示例
當中，就絕無他們批評的"縱談玄理"、"詁義訓辭"一類句子。

復古派這種有抑有揚的方法，更能顯示他們的論詩宗旨；即
使專門講學的理學家如果寫的詩合乎正確的法則，則仍然可取；
反之，寫出不能"緣物極興"的理語，就不配稱作詩。

王世貞在《明詩評》中極力攻擊的，還有一般文學批評史譽
為"唐宋派"的領袖王慎中和唐順之。二人都經歷過一段刻意詞

章的階段；王世貞說王愼中：

> 初年詩格艷麗，雖寡天造，良極人工。

唐順之則一反李、何末流的剽竊雷同的風氣：

> 稍振之為初唐，即其宏麗該整，咳唾金璧，誠廊廟之羽儀，
> 文章之瑚璉。⑭

但後期二人的詩風大有改變，王世貞評王愼中說：

> 歸田以後，恃才信筆，極其粗野，一時後進靡識，翕然相師，
> 遂成二豎之病，重起萬障之魔。

評唐順之說：

> 太史近亦濫觴，互相標榜，所謂有狐白之裘而反襲，飾嫫母
> 以為西子者也。如道思，舊作本可二三；僕故抑之，使世人
> 罔啜其糟，毋曰蜉蝣撼樹也。⑮

詩風轉變以後，所師法的就是"主理說理語"的邵雍等人，唐順
之在給王愼中的信說：

> 三代以下之詩，未有如康節者。

《與皇甫百泉郎中》說自己:

> 其為詩也,率意信口,不調不格,大率似以寒山、《擊壤》
> 為宗而欲摹效之。❼⓺

王世貞說"僕故抑之,使世人罔啜其糟",表示他對這種傾向有
所擔心,所以刻意壓抑這種詩風。至於他擔心的原因,在《明詩
評·後敍》說得很清楚,他指王、唐二人:

> 黜意象,凋精神,廢風格。❼⓻

也就是說王、唐的詩排斥物象,不能引發感興,以致喪失詩的本
質精神,更不能構成完整的風格;這樣的詩,只與復古派一力批
判的"主理"的宋詩相通,與他們主張重情、重興象的宗旨不同。

第三節　宋詩的文學史地位

後期復古詩論家對宋詩亦非常不滿,但著眼點卻與前述諸家
不同。

胡應麟曾經表示過對當時盛行的王學的反感 ❼⓼,然而《詩
藪》之中並沒有嘗試批評明代的性理詩人。《續編》兩卷專論明
代,但陳獻章、莊㫱、王守仁等都不在評騭之列,王世貞所攻擊
的王愼中和唐順之二人,只有後者被胡應麟稍一提及:

> 嘉靖初,為初唐者:唐應德、袁永之、屠文升、王汝化、任
> 少海、陳約之、田叔禾等,為中唐者:皇甫子安、華子潛、
> 吳純叔、陳鳴野、施子羽、蔡子木等,俱有集行世。就中古
> 詩沖淡,當首子潛;律體精華,必推應德。

將唐順之列為學習初唐詩風的代表之一,說他 "律體精華",完全不提他的性理詩。再回顧胡應麟對宋詩的評論,也沒有特別針對當時理學家的詩,唯一觸及邵雍的是這一則:

> 禪家戒事理二障,余戲謂宋人詩,病政在此。蘇、黃好用事,
> 而為事使,事障也。程、邵好談理,而為理縛,理障也。㉙

王世貞等要大肆批評的邵雍詩,胡應麟只隨意指出,以戲謔口吻稍加指點㉚。在許學夷的《詩源辯體》當中,情況更明顯:論宋不提邵雍,論明不及王愼中、唐順之。大概在胡、許的時代,性理詩風已被人遺忘,詩作本身也沒有值得注意的地方,所以就不予品評了。

然而對於宋詩,這些復古詩論家仍是不假恕詞,例如胡應麟就從 "緣情" 的角度批評宋詩:

> 近體至宋,性情泯矣。元之才不若宋之高,而稍復緣情,故
> 元季諸子,即為昭代先鞭。㉛

李夢陽批評宋詩 "其詞艱澀,不香色流動",何景明評宋詩 "似

蒼老而實疏鹵"，《詩藪》都有徵引 ❷，而他作的批評，更是就整個詩歌傳統的發展歷程配合詩的原理而立論，如說：

> 詩之勖骨，猶木之根幹也；肌肉，猶枝葉也；色澤神韻，猶花蕊也。勖骨立於中，肌肉榮於外，色澤神韻充溢其間，而後詩之美善備。猶木之根幹蒼然，枝葉蔚然，花蕊爛然，而後木之生意完。斯義也，盛唐諸子庶幾近之。宋人專用意而廢詞，若枯藁槁梧，雖根幹屈盤，而絕無暢茂之象。元人專務華而離實，若落花墜蕊，雖紅紫嫣熳，而大都衰謝之風。❸

"肌肉"指詩的詞采，"勖骨"指詩由立意而組成的架構；胡應麟說宋詩只重立意而失去詞采，雖然理路脈絡具在，但卻沒有神韻。所說本來也是李、何之論的發揮，不過以唐宋元三代對照比較，指出宋元各得一端，而唐詩最合詩的本質而已。

許學夷引用了胡應麟的話，但稍加補充說：

> 元瑞此論妙甚。但言宋人"用意"，當言宋人"尚格"為妥。宋人雖用意，而意不可言勖骨也。又元人律詩亦多出於中晚正派，今言"元人專務華而離實"云云，或未見諸家全集，姑以理勢斷之耳。俟諸公全集出，更為定論。❹

於元詩，許學夷認為最好待諸家全集都流通以後，再作定評；於宋詩，他覺得應說"尚格"而非"用意"。其實胡應麟也說過宋

詩 " 尙格 " ：

> 宋主格，元主調。宋多骨，元多肉。宋人蒼勁，元人柔靡。
> 宋人粗疏，元人整密。宋人學杜，於唐遠，元人學杜，於唐
> 近。⑧

可見 " 意 " 與 " 詞 " 本和 " 格 " 與 " 調 " 相對應，二者不偏廢，
詩的 " 色澤神韻 " 才能彰現。這裡又是唐宋元並舉，而以唐詩爲
基準。早在李東陽的《懷麓堂詩話》就說過：

> 宋詩深，卻去唐遠；元詩淺，去唐卻近。

但李東陽接著說：

> 顧元不可爲法，所謂 " 取法乎中，僅得其下 " 耳。

大概因爲明初以來還有元詩餘風影響，所以要著意批評；他對宋
詩的貶抑也很激烈，如說：

> 唐人不言詩法，詩法多出於宋，而宋人於詩無所得。所謂法
> 者，不過一字一句對偶雕琢之工，而天真興致，則未可與道。
> 其高者失之捕風捉影，而卑者坐于黏皮帶骨，至于江西詩派
> 極矣。⑧

在胡應麟時，離明初詩壇較遠，反而覺得元詩比宋詩合乎“緣情”的宗旨；許學夷也說元詩“多出於中晚正派”。他們正是從文學史的角度去看唐以後的不同發展。例如宋人學杜，在他們眼中卻愈遠離詩的正軌；胡應麟說：

> 宋人學杜得其骨，不得其肉；得其氣，不得其韻；得其意，不得其象，至聲與色並亡之矣。
>
> 二陳（陳師道、陳與義）五言古皆學杜，所得惟粗強耳。其沉鬱雄麗處，頓自絕塵。無已復參魯直，故尤相去遠。大抵宋諸君子以險瘦生澀為杜，此一代認題差處，所謂七聖皆迷也。⑧

許學夷先引述另一則胡應麟的話，然後再徵引“一代認題差處”之言：

> 胡元瑞云：“宋黃陳首倡杜學，然黃律詩徒得杜聲調之偏者，至古選歌行，絕與杜不類，晦澀枯槁，刻意為奇而不能奇，而一代尊之無上。”又云：“宋諸子以險瘦生澀為杜，此一代認題差處。”予欲改“險瘦”二字為“艱深”，更為妥帖。

他自己批評黃庭堅說：

> 唐王建、杜牧、陸龜蒙、皮日休雖多怪惡，然止七言律一體，聖俞（梅堯臣）、魯直（黃庭堅）則諸體皆然，乃是千古詩

道之厄。魯直詩云:"隨人作詩終後人",又云:"文直切
忌隨人後",蓋其本意乃爾,宜其眾醜畢集也。

又說:

> 宋人首稱蘇黃,黃諸體恣意怪僻,遂為變中之變。元美謂其
> "愈巧愈拙,愈新愈陳,愈近愈遠",又云:"魯直不足小
> 乘,直是外道,已墮傍生趣中。"是也。然黃竟為江西詩派
> 之祖,流毒終於宋世。⸬

從兩人評論時選用"一代認題"、"千古詩道"等字眼,顯示出
他們是從詩史的角度批評宋詩。

胡應麟更認爲宋詩和元詩的作用,是明詩創作的前車之鑑,
如在"宋人學杜於唐遠,元人學杜於唐近"之下,他接著說:

> 國朝下襲元風,上監宋轍,故虞(集)、楊(載)、范
> (椁)、趙(孟頫),體法時參;歐、蘇、黃、陳,軌躅永
> 絕。
>
> 大曆而後,學者溺於時趨,罔知反正。宋元諸子亦有志復古,
> 而不能者,其說有二:一則氣運未開,一則鑒戒未備。蘇黃
> 矯晚唐而為杜,得其變而不得其正,故生澀峻嶒而乖大雅。
> 楊范矯宋而為唐,舍其格而逐其詞,故綺繡閨閫而遠丈夫。
> 國初因仍元習,李何一振,此道中興。蓋以人事則鑒戒大備,
> 以天道則氣運方隆。⸬

胡應麟認爲詩的歷史發展，經過宋代的乖離，元代稍能恢復，到明代就再次踏回正軌了。

許學夷的歷史意識則表現在以"變"觀"變"，認爲宋代變離正道之後，就不應從唐詩的角度看宋詩：

> 宋主變，不主正；古詩歌行，滑稽議論，是其所長，其變幻無窮，凌跨一代，正在於此。或欲以論唐詩者論宋，正猶求"中庸"之言於釋老，未可與語釋老也。

於是連反復古的公安派的意見，也可以吸收：

> 元美、元瑞論詩，於正者雖有所得，於變者則不能知。袁中郎於正者雖不能知，於變者實有所得。中郎云："至李杜而詩道始大；韓、柳、元、白、歐，詩之聖也；蘇，詩之神也。"以李、杜、柳與四家並言，固不識正變之體；以韓、白、歐爲聖，蘇爲神，則得變體之實矣。

究之，他仍然是秉持著復古派的宗旨，將"正"、"變"分門，又如說：

> 予嘗謂：三教之理，判若河漢；世之儒者，惑於二教，不敢遽毀先聖，乃欲合而通之，其罪甚於毀儒；當如三家比居，其垣牆門戶，界限分明，庶無混媒之虞。袁中郎謂："詩至李杜始大，韓、柳、元、白、歐，詩之聖也；蘇，詩之神

也。"此合而通之,且欲以變爲中矣。又或心知韓、白、歐、蘇之美,恐妨於李杜,而不敢言,此又不能分別門戶也。苟能於諸家門戶判然分別,則謂韓白諸子爲聖可也,神亦可也。⑩

將門戶界限分清,則旣可於實踐的層面之上尊師"正宗"的盛唐,也可在認識的層面之上了解"大變"的宋詩了。

第四節　宋人"主理"與明復古派反"主理"的原因

明復古詩論家以"宋人主理"來概括宋詩及其寫作風氣,雖然是從本身所立的宗旨出發,但確也能掌握宋詩的主要特徵。"理"字可說代表宋代文化的精神面貌;宋代是一個自覺反省,以知性爲主導的時代,"理"在宋人世界觀的重要性就如朱熹所講:

> 形而上者指理而言,形而下者指事物而言,事事物物皆有其理;事物可見而理難知,即事即物,便要見得此理。⑨

理學家固然以探究性理爲要務,詩論家也以是否"合理"責求詩歌,例如歐陽修指摘張繼《楓橋夜泊》之有"夜半鐘"爲"理有不通",就挑起一番激烈的討論;值得注意的是論辯者都以是否合理爲基礎 ⑨,同類性質的批評在宋代詩話中更屢見不鮮 ⑨。黃庭堅說："但當以理爲主，理得而辭順，文章自然出群拔萃"
❾，范溫說："然文章論當理與不當理耳"❾；都出於同一基礎。
甚至"以文爲詩"的特色也是這理性精神下的產物❾。再進一步
而言，宋代大詩家大都與理學有所關連，不少被列入《宋元學
案》之中；例如其中《廬陵學案》就因歐陽修的儒學成就和影響
而立❾；黃庭堅也被派入《范呂諸儒學案》之內❾；江西派中人
大部分都出於呂希哲和楊時之門❾。既然有此淵源，他們的主張
與理學有精神相通之處就絕不出奇。錢鍾書更指出，詩人如黃庭
堅、賀鑄、陸游、辛棄疾、劉克莊、吳錫疇、吳龍翰、陳杰、陳
起、宋自適、毛珝、羅與之、周密，甚至朱淑眞，都做過"講義
語錄之押韻者"一類詩篇❿。劉克莊序《竹溪詩》的講法可說是
宋詩主流傾向的總結：

> 迨本朝則文人多，詩人少。三百年間，雖人各有集，集各有
> 詩，詩各自為體，或尚理致，或負材力，或逞辯博，少者千
> 言，多至萬首，要皆經義策論之有韻者爾，非詩也。❿

總合而言，"宋人主理"的"理"字，包融雖廣，其背後實在有
一共同的精神。

從另一個角度來看，"宋人主理"又與晚唐詩有極大關連；
晚唐詩可說是宋詩主流的對立面。宋初詩壇本是唐末五代的延續，
由南唐入宋的詩人徐鉉、李昉等都是晚唐詩風的推廣者，如二人
參與編修的《文苑英華》就收入大量鄭谷、張喬等晚唐詩人的作
品。根據《六一詩話》的記載，鄭谷詩更是童蒙所習，廣泛流傳

的作品，周朴的完整詩集還可以見到；上文提到宋初的九僧，也以晚唐詩爲尚 ⑩。到了歐陽修，梅堯臣等人要別樹新幟，就會以反對晚唐詩爲邁向新路的起點。至於江西詩派的尚拙尚樸，分明又與晚唐詩大相逕庭 ⑩。當然宋人並沒有宣佈與唐詩脫離關係，例如杜甫就是蘇、黃以來極受尊崇的唐代詩人。不過細考之會發覺這與我國傳統文學運動以復古爲革新的程式並無不同，宋人學習唐詩人中規模最大、路數最廣的杜甫，只因爲杜詩開拓了不少可供宋人發展的途徑 ⑩。黃庭堅說：

> 學老杜詩，所謂"刻鵠不成尚類鶩"也；學晚唐人詩，所謂"作法於涼，其弊猶貪，作法於貪，弊將若何"！⑩

可見江西詩派學杜，也是晚唐詩風的對立。又由此觀之，以反江西詩風（最具宋詩特色的詩派）爲號召的四靈、江湖詩派一下子又走上晚唐之途，就並非意外之事了。正如葉適《徐斯遠文集序》所講：

> 慶曆、嘉祐以來，天下以杜甫爲師，始黜唐人之學，而江西宗派章焉。……近歲學者已復稍趨於唐而有獲焉。

江西派學杜（本是唐大家）就變成與唐人不同；四靈等意圖改變這種主流風氣，於是走到這派的對立面，回到"風雲草木"的物色世界；葉適《徐道暉墓志銘》說：

故善為是（詩）者，取成于心，寄妍于物，融會一法，涵受
萬象，……此唐人之精也。……後復言唐詩者自君始，不亦
詞人墨卿之一快也！

他在《王木叔詩序》又說：

木叔不喜唐詩，謂其格卑而氣弱，近歲唐詩方盛行，聞者皆
以為疑。夫爭妍鬥巧，極外物之變態，唐人所長也；反求於
內，不足以定其志之所止，唐人所短也。❿

結合兩段說話來看，四靈詩派心中的唐詩特徵是"涵受萬象"、
"極外物之變態"；而"反求於內，定志之所止"則是知性精神
主導下的理想詩境。宋詩主流為追求後者而輕視了前者；四靈抓
緊了"物象"但卻囿於一隅，以晚唐代表整個唐代，境界就未免
偏狹了❿。

　　宋詩的風格以偏離晚唐詩為出發點，處處與晚唐詩相背；而
明復古派的論詩起點則是反宋詩，屢屢以宋詩為殷鑑。因此《缶
音序》中提出的意見就好像要維護晚唐詩，其實這只是個開端。
復古派認為晚唐詩重視物象的創作方法不是弊病，不要物象才是
宋詩的失敗原因。但他們並非僅僅停留於晚唐的格局；反之，他
們提倡盛唐的詩風，包括宋人尊尚的杜詩。當然，在吸收宋人的
經驗之後，復古派對學杜甫的態度是相當謹慎的，而且於理論上
特別繁密❿，他們要學習盛唐，與宋人學習杜甫的態度是不同的，
方法步驟也有分別。明復古詩論漸漸發展出一套完整的詩歌演變

的觀念；甚麼對象值得師法模仿，應該學習他們的那些方面，都放置入詩史發展的脈絡（ put into context ）去掌握和分析；因此說，明代復古詩論家的歷史（詩史）感較諸前代來說，是濃烈得多。

　　除了以上從邏輯發展的角度作解釋外，我們還可以從當時詩壇的實際環境去了解復古派批評"主理"詩風的原因。一般人認為復古派只是臺閣體的反動，其實不能說完全準確，臺閣體與復古派並非處於絕對對立的地位，復古派於臺閣詩風既有變革，也有繼承；反而在臺閣以外的陳獻章和莊㫬提出不少與復古詩論的宗旨完全相反的主張。在明人眼中，"陳莊體"也是"主理"的宋人詩風的替身，如《明詩綜》引邵弘齋講述明初到李、何時期的詩壇說：

　　　國初詩是元，如楊鐵崖、解大紳；成化間是宋，如陳白沙、
　　　莊定山；至弘德來，駸駸乎盛唐矣，如何大復、李空同。[109]

復古派提倡盛唐詩風，其迫切任務也當是排擊"宋詩"了。李、何稍後的楊慎，在分析晚唐詩風與性理詩風之別時，就顯示出復古詩論家的心態：

　　　大曆而下，如許渾輩，皆空吟不學，……此等空空，知萬卷
　　　為何物哉！然猶是形月露而狀風雲，詠山水而寫花木。今之
　　　作贋詩者異此，謂詩必用語錄之話，……又云："須夾帶禪
　　　和子語。"……而詩也掃地矣。[110]

晚唐詩雖非上乘，但宋詩（性理詩），更是外道。對他們來說，宋詩最墮落的特徵都在當時出現的性理詩風氣中見到，於是復古派不得不起而攻擊。

李何倡導復古以後，性理詩風並未從此堙滅，反而附隨復古詩的末流習氣，多剽竊雷同，為人詬病，於是詩壇上又興起各樣的流派；王世貞《明詩評後敍》有很詳細的敍述：

> 弘正間李何起而振之，天下彬彬然知嚮風云，而其下者，至或好為剽竊傅會，冀文其拙；一二少年，耳觀無當於心，翩翩然曰：「士當自起名，奈何影響他人為也！」則又嗜獵齊梁之下，具而誇於人曰：「吾乃得其精矣。」彼為少陵氏者何？吳人黃氏、皇甫氏者流，若倚門之妓，施鉛粉，強盼笑，而其志矜國色猶然哉；一者公甫、孔暘，本無所解，為道理語，度其才氣不足勝人，遯而自眩夫「太極」、「陰陽」、「無言」已，且束之聲韻，豈不冤耶？一者應德、道思，歸田之後，駕誣陶韋，必諧自然目到之語，黜意象，涸精神，廢風格；而其徒洪朝選、萬士和酷嗜其殘馥，左右而播之；於乎！何舛也！一者關中王維楨，悉反諸作，推尊少陵氏，間出章什，朝野重之，以其為道彌邇，為禍愈重；何者？以宛轉應接為少陵氏之旨，以棘澀粗重為少陵氏之語，至於神格無聞，四聲未協，天下相率而瞶聽之，謂為真傳而瞽行之，可不辨乎？⑪

面對繽紛雜出的潮流，李攀龍與王世貞等又起而再倡復古之調⑫。

在上文王世貞對各種流派都強烈批評，但若結合《明詩評》卷內的評論，可知他最不滿的還是近乎宋詩的傾向。例如他評"刻意六朝"的黃省曾只說："原非珍品，坐索高價"評皇甫涍更說他有"得意處"，只是"七言衰弱"；評王維楨稍爲強烈一些，可能覺得他學杜甫的方法不對（這也是復古派對宋詩不滿的原因之一），但也說"惜哉"❶❸！此外對王愼中、唐順之早年的初唐詩風，也不深責；但對性理詩人如陳獻章、莊㫤的攻擊便很嚴厲，對時代更近的王、唐"歸田後"詩，更猛烈抨擊；王世貞更解釋說，因爲他看到"一時後進靡識，翕然相師"，"其徒……左右而播之"，所以"僕固抑之，使世人罔啜其糟"；因爲這種詩風離復古派的宗旨最遠，而當時相率仿效的人又不在少數，所以王世貞等便覺得排斥這種"不良風氣"的需要異常逼切了。一直到復古運動的第二階段穩定下來，復古思潮再成主流，王世貞等雖然反宋詩如故，卻也不再苛評當世的性理詩，例如王世貞《讀書後》評陳獻章說：

> 陳公甫先生詩不入法，文不入體，又皆不入題，而其妙處有超乎法與體與題之外者；予少年學爲古文辭，殊不能相契，晚節始自會心，偶然讀之，或倦而躍然以醒，不飲而陶然以甘，不自知其所以然也。❶❹

《藝苑巵言》中所說的"講學者動以詞藻爲雕搜之技，工文者則學拙語爲談笑之資，若枘鑿不相入"一類持平的話❶❺，大概也是較後期的見解。復古派後進如胡應麟，雖也不滿宋詩，但對嘉靖初年興起的各派，只輕描淡寫，而且絕口不提性理詩派，如說：

> 自北地宗師老杜，信陽和之，海岱名流，馳赴雲合，而諸公
> 質力，高下強弱不齊，或強才以就格，或困格而附才。故弘
> 正自二三名世外，五七言律往往剽襲陳言，規模變調，粗疏
> 澀拗，殊寡成章。嘉靖諸子見謂不情，改創初唐，斐然溢目，
> 而矜持太甚，雕繢滿前，氣象既殊，風神咸乏。既復自相厭
> 棄，變而大曆，又變而元和，風會所趨，建安開寶之調，不
> 絕如線。王李再興，擴而大之，一時諸子，天才競爽，近體
> 之工，欲無前古，盛矣。⑯

從中根本看不出李攀龍、王世貞等與唐順之等人尖銳對立的情況。
上文已經提過，胡應麟即使論及唐順之，也只是說他詩學初唐，
說他＂律體精華＂，完全不似王世貞所講＂黜意象，凋精神，廢
風格＂。許學夷又完全沒有說過半點批評性理詩的話。在他們眼
中，明代性理詩好像沒有存在過一樣。也可能因著這個緣故，後
人只知明代復古派在理論上反對宋詩，而忽略了反宋詩的理論在
當世詩壇上是實有所指的。

注 釋：

❶ 劉績：《霏雪錄》（曹溶輯《學海類編》本；台北：文海出版社，1964
影印），頁8下－9上。

❷ 葉子奇：《草木子》（北京：中華書局，1959），卷4，《談藪篇》，頁70。

❸ 葉盛：《水東日記》（《四庫全書》本），卷26，頁8上。

❹ 有關三人的事蹟及其他明初論者對唐宋詩的看法可參龔顯宗:《明初詩文論研究》(台北:華正書局,1985);齊治平:《唐宋詩之爭概述》(長沙:岳麓書社,1984),頁 36－41。

❺ 李夢陽《潛虯山人記》曾記載余育跟他學詩的事,並說:"夫山人名育,字養浩,號鄰菊居士,其父存修者,亦詩人也,有《缶音》刻行矣。"(《空同集》,卷48,頁11上－13下。)

❻ 同上註,卷52,頁5上－6上。

❼ 例如上引劉績所講的"唐人聲調",大概是指吟誦起來音節順暢之意,李東陽論詩亦常講"調",如說:"今之歌詩者,其聲調有輕重、清濁、長短、高下、緩急之異,聽之者不問而知其為吳、為越也。漢以上古詩弗論,所謂律者,非獨字數之同,而凡聲之平仄,亦無不同也。然其為調之為唐、為宋、為元者,亦較然明甚。⋯⋯而其為調則有巧存焉,苟非心領神會,自有所得,雖日提耳而敎之無益也。""調"指"聲調"是沒有問題了,但卻不是指平仄聲律的安排,又要"心領神會"才可掌握。這種訴諸心靈感受的說法,很容易會提升到抽象的風味、風格的層次,如他評劉辰翁詩時說:"及觀其所自作,則堆疊餖飣,殊乏興調 ""興調"則似是"興味"、"風調"了。(見李東陽:《懷麓堂詩話》,頁1379、1375。)又如屬於復古派後期的胡應麟,其詩論中的"調"字用法也很廣泛,如說:"作排律先熟讀宋、駱、沈、杜諸篇,做其布格措詞,則體裁平整,句調精嚴。"明顯是指聲律的措置;又說:"錢、劉諸子排律,雖時見天趣;然或句格偏枯,或音調屖窳。""屖窳"所指就較含混了;再如評劉長卿《獻淮寧軍節度使李相公》:"獨結語絕得王維、李頎風調,起語亦自大體。""風調"連用,大概是指風格風味了;至如評杜甫五律的"不盡唐調而兼得唐調",評李商隱《武侯廟古柏》詩"入崑調",其"調"字的意義就不太明朗了。(分見胡應麟:《詩藪》,頁 76、78、85、70、65。)

❽ 載魏徵、令孤德棻：《隋書》（北京：中華書局，1973 ），卷66，頁
1544 。

❾ 白居易著，顧學頡校點：《白居易集》（北京：中華書局，1979 ），
頁959－966。

❿ 歐陽修：《六一詩話》（與《白石詩話》、《濠南詩話》合刊；北京：
人民文學出版社，1983 ），頁8、13。

⓫ 梅堯臣著，朱東潤編年校注：《梅堯臣集編年校注》（上海：上海古籍
出版社，1980 ），頁336、330、300。

⓬ 歐陽修：《歐陽文忠公集》（《四部叢刊》本），卷4，頁2上，《酬
學詩僧惟晤》。

⓭ 載陳師道：《後山詩話》（《歷代詩話》本），頁311。又如黃庭堅
《與王觀復書》說："所寄詩多佳句，猶恨雕琢功多耳。"他在《題意
可詩後》中評述庾信詩也說過類似《後山詩話》的話，但又認為陶淵明
的境界更高："寧律不諧，不使句弱；用字不工，不使語俗；此庾開府
之所長也，然有意於為詩也。至於淵明，則所謂不煩繩削而自合者。雖
然，巧於斧斤者，多疑其拙，窘於檢括者，輒病其放。"總的傾向是反
對華巧，因此而予人拙、僻的印象，也在所不惜。（見《豫章黃先生文
集》〔《四部叢刊》本〕，卷26，頁11下－12上。）

⓮ 《庚溪詩話》（《歷代詩話續編》本），頁182。

⓯ 《空同集》，卷48，頁12下；又謝榛《四溟詩話》記載："黃司務問詩
法於李空同，因指場圃中菜豆而言曰：'顏色而已。'此即陸機所謂
'詩緣情而綺靡'是也。"（頁1174 ）

⓰ 本章第四節對此再有交代。

⓱ 參閱前引《潛虯山人記》的"詩有七難"說。

⓲ 視"課虛無以責有，叩寂寞而求音"這段文學創作的"鑿空"階段為一
難言的神秘歷程，是自《文賦》以來大部分文論家的共同看法。（參閱張

少康:《中國古代文學創作論》〔北京:北京大學出版社, 1983 〕,
頁 5 – 52。

❶⑨ 李夢陽詩論中提到"情"之重要性的地方非常多,如《張生詩序》說:
"夫詩發之情乎!"《梅月先生詩序》說:"情者,動乎遇者也。……
故遇者,物也;動者,情也。情動則會心,會則契神,契則音所謂隨寓而
發者也。……故遇者因乎情,詩者形乎遇。"《鳴春集序》說:"故聖
以時動,物以情徵,竅遇則聲,情遇則吟,吟以和宣,宣以亂暢,暢而
永之,而詩生焉。故詩者,吟之章而情之自鳴者也。"《刻戴大理詩
序》說:"人之吟則視所集為多寡巧拙,然均之情也,情感於遭,故其
言人人殊,因言以布章,因章以察用;故先王之政不詩廢也。"(見
《空同集》,卷51,頁5下、頁6下–7下、頁11下–12上;卷52,頁
9上。)

❷⓪ 參蔡英俊:《比興、物色與情景交融》(台北:大安出版社,1986),
第二章;尤其頁137。

❷① 嚴羽著,郭紹虞校釋:《滄浪詩話校釋》(北京:人民文學出版社,
1983),頁148。

❷② 同上註,頁 126。

❷③ 《四庫全書總目》,《擊壤集提要》,卷 153,頁28下。

❷④ 王士禎等著,周維德箋注:《詩問四種》(濟南:齊魯書社,1985),
頁84。按嚴羽說:"所謂不涉理路,不落言筌者,上也。"(見《滄浪
詩話校釋》,頁28。)

❷⑤ 簡錦松:《李何詩論研究》,頁143、144。

❷⑥ 參閱本章第四節。

❷⑦ 見程顥、程頤:《二程集》(北京:中華書局,1981),頁239、21、
590。

❷⑧ 見孔穎達:《禮記正義》(阮元刊《十三經注疏》本;台北:藝文印書

館，1965)，卷52，頁7下。

㉙　孔穎達：《毛詩正義》(《十三經注疏》本)，卷16之3，頁9上下。

㉚　見朱熹著，黎靖德編：《朱子語類》(北京：中華書局，1986)，頁
　　1534、1335。二程對此的討論又見《二程集》，頁59、61。明理學
　　家亦常論及這兩句詩。如陳獻章《示湛雨》說："天命流行，眞機活潑，
　　水到渠成，鳶飛魚躍。"(《白沙集》〔《四庫全書》本〕，卷8，頁69
　　下。)莊㫼《鳶飛魚躍亭晚坐和光嶽》說："自知魚躍鳶飛妙，都在雲
　　閒水淡中。"(《定山集》〔《四庫全書》本〕，卷4，頁19上下。)王
　　守仁《次欒子仁韻送別四首》之一說："悟到鳶飛魚躍處，工夫原不在
　　陳編。"(《王陽明全集》〔台北：正中書局，1970 台四版〕，第二
　　冊，頁177。)

㉛　《大復集》，卷31，頁6下－7上。

㉜　《與李空同論詩集》，上，卷32，頁19上－22上。本篇是李、何論詩爭
　　辯的重要文獻之一。二人論爭往還的書信應有四封。第一封先由李致何，
　　已佚；第二封是何景明這篇答辯；第三封和第四封都是由李致何的
　　《駁何氏論文書》和《再與何氏書》。

㉝　同上註，卷31，頁19下。

㉞　同上註，卷38，頁15下－16上；卷34，頁1下、3下、1上。

㉟　參《明月篇·序》，同上註，卷14，頁14下－15上。

㊱　《升庵詩話》，頁799。

㊲　楊愼說："匪惟作詩也，其解詩亦然。且舉唐人閨情詩云：'梟梟庭前
　　柳，青青陌上桑。提籠忘採葉，昨夜夢漁陽。'即《卷耳》詩首章之意
　　也。又曰：'鶯啼綠樹深，燕語雕梁晚。不省出門行，沙場知近遠。'
　　又曰：'漁陽千里道，近於中門限。中門踰有時，漁陽常在眼。'又云：
　　'夢裡分明見關塞，不知何路向金微。'又云：'妾夢不離江上水，人
　　傳郎在鳳凰山。'即《卷耳》詩後章之意也。若如今詩傳解爲托言，而

不以爲寄望之詞，則《卷耳》之詩，乃不若唐人作閨情詩之正矣。若知其爲思望之詞，則詩之寄興深，而唐人淺矣。若使詩人九原可作，必蒙印可此說耳。"（同上註）按"今詩傳"大概指朱熹《詩集傳》。其中解釋《卷耳》一詩就用"託言"一語。如釋第一章說："后妃以君子不在而思念之故，賦此詩託言方采卷耳未滿頃筐而遽念其君子，故不能復采而真之大道之旁也。"釋第二章說："此又託言欲登此崔嵬之山以望所懷之人，而往從之則馬罷病而不能進，於是且酌金罍之酒，而欲其不至於長以爲念也。"（見《詩集傳》〔台北：藝文印書館，1967 再版〕，卷1，頁7上、7下。）

㊳ 《四溟詩話》，頁1149。又"涉理路"一說，參註㉔。

㊴ 參閱 Siu-Kit Wong, "A Reading of the *Ssu-ming shih-hua*," *Tamkang Review*, vol 2, no. 2 / vol. 3, no.1（1971 / 1972），pp. 237 - 249.

㊵ 劉攽說："詩以意爲主，文詞次之，或意深義高，雖文詞平易，自是奇作。"（見《中山詩話》〔《歷代詩話》本〕，頁285。）王直方說："山谷論詩文……每作一篇先立大意，長篇須曲折三致意乃成章耳。"范溫說："山谷言文章必謹布置，如……（例句略）此一篇立意也；……則意舉而文備。"又說："詩有一篇命意，有句中命意。"（見《王直方詩話》〔郭紹虞輯《宋詩話輯佚》本，北京：中華書局，1980〕，頁4；《潛溪詩眼》〔《宋詩話輯佚》本〕，頁323-324、325。）又《詩人玉屑》有"命意"一目，收錄諸家之說。如《碧溪詩話》："昔人論文字，以意爲主。"《室中語》："凡作詩須命終篇之意，切勿以先得一句一聯，因而成章，如此則意不多屬。""作詩必先命意，意正則思生，然後擇韻而用，如驅奴隸；此乃以韻承意，故首尾有序。"（見魏慶之：《詩人玉屑》〔上海：上海古籍出版社，1978 〕，頁124、127。）

㊶ 《四溟詩話》，頁1149、1152。

㊷ 參呂正惠：《南宋詩論與江西詩派》，《第一屆中國文學批評研討會》論文（1987年6月）。

㊸ 《四溟詩話》，頁1176、1197。

㊹ 《藝苑卮言》，頁1018。

㊺ 《升庵詩話》，頁679。

㊻ 《朱子大全》（《四部備要》本），卷4，頁6下。

㊼ 《升庵詩話》，頁864。

㊽ 《藝苑卮言》，頁1020。按方回《七十翁吟五言古體十首》之七也說過："晦菴《感興》詩，本非得意作；近人輒效尤，以詩言理學。"（見《桐江續集》〔《四庫全書》本〕，卷22，頁8下。）

㊾ 《讀書後》（《四庫全書》本），《書陳白沙集後》，卷4，頁14下－15上。

㊿ 《升庵詩話》，頁779。

㋀ 《陳白沙集》，卷4，頁47上；卷6，頁52上；卷5，頁39上。

㋁ 按"簡齋"本指陳與義，但他的風格與邵雍不同，我懷疑"簡齋"可能是"康齋"（即吳與弼）之誤。錢謙益《列朝詩集小傳》記載："與弼，字子傅，崇仁人。……公潛心理學，欲盡削詞章箋注之煩，而為詩則沾沾自喜，以為能事，識者哂之。詩集七卷，不下千首。白沙之學，得之於康齋，以其詩觀之，則不啻智過於師也。"（頁265）又饒宗頤《陳白沙在明代詩史的地位》說："白沙師事康齋，……康齋間喜吟詠，有詩集七卷，不下千首，……其詩題如《讀中庸》、《變化氣質消磨智俗》，學究氣甚重。有《誦晦庵詩次韻》，頗學朱子之風俗，《懶吟》又近邵雍。"（《東方雜誌》，復刊第1卷，第2期〔1967年8月〕，頁31。）

㋂ 《陳白沙集》，卷1，頁14上。

㊴ 陳獻章五言詩明顯有學陶淵明的地方，甚至有《和陶六首》之作。（同上 註，卷 5，頁14上下。）

㊵ 《升庵詩話》，頁 808。

㊶ 《四庫全書總目提要》評《莊定山集》時舉出一些詩句，評說："未嘗 不語含興象。"（卷 171，頁 4 下）但《四庫全書》本《定山集》的書 前提要就改成"亦頗有詩意"，其意義相差不遠。

㊷ 《定山集》，卷 4，頁24下、24上。

㊸ 《明詩綜》，卷25，頁21下。

㊹ 引自安磐：《頤山詩話》（《四庫全書》本），卷13下－14上。

㊺ 《定山集》，卷 4，37上。

㊻ 李夢陽是弘治六年（1493）進士；安磐是弘治十八年（1505）進士。

㊼ 《頤山詩話》，頁14上。

㊽ 《升庵詩話》，頁 812－813。

㊾ 其中對嚴嵩（害死他父親的人）詩也有評介，對謝榛詩的評價亦較《藝 苑巵言》高，可知是早期著作。

㊿ 《明詩評》，卷 3，頁32上下。

㊶ 同上註，卷 3，頁35上下。

㊷ 題爲賈島著的《二南密旨》（《學海類編》本）說："興者，情也，謂 外感於物，內動於情；情不可遏故曰興。"（頁 1 下）《藝苑巵言》引 李仲蒙說："敍物以言情謂之賦，情物盡也。索物以托情謂之比，情附 物也。觸物以起情謂之興，物動情也。"（頁 954）這都是論詩者經常 稱引的話。

㊸ 例如謝榛說："律詩雖宜顏色，兩聯貫乎一濃一淡。若兩聯濃，前後四 句淡，則可；若前後四句濃，中間兩聯淡，則不可。亦有八句皆濃者， 唐四傑有之；八句皆淡者，孟浩然、韋應物有之；非筆力純粹，必有偏 枯之病。"（見《四溟詩話》，頁 1159。）胡應麟說："作詩不過情、

景，二端。如五言律體，前起後結，中四句，二言景，二言情，此通例
也。……老杜諸篇，雖中聯言景不少，大率以情間之。故習杜者，句語
或有枯燥之嫌，而體裁絕無龐冗之病。此初學入門第一義，不可不知。
若老手大筆，則情景混融，錯綜惟意，又不可專泥此論。"（見《詩
藪》，頁63－64。）

⑲ 參李夢陽：《朝正倡和詩跋》，《空同集》，卷59，頁18下－19下，及
錢謙益《列朝詩集小傳》，頁269。

⑳ 《明詩評》，卷4，頁44下。

㉑ 例如他的《示諸生三首》之一："爾身各各自天眞，不問求人更問人；
但致良知成德業，謾從故紙費精神；乾坤是易原非畫，心性何形得有塵；
莫道先生學禪語，此言端的爲君陳。"就是王世貞所指摘的一類詩。
（見《王陽明全書》，第二冊，頁207。）

㉒ 錢謙益說薛瑄："公正學大儒，不事著述，一掃訓詁語錄之習。顧自喜
爲詩，所至觀風覽古，多所題詠。《河汾詩集》多至千餘篇，而今體諸
詩尤夥。"（見《列朝詩集小傳》，頁186。）

㉓ 分見《藝苑巵言》，頁1050－1051。

㉔ 《明詩評》，卷3，頁35下；卷1，頁14下。然而唐順之在《與皇甫百
泉郎中》說："追思向日請教於兄，詩必唐、文必秦與漢云云者，則已
茫然如隔世事，亦自不省其爲何語矣。"（《唐荊川集》〔《四部叢
刊》本〕，卷6，頁17上。）又李開先《荊川唐都御史傳》說他早年
"素愛崆峒詩文，篇篇成誦，且一一傲效之。及遇王遵巖，告以正法妙
意，何必雄豪亢硬也？唐子已有將變之機，聞此如決江河，沛然莫之能
御也。"（見《李開先集》，頁622。）大概唐順之早年本師法李夢陽，
但在王世貞眼中其詩風的表現卻近乎初唐，這已是異乎李、何的了。另
一個類似的例子是黃省曾，他學詩法於李夢陽，但王世貞卻說他"詩刻
意六朝諸家"。（參《明詩評》，卷4，頁41上。）

㊌ 同上註，卷3，頁35下－36上。

㊌ 《唐荊川集》，卷7，頁14上；卷6，頁17上。

㊌ 《明詩評》，頁51上。後來顧起綸婉轉地點出唐順之的詩："晚年率意，偶落宋套。"（見《國雅品》〔《歷代詩話續編》本〕，頁1112 。）

㊌ 胡應麟在一篇答問"文章學問之途"的策論中說："奈何近日冒士之名者，畏惡其能而且自揣其弗能，至乃欲以虛名高之。遠宗主靜之禪機，近述良知之詭說，以詞章爲雕飾，以文字爲浮華。《詩》、《書》名物，問之茫然，曰：《六經》，皆注腳也；秦漢君臣，詰之莫對，曰：諸史皆陳編也。其意若甚玄而可喜，其言若甚簡而易循，其自處若高于子貢。……近世之高談性命以自文，而中無所有者，士之蠧也，才之蠹也。"（《少室山房類稿》，卷100，頁3下、5上。）

㊌ 《詩藪》，頁363、39。

㊌ 唯一比較正面地批評道學詩風的是論元代理學家劉因的近體詩，說："至律絕，種種頭巾，殊可厭也。"（同上註，頁241。）因爲劉因常用近體詩來論學，如集中的《講＜學而＞首章》、《講＜八佾＞首章》、《講"周而不比"章》、《講"人之生也直"章》、《講"求仁得仁"章》等都是。（見劉因：《靜修先生文集》〔《四部叢刊》本〕，卷12，頁3下－4下。）另外胡應麟集中有《讀王道思集》一則，但只評王愼中的古文，而不及其詩。（見《少室山房類稿》，卷105，頁7上。）

㊌ 《詩藪》，頁206。

㊌ 同上註，頁214。

㊌ 同上註，頁206。

㊌ 許學夷《詩源辯體》，頁376。

㊌ 《詩藪》，頁40。

㊌ 均見《懷麓堂詩話》，頁1371 。若將第二則文字與李夢陽《缶音序》並觀，就可見二者頗有相同之處。如說：1.宋詩不及唐詩；2.宋詩失興

致；3.宋人教人作詩（ " 詩法 "、" 詩話 " ）而詩壞；4.江西詩派最不
可取。兩者同樣有不能自圓之處——作詩話、論詩法的，不限於宋人，
明人也常作詩話，暢談詩法。

⑧ 《詩藪》，頁60、 210。

⑧ 《詩源辯體》，386、385、382。第三則所引王世貞的話見於《藝苑
卮言》，頁1018 。

⑧ 《詩藪》，頁38、 206。

⑨ 《詩源辯體》，頁377、 381、249。

⑨ 《朱子語類》，頁1935 。

⑨ 歐陽修之說見《六一詩話》，頁12；宋人的討論部分見胡仔：《苕溪漁
隱叢話》（香港：中華書局，1976 ），《前集》，頁155－156。又
胡應麟評論這些爭議時說：" 又張繼 ' 夜半鐘聲到客船 '，談者紛紛，
皆爲昔人愚弄。詩流借景立言，惟在聲律之調，興象之合；區區事實，
彼豈暇計？無論夜半是非，即鐘聲聞否，未可知也。"（《詩藪》，頁
195。）可見復古派如胡應麟等所採取的立場與宋人完全不同。

⑨ 參見魏慶之：《詩人玉屑》，頁240－243。

⑨ 《與王觀復書三首》之一。（見《豫章黃先生文集》，卷19，頁 18上
下。）

⑨ 范溫：《潛溪詩眼》，頁326。

⑨ 上文論及李夢陽和何景明的強調詩文之別，謝榛的標榜 " 以興爲主 "
（相對於 " 以意爲主 " ），正是明復古派爲了針對宋人 " 以文爲詩 " 傾
向而提出的正面主張。有關宋詩的理性精神及其造達的風貌，參龔鵬程：
《知性的反省——宋詩的基本風貌》，載蔡英俊編：《意象的流變》
（《中國文化新論，文學篇二》；台北：聯經出版公司，1982 ），頁
261－316。

⑨ 見黃宗羲撰，全祖望補：《宋元學案》（台北：世界書局，1983 年四

版），卷4，頁101－124。

㊈ 《宋元學案》，卷19，頁463。

㊉ 參馬積高：《江西詩派與理學》，《文學遺產》，1987 年第 2 期（ 4 月），頁66－72；龔鵬程：《江西詩社宗派研究》（ 台北：文史哲出版社，1984 ），頁283－291。

⑩ 錢鍾書：《宋詩選註》（ 北京：人民文學出版社，1979 ），頁169－170。

⑩ 《後村先生大全集》（《四部叢刊》本），卷94，頁14上。

⑩ 參趙昌平：《從鄭谷及其周圍詩人看唐末至宋初詩風動向》，《文學遺產》，1987年第3期（ 6 月），頁33－42，以及《六一詩話》，頁7－9。

⑩ 分見前文第一節及⑬引論。

⑩ 例如江西派的宗師黃庭堅固然宗尚杜甫，朱弁說他"獨用崑體工夫而造老杜渾成之地"，但王若虛卻不同意此說，認為黃庭堅遠不及杜甫，張載更與呂本中辯論黃庭堅是否"得子美之髓"。（分見《風月堂詩話》〔 陳繼儒輯《寶顏堂秘笈》本，1922 年石印〕，卷下，頁3下；《滹南詩話》〔《歷代詩話續編》本〕，頁524、523；《歲寒堂詩話》〔《歷代詩話續編》本〕，頁463。又參龔鵬程：《知性的反省》，頁285－286。）觀點和立場不同，就有不同的結論，由此反映出宋人所謂學杜，只是杜詩一部分特點的發揚。至於復古派對宋人學杜的看法，已見第二節討論。

⑩ 黃庭堅：《山谷刀筆》（ 上海：大達圖書供應社，1936 ），頁35。

⑩ 葉適：《水心文集》（《四部叢刊》本），卷12，頁10上下；卷17，頁5上；卷12，頁15下。

⑩ 劉克莊在序林子顯詩時形容這個期間的詩說："近世理學興而詩律壞，惟永嘉四靈復為言，苦吟過於郊、島，篇幅少而警策多。"（見《後村

先生大全集》，卷98，頁14下。）又所引葉適之說，提到的 " 唐人 " 其實只是晚唐的代稱。

⑩ 以胡應麟論五律爲例，他就聲明：" 近體先習杜陵，則未得其廣大雄深，先失之粗疏險拗，所謂從門非寶也。" 又指出正確的程序應是：" 學五言律，毋習王楊以前，毋窺元白以後。先取沈、宋、陳、杜、蘇、李諸集，朝夕臨摹，則風骨高華，句法宏贍，音節雄亮，比偶精嚴。次及盛唐王、岑、孟、李，永之以風神，暢之以才氣，和之以眞澹，錯之以清新。然後歸宿杜陵，究竟絕軌，極深研幾，窮神知化，五言律法盡矣。"（均見《詩藪》，頁58－59。）胡應麟爲每種詩體都設計一套學習的程序，詳情請參陳國球：《胡應麟詩論研究》（香港：華風書局，1986），頁107－117。

⑩ 《明詩綜》，卷29，頁2上。謝榛又引述栗太行之言說：" 國朝宣德以前是元，弘治以前是宋，正德、嘉靖間浸浸有古義。"（《四溟詩話》，頁1211。）

⑩ 《升庵詩話》，頁812－813。楊愼又曾引唐錡的話說：" 山林則陳白沙、莊定山稱白眉，識者以爲傍門。"（頁773）

⑪ 《明詩評》，頁50下－51上。

⑫ 王世貞在《徙倚軒稿序》中就曾追述李何到李王間復古詩風的起伏。引文已見第一章第二節。

⑬ 分見《明詩評》，卷4，頁41上；卷2，頁18下、20下。

⑭ 《讀書後》，卷4，頁14下。

⑮ 《藝苑卮言》，頁1050。

⑯ 《詩藪》，頁351。

第三章　復古詩論與〝唐代七律正典〞

文學遺產是層疊而累積的。後代文人面對前代的文學傳統，不論有意識地或無意識地，都會作出整理。他們心中會有一套〝文學正典〞；在〝正典〞中的，就是仍然被閱讀、被接受，保持〝文學生命〞的前代作品。這些〝正典〞的形成，當然與當世的批評風氣、文學基準有絕大的關係。以下幾節，我們就根據復古派對唐代七律的接受過程，探討當時的〝七律正典〞，以及其中的意義。

第一節　明初到前期復古派的看法

七言律詩是古典詩中最遲成熟的一種體裁，然而卻成爲最受歡迎的詩體之一；應酬倡和，一般都選用七律體。宋元流行的選本如周弼的《三體唐詩》（專選五七律及七絕）、題作元遺山選的《唐詩鼓吹》（專選七律）、方回的《瀛奎律髓》（專選五七律）等，都包括七律在內，可知當時的讀者作者都很重視這種體裁。參以王世懋在《藝圃擷餘》所講的：

> 蓋至于今，餞送投贈之作，七言四韻，援引故事，麗以姓名，象以品地，而拘攣極矣，豈所謂之極變乎？❶

一方面說明他對時人七律創作的不滿，另方面也反映七律創作的
通行。明初宋濂談及自己學詩的經驗時說：

> 予昔學詩於長螺公，謂必歷諳諸體，究其制作聲辭之真，然
> 後能自成一家。

又說自己：

> 自漢魏至於近代，凡數百家之詩，無不研窮其旨趣，揣摩其
> 聲律。❷

相信七言律體的聲律必然在其揣摩琢磨的諸體之內，然而在他的
詩論之中，卻沒有正式討論七律的文字，反而隱隱有不滿律體的
意思；他曾評論初唐寫作律詩的風氣說：

> 甚至以律法相高，益有四聲八病之嫌矣。惟陳伯玉痛懲其弊，
> ……復古之功於是為大。❸

事實上，明初貶抑律體，說此體＂拘拘之甚＂、＂不本於自然＂
等的言論相當多❹。對唐代七律作認真探討的意見卻很罕有。現
存明初最全面的討論見於高棅的《唐詩品彙》❺。因為這本選集
分體選詩，對每種詩體的源流發展都作出分析，七律一體當然也
是討論的對象之一。

　　書中所收七律共佔七卷，再按品目分列：大略以＂正始＂收

初唐詩人，“正宗”、“大家”收盛唐詩人，“羽翼”、“接武”收中唐，“正變”、“餘響”收晚唐，另外“有姓氏無字里世次可考者”、“姓氏疑誤者”、“羽士”、“衲子”、“閨秀”等，則列爲“傍流”（後面再附七言排律四首）。如果依照書前“詩人爵里詳節”的四唐分法，則初唐選入22人，56首；盛唐17人，81首；中唐41人，171 首；晚唐55人，178首；傍流18人，41首❻；共 163 人，527 首。單從表面的數字看來，好像高棅很看重中晚唐（晚唐入選的詩作是盛唐的兩倍多）。但若再考慮到高棅所能採選的詩本就以中晚唐爲多，而高棅以前的選本所選更多中晚之作❼，就會明白高棅在《凡例》說：

> 是編之選，詳於盛唐，次則初唐中唐，其晚唐則略矣。❽

並非謊言。況且書中又立有“正宗”、“餘響”等品目，其尊崇盛唐的宗旨亦很容易表現出來。

有關高棅對唐代七律的看法，還清楚的顯現在七言律詩卷前的《敍目》之中。我們從《敍目》中除了可以翻檢到各卷選錄的詩人和篇數之外，更可見到高棅對七律體所作的概述。其中包括兩點值得注意的地方：

1.高棅很注意詩體的源流和發展趨向。例如對於七律在唐以前的淵源濫觴，他也有興趣指出：

> 七言律詩，又五言八句之變也。在唐以前，沈君攸七言儷句，已近律體。

對於初盛中晚各期的七律趨勢，又有描述，如說：

盛唐作者雖不多，而聲調最遠，品格最高。中唐來作者漸多，
如韋應物、皇甫伯仲，以及乎大曆才子，諸人相與接跡而起
者，篇什雖盛而氣或不逮。
唐末作者雖眾，格力無足取焉。❾

高棅對七律起源的探討，與後來楊慎、胡應麟等的探源研究同類。
他又就盛中晚等期七律的數量和素質都作出分析，使人易得一個
總體的印象。

2.高棅又揭示每一時期的重要作家作品的特色。例如說初唐
詩：

沈宋等精巧相尚，開元初，蘇張之流盛矣，然而亦多君臣遊
幸倡和之什。

說盛唐詩：

若崔顥律非雅純，太白首推其《黃鶴》之作，後至《鳳凰》
而彷彿焉；又如賈至、王維、岑參《早朝》唱和之什，當時
各極其妙，王之眾作尤勝諸人，至於李頎、高適，當與並驅，
未論先後，是皆足為萬世程法。

說晚唐詩：

若李商隱之長於詠史，許渾、劉滄之長於懷古，此其著也。
今觀義山之《隋唐》、《馬嵬》、《籌筆驛》、《錦瑟》等
篇，其造意幽深，律切精密，有出常情之外者；用晦之《凌
敲臺》、《洛陽城》、《驪山》、《金陵》諸篇，與乎蘊靈
之《長洲》、《咸陽》、《鄴都》等作，其今古廢興，山河
陳跡、淒涼感慨之意，讀之可為一唱而三歎矣。❿

一方面總結作家風格，另方面標舉重要作品，讀者由此又可以對
各家七律有重點的認識。

　　高棅對七律體的探討可說是相當全面的，從選錄的作品加上
《敍目》的簡介，可以很清楚地了解到他意識中的一套 " 七律正
典 "，而且這些屬於正典系列的作家和作品的發展過程亦概略地
陳示出來。這種規模和意識對後期的復古詩論家，尤其有深遠的
影響。

　　然而，高棅之書編成以後，並沒有即時發揮影響力；即使到
復古詩論的前期，李何等人也沒有提及過高棅。

　　李夢陽、何景明提倡復古，以漢魏盛唐詩為典範。二人雖然
因論詩而反覆駁辯，但其中心論旨不外乎如何歸納古作的 " 法 "，
找出復古的正確途徑。李夢陽在聲明自己的 "法" 是 "圓規方矩"、
" 物之自則 " 之餘❶，再說：

　　古人之作，其法雖多端，大抵前疏者後必密，半闊者半必細，
　　一實者必一虛，疊景者意必二。❷

他雖然沒有明言，但時人都了解他講的是律詩之法⑬。他又批評
何景明的詩說：

> 七言律與絕句等更不成篇，……七言若剪得上二字，言何必
> 七也。

勸他：

> 苦讀子昂、必簡詩。⑭

他的意思是七言律詩有其體裁本身的特點，與五言律詩不同。陳
子昂的五言律詩是可供學習的典範，而杜審言則五七律都兼擅；
讀陳杜二人詩就是了解五七言律體的區別⑮。這種論詩辨體的思
想是復古派理論的重點，何景明在《王右丞詩集序》說：

> 顧集中長短混列，欲考體制以求作者之意，實煩簡閱，乃略
> 加編定，稍用己意去取之，釐五、七言古詩各為一卷，五言
> 律最盛為一卷，七言律為一卷，五七言並六言絕句共為一卷，
> 皆首標體制，俾篇詩各有統敍，總五卷，錄為一本，自備考
> 覽。

就是認為讀詩學詩，最好根據不同的體裁的特點分別學習，所以
下文他又指出王維詩不是各體都同樣出色：

竊謂右丞他詩甚長，獨古作不逮。

在《海叟集序》中又提到學習前人詩作時應因體而師法：

> 歌行近體有取於二家（李白、杜甫）及唐初、盛唐諸人，而
> 古作必從漢魏求之。 ⓰

這種分體辨析的理論，在李東陽《懷麓堂詩話》中也可見到。李
東陽很強調"識"⓱。區別體製就是"識"的表現之一。例如
《詩話》中屢說：

> 詩與文不同體。
> 古詩與律不同體。
> 古律詩各有音節。 ⓲

他又多番討論律詩的作法，對律詩的起結、兩聯的對偶和轉語都
加以討論，從其中所舉例證看來，他很留心晚唐的七律，例如論
律詩對偶時就舉許渾詩爲例：

> 律詩對偶最難，……許用晦"湘潭雲盡暮山出，巴蜀雪消春
> 水來"，'皆有感而後得者也。

論律詩"轉語之難"又說：

　　如許渾詩，前聯是景，後聯又說，殊乏意致耳！

論結構時又舉雍陶《詠雙白鷺》、鄭谷《鷓鴣》兩首晚唐著名七律為例：

　　唐律多於聯上著工夫，如雍陶《白鷺》、鄭谷《鷓鴣》詩二
　　聯，皆學究之高者。至于起結，即不成語矣。

論例常採晚唐，可能是當時流行選本多晚唐詩的影響；不過他對晚唐詩已寓不滿之意，例如評及《唐詩鼓吹》時就說：

　　若《鼓吹》則多以晚唐卑陋為入格，吾無取焉耳矣。[19]

他最欣賞的七律詩家應是杜甫；曾舉出《秋興》、《諸將》、《詠懷古跡》等七律為“精金美玉”的作品，又稱讚杜甫《登高》詩為“絕唱”，可見其推重之意[20]。
　　李夢陽沒有特別討論杜甫的七律，但他認為“作詩也，須學杜，詩至杜子美如至圓不能加規，至方不能加矩矣”[21]。王世貞又說他的七律：

　　雄渾豪麗，深於少陵。[22]

可想知杜甫七律在他心目中的地位。
　　總括而言，前期復古詩論家並沒有特別對唐代的七言律詩作

出正面的或整體性的評論，個別作家的批評亦只附存於詩法的討論當中。我們只能從以上舉引的言論中，約略了解他們意識的七律範式，大概以盛唐或杜甫為標準。其實他們閱讀的範圍可能遠不止此，例如李夢陽和何景明的集中都有模擬李商隱的《無題》七律❷，只是未有在文字上正式討論而已。

第二節　唐七律探討的深廣發展

上文說高棅的詩論深具詩史意識，但李何等人卻未受其影響。到嘉靖以後，復古詩論與高棅契合之處漸多。在楊愼的《升庵詩話》中，就多番提到他對高棅選詩的意見。雖然多半是批評指摘，但這不過是楊愼自我標榜的慣習；其思慮所及，很多時是同一方向的。高棅選本在這期間發揮影響力的另一個例證是李攀龍的《古今詩刪》，其中所選唐詩，全部由《品彙》中摘出，只是更加偏重盛唐而已。當然，復古詩論趨向更深更廣的發展，亦有賴當時詩論家的博學多識；尤其楊愼和王世貞，都是當時的大學問家；其見聞既廣，其思慮的範圍和角度就會更大更多。以下分就幾方面探討這時期詩論家對唐代七律的看法。

一、七律源流

高棅在七律的《敍目》中已有體裁始源的交代，但是非常粗略，他提及梁朝的沈君攸，總共只有兩首"七言儷句"，離律詩的形式不算近❷。楊愼對詩體的始源特別有興趣，除了有《五言律祖》之選外，也就七律作出探索。《升庵詩話》有"六朝七言

律”一條，記錄了梁簡文帝《情曲》、後魏溫子昇《搗衣》、陳
後主《聽箏》和隋王績《北山》四詩，不過這四首詩也不能完全
符合七律的標準，楊慎已說明“其體不純”，因爲其中還雜有五言
句❷。他從聯偶化的樂府詩中尋找七律根源，啓示了後來胡應麟
和許學夷的進一步的系統研究，這點下文再有交代。

有關七律在唐代的發展，楊慎反而沒有特別的討論，只提到
一個簡單的現象：

> 七言律自初唐至開元，名家如太白、浩然、韋、儲諸集中，
> 不過數首，惟少陵獨多至二百首。❷

王世貞則分析了七律發展源流的一些現象：

> 六朝之末，衰颯甚矣。然其偶儷頗切，音響稍諧，一變而雄，
> 遂爲唐始，再加整栗，便成沈宋。人知沈宋律家正宗，不知
> 其權輿于三謝，彙鍮于陳隋也。詩至大曆，高岑王李之徒，
> 號爲已盛，然才情所發，偶與境會，了不自知其墮者。如
> “到來函谷愁中月，歸去蠙溪夢裡山”、“鴻雁不堪愁裡聽，
> 雲山況是客中過”、“草色全經細雨濕，花枝欲動春風寒”，
> 非不佳致，隱隱逗漏錢劉出來。至“百年強半仕三巳，五畝
> 就荒天一涯”，便是長慶以後手段。❷

他的解釋方法其實背後有一個假設：六朝詩、沈宋詩、盛中唐詩
等同屬一個大系統；換句話說，歷代詩歌同一源流，而又各具特

色。他們之間的關係是，前者"變"成後者；而變動的前後又隱藏了促使變動的因素。所謂"權輿"、"橐籥"、"墮"、"逗漏"等都是指變化的醞釀。王世貞更在此基礎上提出一套解釋文學演變的原則：

> 衰中有盛、盛中有衰，各含機藏隙。盛者得衰而變之，功在創始；衰者自盛而沿之，弊緣趨下。
> 勝國之敗材，乃興邦之隆幹；熙朝之侠事，即衰世之危端。此雖人力，自是天地間陰陽剝復之妙。㉓

這裡提到的"機"、"隙"、"材"、"幹"、"事"、"端"都是那些觸發變化的元素或契機。王世貞所講的其實已是一套解釋宇宙演化的原則，在他心目中，文學就如世間其他事物一樣要受到這些原則支配。

王世懋在《藝圃擷餘》的一段說明，可以說是乃兄之論的補充：

> 唐律由初而盛，由盛而中，由中而晚，時代聲調，故自必不可同。然亦有初而逗盛，盛而逗中，中而逗晚者。何則？逗者，變之漸也，非逗，故無由變。如詩之有"變風""變雅"，便是《離騷》遠祖，子美七言律之有拗體，其猶"變風""變雅"乎？唐律之由盛而中，極是盛衰之介。然王維、錢起，實相倡酬，子美全集，半是大曆以後，其間逗漏，實有可言，聊指一二。……學者固當嚴于格調，然必謂盛唐人

無一語落中，中唐人無一語入盛，則亦固哉其言詩矣。❷

這裡所講有兩點值得注意：1.他肯定各時期有不同的面貌；所謂
初盛中晚就是文學在發展中四個相對地穩定的時期。2.每一時期
與前後時期，不能截然分割，其間是互為關聯的，他說："逗者，
變之漸也，非逗，故無由變"，就是看到這個關聯處。

他們這種對"變"的解釋大抵可溯源到《滄浪詩話》所講的：

盛唐人詩亦有一二濫觴晚唐者，晚唐人詩亦有一二可入盛唐
者。❸

高棅所講的：

間有一二成家特立與時異者，則不以世次拘之，如陳子昂
（本屬初唐）、太白（屬盛唐）列在"正宗"，劉長卿、錢
起、韋、柳（屬中唐），與高、岑（屬盛唐）諸人同在"名
家"者是也。❸

嚴羽高棅看到某些時期或雜有與另外一些時期相類的地方，這是
看到了現象，但還沒有試圖從整體發展的角度去解釋這些現象；
比較之下，二王之說可算是較具系統性的觀念。

對於唐七律各期的變化現象，謝榛從詩句之用虛字實字的角
度來作描述，並分析其利弊：

七言近體，起自初唐應制，句法嚴整。或實字疊用，虛字單使，自無敷演之病。如沈雲卿……（例句略，下同），杜必簡……，宋延清……，觀此三聯，底蘊自見。暨少陵《懷古》……，《九日藍田崔氏莊》……，此中二字亦虛，工而有力。中唐詩虛字愈多，則異乎少陵氣象。劉文房七言律，《品彙》所取二十一首，中有虛字者半之。如……之類。錢仲文七言律，《品彙》，所取十九首，上四字虛者亦強半。如……之類。凡多用虛字便是講，講則宋調之根，豈獨始於元白！高棅所選，以"正宗""大家"為主，兼之"羽翼""接武"，亦不免三二濫觴者。㉜

這段說話可以注意的是這幾點：1.詩句多用實字無"敷演之病"，多用虛字便卽是將詩句的意象情物之間的關係交代清楚，這是文章的做法而不是詩的做法，謝榛說這是"講"，是"宋調"的根源，意思是宋人詩要求解說交代清楚（ telling ），而不是呈現（ showing ），呈現可使讀者有較大的想像範圍㉝。 2.初盛中的發展是虛字愈用愈多，換句話說，愈向"講"的方面發展，這也是其"卑下"的原因之一。 3.謝榛正面批評《唐詩品彙》，認為其中所錄有不是之處；這是求全的責備，他當以為最好只選錄正格的作品。然而，高棅早已聲明："凡不可闕者悉錄之"，可見高、謝二人的立足點並不相同㉞。

二、盛唐詩家

明代復古思潮被貼上"詩必盛唐"的標籤，七律的體裁發展

主要又在唐代完成，一般人或會推想明人對盛唐七律會毫無保留
的讚頌，但實際上卻不是這麼一回事。照王世貞的說法：

> 盛唐七言律，老杜外，王維、李頎、岑參耳。

但他接著說：

> 李有風韻而不甚麗，岑才甚麗而情不足，王差備矣。

他認為李、岑都有不足之處，而王維較好，但他又批評王維：

> 摩詰七言律，自《應制》、《早朝》諸篇外，往往不拘常調。
> 至"酌酒與君"一篇，四聯皆用反法，此是初盛唐所無，尤
> 不可學。❸

上節引王世貞說，已批評高岑王李之徒，"了不自知其墮者"，
引岑參《暮春虢州東亭送李司馬歸扶風別廬》、李頎《送魏萬之
京》及王維此詩作為"隱隱逗漏錢劉"的詩例。王世懋亦再引岑
詩和王維《送楊少府貶郴州》作為"隱隱錢劉間"的證據❸。謝
榛又說王維此詩出句末字有"自吞聲"之病，又《和太常韋主簿
五郎溫泉寓目》的第七句末字同韻，"非詩家正法"❸。另外王
世懋更細心點出不少律詩的毛病，其中與王維有關的如《出塞
作》的"暮雲空磧時驅馬"和"玉靶角弓珠勒馬"兩句，"二
'馬'俱壓在下"；《敕借岐王九成宮避暑應制》的三四句既用

"衣上"又用"鏡中"，五六句既用"林下"又用"岩前"；與岑參有關的《奉和杜相公發益州》有"雲隨馬"、"雨洗兵"、"花迎蓋"、"柳拂旌"等句，"四言一法"❸。可見這時詩評家論詩的苛細。

另一方面，就以王世懋的一段評論為例，我們也可以了解他們讀詩的心理：1.他明知所舉的毛病是"古人所不忌"、"彼正自不覺"的；2.但他又肯定現時不能犯上這些毛病："今人以為病"、"後人宜避"；3.所以他是有意識地分辨出古今不同的"接受條件"："今古寬嚴不同"。他堅持用當日的繩尺去衡度古人的作品，原因是這些古作對他們來說，重要性不單在其歷史地位，更在於對當代創作的影響，所以王世懋說："今可以為法耶？""今用之能無受人椰揄？"一面說："失嚴之句，摩詰嘉州特多，殊不妨其美"，一面說："至美中亦覺有微缺憾，如我人不能運，便自誦不流暢，不為可也。"他們最著緊的，是古作的現代意義（ presentness ）❸。

三、杜甫的七律

上文引王世貞說："盛唐七言律，老杜外，王維、李頎、岑參耳。"可知他是放杜甫七律在第一位的。他甚至說："喜摩詰又焉能失少陵也，少陵集中不啻有數摩詰。"又說杜甫："七言律，聖矣！"❹謝榛在批評王維詩聲調有毛病時，再舉杜甫七律為例說："然子美七言近體最多，凡上三句轉折抑揚之妙，無可議者。"❺從這些說話看來，大家都同意杜甫七律比王、李、岑等優勝。以時期分畫，杜甫應是盛唐的一分子，但就實際成就而言，他又有超乎盛唐一般詩人的地方。王世懋說：

> 少陵故多變態，其詩有深句，有雄句，有老句，有秀句，有
> 麗句，有險句，有拙句，有累句。後世別為"大家"，特高
> 于盛唐者，以其有深句、雄句、老句也；而終不失為盛唐者，
> 以其有秀句、麗句也。❷

這裡指出杜甫既是盛唐中人，亦有異於盛唐各家的地方，所以
"後世別爲"大家""。所謂"後世"大概是指高棅之說，他在
《唐詩品彙》中，除五絕和七絕外，都把杜甫列爲"大家"，不
像王維、李白等列作"正宗"。後人有因此說高棅"抑杜"，如
朱東潤說：

> 漫士茲選推少陵為"大家"，而"正宗"二字，斷斷不肯相
> 屬，其宗旨略可想見。此則自為一說，與弘正之衣冠老杜者，
> 貌合神離。❸

其實高棅列杜甫爲"大家"，詩作自成卷帙（只有李白的"正
宗"七古有同等待遇），應該是尊崇之意，而不是說他"低人一
等"；同時高棅也看到他與盛唐諸人確有不同（"少陵七言律法
獨異諸家"），而且包容非常廣泛，蘊含了開展中晚唐律詩的風
格，所以不列"正宗"也是合理的。由王世懋之說，我們可以看
到明代復古主義詩論家就是從這個角度理解高棅之說的，所以朱
東潤等的講法，無論對高棅或後來的復古派，都說不上公平。王

世懋說杜甫七律"特高於盛唐",但也感到杜詩帶來不少問題:

> 輕淺子弟,往往有薄之者,則以其有險句、拙句、累句也。

他認爲有些可以爲杜甫解釋,有些卻不能:

> 不知其愈險愈老,正是此老獨得處,故不足難之;獨拙、累
> 之句,我不能爲掩瑕。❹

李攀龍批評杜甫七律說:

> 即子美篇什雖眾,瀆焉自放矣。❺

大概也出於同一原因。王世貞雖然回應李攀龍說:

> 子美固不無利鈍,終是上國武庫。

但也要提醒時人:

> 雖老杜以歌行入律,亦是變風,不宜多作,作則傷境。❻

楊愼也說杜甫七律篇什甚多,"其雄壯鏗鏘,過於一時",但
"古意亦少衰矣"。他既有稱讚杜詩《小寒食舟中行》中"春水
船如天上坐,老年花似霧中看"二句"壯麗",得"奪胎之妙",

《秋興》"昆明池水"一篇的頷聯和頸聯,妙處直上與《三百篇》"牂羊羵首,三星在罶"同,但亦有說《玉臺觀》的第三句"遂有馮夷來擊鼓",第七句"更有紅顏生羽翼",《奉寄別馬巴州》的首句"勳業終歸馬伏波",第五句"獨把漁竿終遠去",都是"玉瑕錦纇,不可效尤也"❼。

在復古派眼中,杜甫已是七律的最高峰,卻仍然有不少玉瑕錦纇,又開展了"變風",爲後人增加了學習途徑上的崎嶇。以七言律體而言,復古的理想實在不是輕易可以達致的。

四、中晚唐七律

這時期的批評家除了專意探討初盛唐七律之外,對中晚唐七律也有零碎的討論,如果與前期復古詩論家比較,就可以見到他們的批評意識領域的開闊。李攀龍的《古今詩刪》雖說偏重盛唐,但仍然收錄錢起、韋應物,皇甫冉以至韋莊等中晚唐七律,共9家10首。至於見諸各家討論的中唐詩人,還是以錢起和劉長卿爲主。因爲他們的七律數量本來就不少,最重要的是入選《唐詩品彙》的數量特多(分別是19首和21首),所以特別惹人談論。謝榛就批評高棅選了錢、劉一些虛字多的七律,所以不免有"三二濫觴者",他進一步分析說:

> 錢、劉七言近體兩聯多用虛字,聲口雖好,而格調漸下,此文隨世變故爾。

然後更以示例方式將錢、劉幾首七律的句子約省爲五言句,認爲這才"句無冗字",才"工而健"❹。

謝榛認為不少"虛"字其實是"冗"字,錢、劉七律多用"虛"字而致格調愈趨卑下,王世懋則從"巧"的角度指出中唐七律卑下的原因,他摘出錢起《和王員外晴雨早朝》的"長信月留寧避曉,宜春花滿不飛香"兩句說:

> 于晴雪妙極形容,膾炙人口,其源得之初唐。然從初竟落中唐,了不與盛唐相關,何者?愈巧則愈遠。❹

王世貞評錢起《和李員外扈駕幸溫泉宮》的兩句:"輕寒不入宮中樹,佳氣常浮仗外峰",也說:

> 上句秀而過巧,下句寬而不稱。❺

反而讚賞劉長卿《獻淮寧軍節度李相公》的"風調"和"壯語",說李攀龍不選此詩,"又所未解"。

晚唐諸人七律入選《唐詩品彙》的,以劉滄、許渾、李商隱為最多(分別是19首、17首和13三首),但這期最多人議論的還是許渾,雖然貶還是多於褒。楊慎評許渾說:

> 唐詩至許渾,淺陋極矣,而俗喜傳之,至今不廢。高棅編《唐詩品彙》,取至百餘首;甚矣,棅之無目也。棅不足言,而楊仲弘選(士弘)《唐音》,自謂詳於盛唐而略於晚唐,不知渾乃晚唐之尤下者,而取之極多。仲弘之賞鑒,亦羊質

　　而虎皮乎？陳後山云："近世無高學，舉俗愛許渾。"斯卓
　　識矣。孫光憲云："許渾詩，李遠賦，不如不做。"當時已
　　有公論，惜乎伯謙輩之懵於此也！❺

楊慎對許渾的批評極苛刻，而其中亦有許多問題：1.對於兩個選
本的評價不同。他似乎認爲《品彙》比《唐音》差，而楊士弘的
"賞鑒"被他評爲"羊質而虎皮"。2.他的舉證誇張失實。《品
彙》各體共選許渾詩六十一首，但他說百餘首；《唐音》合共只
選許渾詩十多首，但他說"取之極多"。3.他說《唐音》的好處
是標榜"詳於盛唐而略於晚唐"，但《品彙》凡例中亦說明"詳
於盛唐，次則初唐中唐，其晚唐則略矣"。就宗旨而言，並無不
同；就實質而言，《唐音》不選李白、杜甫和韓愈詩，而且規模
體制都遠不及《品彙》。所以楊慎之說，不能作準。不過據此我
們可以知道許渾詩在當時還是相當流行，而不少詩論家都覺得許
詩淺陋，例如王世貞就批評說：

　　許渾、鄭谷，厭厭有就泉下意，渾差有思句，故勝之。❺

謝榛又從"巧"字的角度評說：

　　句巧則卑，若許用晦"魚下碧潭當鏡躍，鳥還青璋拂屏飛"
　　是也。❺

王世貞、世懋說錢起詩"過巧"，開啓了中晚之路，而許渾亦被

謝榛評為"巧"而"卑"，可見他們的批評基準是相同的。

　　有關許渾的批評，我們還可看到王世懋站在看似客觀的立場
說：

> 今世五尺之童，才拈聲律，便能薄棄晚唐，自傳初盛，有稱
> 大曆以下，色便赧然。然使誦其詩，果為初邪？盛邪？中邪？
> 晚邪？大都取法固當上宗，論詩亦莫輕道。詩必自運，而後
> 可以辨體；詩必成家，而後可以言格。晚唐詩人，如溫庭筠
> 之才，許渾之致，見豈五尺之童下，直風會使然耳。覽者悲
> 其衰運可也。故予謂今之作者，但須真才實學，本性求情，
> 且莫理論格調。❸

王世懋這段說話既有其洞見，也有自為齟齬的地方。首先他指出
"取法固當上宗，論詩亦莫輕道"；這兩種概念的分畫，在當時
來說是相當難得的，因為在明代詩論中，學詩與論詩、學古與論
古混同不分，論詩往往以是否值得學習為基準；然而他根據
溫庭筠和許渾的例子，指出當時的作者只須憑"真才實學，本性
求情"便可，不必"理論格調"，這又將論詩與作詩混同了。另
外他又說"詩必自運而後可以辨體；詩必成家而後可以言格"，
又與"取法乎上"、"入門須正，立志須高"等復古派的主張不
同了。唯一能替他解釋的是，可能他認為復古派的主張已人人能
識（"五尺小童"已薄晚唐，傳初盛），不必再強調；又或者當
時的"風會"正隆，"運"正盛，所以詩格"卑下"的機會就沒
有了。王世懋提出的"風會"和"運"本源於傳統思想對宇宙世

界的大型運動或變化的描述及解釋❺。他的意思是，在許渾所處
之時空，文學正朝著衰落之途發展，但他在這個發展方向中已是
一個有才華的代表詩人了。從這個角度，我們才能了解王世貞稱
讚許渾《凌歊臺》的兩句："湘潭雲盡暮煙出，巴蜀雪消春水
來"，說"大是妙境，然讀之便知非長慶以前語"的眞正含意❺。

　　前期復古派標舉了近體學唐詩的主張，但他們對於唐詩的實
際所指，討論卻嫌不足。中期復古詩論家對唐詩的討論顯然比前
深入。以七律爲例，由盛世名家到中晚期的作品都在探討之列。
從中我們不難看到這時期的"七律正典"，主要是以盛唐名家作
品爲中心。此外，還有兩點值得注意：1.對於"正典"中心的盛
唐名作，詩論家作了非常細緻的剖析；這當是因爲復古詩論的創
作導向所使然。這些"正典"之作是他們準備學習的（或提供給初
學者師法的）對象，所以有必要清楚了解其間的藝術結構。2.這
時期詩論家已有傾向將"正典"放置在歷時層面來考慮；比如他
們將盛唐七律與其他時期七律對照，就不僅是平面的、靜態的歸
納，羅列不同特色以爲比較；他們注意的是其間的變異過程，並
試圖分析轉變關鍵。這些發展方向在後期復古詩論中都有進一步
的發展。

第三節　唐七律史的建構

　　胡應麟、許學夷、胡震亨等復古詩論家對詩學研究的專注程
度和嚴肅認眞的態度，可說在中期諸家之上。他們繼承了中期詩
論求廣博的特點，進一步發展到求全備的階段；同時，因爲有前

人的評論作爲基礎，他們對七律的研究就更加細密深刻了。以下就
選擇部分重要的論點作一分析：

一、進一步探源

在文體論（ genre theory ）的角度而言，一個文體的存在是
因爲這文體已存有一個理論上的既定成製（ theoretical con-
struct ）❻，作家選用某一文體時當是參照這個既定成製而開展
創作活動，批評家品評作品時亦是以這個成製爲討論的出發點。
這些考慮可以是並時的（ synchronic ），對文體的演變不必掛慮。
但復古詩論的歷時意識是相當強烈的，上一節已經討論過楊愼、
王世貞等從演變的角度看七律，胡應麟亦特別提到自己受楊愼的
啓示，爲七言律詩作進一步的探源：

> 楊用修取梁簡文、隋王勣、溫子昇、陳後主四章爲"七言律
> 祖"，而中皆雜五言，體殊不合。余遍閱六朝，得庾子山
> "促柱調絃"、陳子良"我家吳會"二首，雖音節未甚諧，
> 體實七言律也，而楊不及收。（ 原注：又隋煬《 江都樂 》前
> 一首尤近，楊亦未收。 ）❻

胡應麟在楊愼的基礎上，行動更加積極，他"遍閱六朝"，找到
三篇更接近唐七律的穩固形式體製的六朝詩作：庾信的《 烏夜
啼 》、陳子良的《 於塞北春日思歸 》、隋煬帝的《 江都宮樂歌 》。

六朝七言詩本來與唐代成熟的七律分屬兩個不同的體類系統
（ 當然，作爲詩，它們又同屬一源；這裡是就各詩體而言 ），這

幾首七言詩都屬於＂樂府＂的範疇，但當楊慎和胡應麟將兩個系統的一些相近點抽出來之後，就很容易進一步的推測：兩個體類系統之間或有發展、演變的關係，例如胡震亨就說唐代七言律詩：

> 又因梁陳七言四韻而＂變＂者也。⑲

這種體類間的＂發展＂、＂演變＂的考慮，是明代批評家以動態觀點論詩的表現。許學夷就此作出更進一步的探討，詳細的析述：

> 梁簡文七言八句有《烏夜啼》，乃七言律之始。（原注：下流至庾信七言八句。）
>
> 五言至簡文而古聲盡亡，然五七言律絕之體於此而備，此古、律興衰之幾也。
>
> 沈君攸……樂府七言三首，其二一韻成篇，體盡俳偶，語盡綺靡，聲多入律，而調又不純矣。
>
> 庾七言八句有《烏夜啼》，於律漸近。（原注：上源於梁簡文七言八句，下流至隋煬帝七言八句。）
>
> 煬帝七言八句有《江都宮樂歌》，於律漸近。（原注：上源於庾信七言八句，轉進至杜沈宋七言律。）⑳

溯源的工作到了許學夷就更嚴謹和系統化，楊、胡是發現在七律的體類系統以外有一些相近的作品，許學夷更分析這些作品與唐七律系統的關係，他指出簡文帝的七言詩是＂七言律之始＂，

"下流"至庾信，再"下流至隋煬帝"，再"轉進"至杜審言、沈佺期和宋之問的作品。於是由簡文帝以來的一些"七言八句"詩就與沈宋以後的七律構成發展的關係，這當然是動態的關係。

二、唐代七律的發展

我們都知道，在楊慎、王世貞等人的著作中已有初、盛、中、晚唐分期的觀念，但在正式討論的文字中，卻沒有全面的論述唐七律在初盛中晚四期的整個發展過程。到了胡應麟我們就可以見到這樣完整的討論：

> 唐七言律自杜審言、沈佺期首創工密，至崔顥、李白時出古意，一變也。高、岑、王、李，風格大備，又一變也。杜陵雄深浩蕩，超忽縱橫，又一變也。錢、劉稍為流暢，降而中唐，又一變也。大曆十才子，中唐體備，又一變也。張籍、王建略去葩藻，求取情實，漸入晚唐，又一變也。李商隱、杜牧之填塞故實，皮日休、陸龜蒙馳騖新奇，又一變也。許渾、劉滄角獵俳偶，時作拗體，又一變也。至吳融、韓偓香奩脂粉，杜荀鶴、李山甫委巷叢談，否道斯極，唐亦以亡矣。⑥

這是當時有關唐代七律最全面的論說，不但在宋元時期從沒有這一類完整而具歷史眼光的討論，即在明代胡應麟之前，亦僅見於高棅的《唐詩品彙》，其中七律的《敍目》各條，如果合併而觀，大概會有相近的效果。上文指出高棅的《品彙》是一個極具詩史規模的架構，它的影響力在明中葉以後才漸漸顯現，成爲批評家的共同意識，而胡應麟的《詩藪》代表了這意識的正式體現。在這一段系統描敍之下，接連有三則補充的論述：

> 初唐律體之妙者：杜審言《大餔應制》、沈雲卿《古意》、《興慶池》、《南莊》、李嶠《太平山亭》、蘇頲《安樂新宅》、《望春臺》、《紫薇省》，皆高華秀贍，第起結多不甚合耳。
>
> 盛唐王、李、杜外，崔顥《華陰》，李白《送賀監》，賈至《早期》，岑參《和大明宮》、《西掖》，高適《送李少府》，祖詠《望薊門》，皆可競爽。
>
> 中唐如錢起《各李員外》、《寄郎士元》，皇甫曾《早朝》，李嘉祐《登閣》，司空曙《曉望》，皆去盛唐不遠。劉長卿《獻李相公》、《送耿拾遺》、《李錄事》，韓翃《題仙慶觀》、《送王光輔》，郎士元《贈錢起》，楊巨源《和侯大夫》，武元衡《荆帥》，皆中唐妙唱。

王維、李頎和杜甫是明人心中唐七律最重要的作家，在《詩藪》另有多條專論，所以在這裡沒有舉列詩例。重要作家和作品的羅列，正是"七律正典"以"七律詩史"的模式存現於批評家意識中的具體表現；胡應麟當以爲初盛中唐值得注意的作品都已包括在內，大家可以據此了解唐七律的優點和特質。《詩藪》中還有一條概括描寫其間七律的特質：

初唐體質濃厚，格調整齊，時有近拙近板處。盛唐氣象渾成，
神韻軒舉，時有太實太繁處，中唐淘洗清空，寫送流亮，七
言律至是，殆於無可指摘，而體格日卑，氣運日薄，衰態畢
露矣。❷

從這一則詩話我們又可以見到復古詩論的矛盾心理；初盛唐具格
調氣象，但並不完美，中唐以後聲調流暢，但體格卑下，如何能
夠求取一個既完美又不卑下的典範，對他們來說，是一個永遠的
"迷思" (myth)。

有關晚唐的論述，明顯不及初盛中唐之多，但仍不難見到如
下的詩人詩作的討論：

晚唐句如 "未央樹色春中見，長樂鐘聲月下聞"，即王、李
得意，無以過也。第求其全篇，往往不稱。
李頻《樂遊原》七言，中四句居然盛唐，而起結晚唐面目盡
露，余甚惜之。
俊爽若牧之，藻綺若庭筠，精深若義山，整密若丁卯，皆晚
唐錚錚者。自義山、牧之、用晦開用事議論之門，元人尤喜
模倣。❸

胡應麟的貢獻沒有被胡震亨忽視，他在《唐音癸籤》卷10論
七律部分將胡應麟論唐七律發展的那則詩話轉錄過來，一直抄到
"張籍、王建……又一變也" 爲止，以下則接上自己的文字：

嗣後溫、李之競事組織，薛能之過為荄刊，杜牧、劉滄之時
作拗峭，韋莊、羅隱之務趨條暢，皮日休、陸龜蒙之填塞古
事，鄭都官、杜荀鶴之不避俚俗，變又難可悉紀。律體愈趨
愈下，而唐祚亦告訖矣。㊹

比較之下，胡震亨多論薛能、韋莊、羅隱和鄭谷四人，但少了許
渾、吳融、韓偓和李山甫；胡應麟說 " 唐亦以亡 "，在語氣上似
乎有唐朝因詩的卑下而亡的意思，胡震亨說 " 唐祚亦告訖 "，就
減去了因果關係的色彩。至於討論的人選何者較優勝則很難評論，
正如胡震亨所說，這段為大多數人忽略的時期，實在 " 變又難可
悉紀 "。除了這客觀的原因外，一直以來唐末詩人只有少數作品
被認真閱讀，大部分作品未經細緻的討論，不比初盛中唐那麼容
易有一個為當時人接受的 " 定案 "；雖然大家心中都認定這時期
作品的成就不高，但具體的 " 接受 " 過程還是有差異的。這一點
在許學夷的《詩源辯體》也有反映。

　　許學夷沒有正式一大段討論七律演變的文字，但在各條分述
時互相呼應，可以見到他是有類似的動態意識的，如：

七言律始於梁簡文、庾信、隋煬帝，至唐初諸子尚沿梁陳舊
習，惟杜沈宋三公體多整栗，語多雄偉，而氣象風格始備，
為七言律正宗。（原注：轉進至高岑王李崔顥七言律。）
　（論高岑諸人注）律詩至此始為入聖，下流至錢劉諸子五七
言律。
　　（論錢劉注）下流至柳子厚五七言律。

元和柳子厚五七言律再流而為開成許渾諸子。

開成許渾七言律再流而為唐末李山甫、羅隱諸子。❻

在上引幾條文字中可見許學夷也對唐代七律的演變過程有一個整體的看法，由初唐到晚唐各舉若干個他心中的關鍵詩人為代表，以見演變的脈絡。如果單看上面所引，似乎許氏之說較二胡粗疏。但事實並非如此，因為這裡所舉僅限於代表人物，對於這些代表人物同一時期的詩家，他還有許多補充的論述，例如以柳宗元為代表的時期，他有這樣的講法：

大歷以後五七言律流於委靡，元和諸公群起而力振之，賈島、王建、樂天創作新奇，遂為大變；而張籍亦入小偏。惟子厚上承大歷，下接開成，乃是正對階級；然子厚才力雖大，而造詣未深，興趣亦寡，……七言律對多湊合，語多妝構，始漸見斧鑿痕，而化機遂亡矣，要亦正變也。❻

然後舉出例句，說明柳宗元的特點。同時期的七律作家如韋應物、韓愈、賈島、姚合、張籍、王建、白居易、元稹等都有討論。尤其王建討論更詳——指他的七律 " 句多奇拗，遂為大變，宋人之法多出於此 " ；又舉出他的 " 怪惡 " 、 " 村陋 " 之句，說 " 實為杜牧、皮、陸唐末諸人先倡；沿至宋人，遂為常調矣 " ❻。

論晚唐則以許渾為重心，一方面指出前人對許渾貶抑的偏頗，另方面舉出他所領受的感想：

> 王元美云:"許渾鄭谷厭厭有就泉下意,渾差有思句,故勝
> 之。"愚按:晚唐諸子體格雖卑,然亦是一種精神所注,渾
> 五七言律工巧襯貼,便是其精神所注也。若格雖初盛而庸淺
> 無奇,則又奚取焉。
>
> 許渾五七言律體格漸卑者,特以情淺而詞勝,工巧襯貼而多
> 見斧鑿痕耳。宋人體尚元和,而元美格主初盛,其貶渾固宜,
> 楊用修《譚苑》所引詩句,實多鄙陋,而亦貶渾,豈真以其
> 體格之卑耶?抑亦偏見不足信也。

對於杜牧則說"僻澀怪惡",與許渾比較則許"情致雖淺而造語
實工",杜"用意雖深而造語實僻";李商隱是"對多精切,語
多穠麗",與許渾比較則"許工詞,李工意,而俱不甚暢";溫
庭筠是"調多清逸,語多閒婉",與許渾比較則"許渾工於詞而
情致不足,庭筠雖不能如許渾之工,然入錄者卻有情致"❸。另
外在討論劉滄、趙嘏、李郢、薛蓬、陸龜蒙、皮日休、吳融、韋
莊、鄭谷、韓偓、李山甫、羅隱、高駢、杜荀鶴等人的七律時,
都舉列詩例,加以評騭❹。

我們暫且不管他的褒貶抑揚是否準確(其實所謂準確只是以
我們當下的基準來作根據,實在難有絕對),要注意的是其中的規
模和系統。這些評析包容廣泛,討論細緻,可說將前人留下的空
白都填滿了。

總括而言,由楊慎、王世貞等開始了唐代七律各方面的認真
探索,胡應麟等將這些探索深化和系統化,許學夷則將前人所建
立的架構充實,使到這時期的"唐代七律正典"最具規模:範圍

包括初盛中晚各個階段，其間的價值等級梯次（heirachy）的排列，各組成部分之間的變異和關連，都得到關注。由於有這種規模的“正典”架構，唐代七律史亦得以建構完成了。

第四節 七律之難

以上三節大略依著明代復古詩論的發展，考察其中七律正典的範圍變化與七律史的建構；以下試從另一個層面去探索，嘗試分析復古詩論家如何從文體的角度去理解唐代七律。

一、最難的律體

前文說過，七律本已是時人生活中習見習用的事物，照道理文士應用此體不應會有特別的困難；然而，在詩論家筆下，卻非如此。他們從實際的寫作經驗出發，得到的結論是：七律是一種難於臻妙的詩體。王世貞說：

> 五言律差易得雄渾，加以二字，便覺費力。雖曼聲可聽，而古色漸稀。⑩

胡應麟的闡述更加詳細：

> 七言律顧難於五言律，何也？……五言律規模簡重，即家數小者，結構易工。七律字句繁靡，縱才具宏者，推敲難合。七言律壯偉者易粗豪，和平者易卑弱，深厚者易晦澀，濃麗

　　者易繁蕪。寓古典於精工，發神奇於典則，鎔天然於百鍊，
操獨得於千鈞，古今名家，罕有兼備此者。

　　七言律對不屬則偏枯，太屬則板弱。二聯之中，必使極精切
而極渾成，極工密而極古雅，極整嚴而極流動，乃為上則。
然二者理雖相成，體實相反，故古今文士難之。要之人力苟
竭，天真必露，非蕩思八荒，游神萬古，功深百鍊，才具千
鈞，不易語也。**❼**

除了從實際創作經驗出發之外，他們又在考察唐代七律作品時得
到類似的結論，正如李攀龍在《選唐詩序》說：

　　七言律體，諸家所難，王維、李頎頗臻其妙，即子美篇什雖
眾，憒焉自放矣。**❼**

王世貞說：

　　七字為句，字皆調美，八句為篇，句皆穩暢，雖復盛唐，代
不數人，人不數篇。**❼**

胡應麟更從順時序發展來作檢閱，說：

　　七言律最難，迄唐世工不數人，人不數篇。初則必簡、雲卿、
廷碩、巨山、延清、道濟，盛則新鄉、太原、南陽、渤海、
駕部、司勳，中則錢、劉、韓、李、皇冉、司空。此外蔑矣。

又說某些詩家雖能寫出好的古詩或五律，但不能寫好七律：

> 唐古詩，如子昂之超，浩然之淡，如常建、儲光羲之幽，如
> 韋應物之曠，皆卓然名家，近體尤勝。至七言律，遂無復佳
> 者，由其材不逮也。❼

可見七律在他們心中是如何難寫的一種詩體。

雖然這些意見不是明人首倡❼，但從詩體的發展和實際經驗
提出系統的見解，則是明代復古詩論的貢獻，而這些認識和觀念
又關連到他們對唐代七律的具體作家和作品的看法。

二、李頎問題

可以顯示明代復古詩論的基準系統與前時不同的例證之一，
是李頎的評價問題。談到盛唐名家時，傳統的講法是舉"王、孟、
高、岑"爲代表，但提到七律時，明人就會以李頎代替孟浩然，
如胡震亨說：

> 盛唐名家稱王、孟、高、岑，稱七言律祧孟，進李頎，應稱
> 王、李、岑、高云。❼

然而，李頎的七律卻一向不受重視，唐代殷璠《河嶽英靈集》對
李頎詩已算看重，共錄14首（僅次於王昌齡、常建和王維），但
沒有一首是七律，在評論李頎時只說：

顧詩發調既清，修辭亦秀，雜歌咸善，玄理最長。

又舉五古《送暨道士》和七古《聽彈胡笳聲》的詩句爲例，說 "足可歔欷，震蕩心神 "，完全不提七律。芮挺章《國秀集》收李頎詩四首，也無七律入選 **⑰**。宋計有功《唐詩紀事》和元辛文房《唐才子傳》對李頎的描述，大體同於殷璠，都不提他的七律 **⑱**。嚴羽《滄浪詩話·詩體》舉人爲體，也不見有 "李頎體 "。周弼《三體唐詩》、方回《瀛奎律髓》也不收李頎七律，只有元好問《唐詩鼓吹》及楊士弘《唐音》分別收了他兩首和四首七律 **⑲**。直到高棅《唐詩品彙》才將他的七首七律全數收錄，並在《敍目》中說他與高適 "並驅 "，"皆足爲萬世程法 "，李頎的七言律詩才被提升到 "正宗 "的地位。但正如上文所講，《品彙》在當世的影響不大，再到號稱甄選嚴格的李攀龍《古今詩刪》，又將李頎七首七律全數收錄 **⑳**，並在《選唐詩序》推衍高棅之說，高推李頎："王維、李頎，頗臻其妙。"從此李頎七律的地位就顯著得多了。

如果要考究其中的原因，或者我們可以沿著前文的討論作一探測。大抵明中葉以後，詩論家已經常常談到七律體的難處。他們要取法唐人，但又發覺值得效法的篇什不多，大家如王維等又有失粘失律、重壓字等問題出現。後來在李頎身上，卻發現到有可取之處。許學夷解釋這個現象說：

> 李較岑王語雖鎔液而氣若稍劣，後人每多推之者，蓋由盛唐體多失黏，諷之則難諧協，李篇什雖少，則篇篇合律矣。 **㉑**

因爲李頎的七律 "合律"、"足爲程法"，所以李攀龍就特別標
舉李頎詩。胡應麟分析李攀龍的七言律詩說：

> 于鱗七言律所以能奔走一代者，實源流《早朝》、《秋興》，
> 李頎、祖詠等詩。大率句法得之老杜，篇法得之李頎。㉒

吳喬貶抑李攀龍時說：

> 于鱗以 "秦地立春傳太史，漢宮題柱憶仙郎"，"顧盼一過
> 丞相府，風流三接令公香" 爲句樣。㉓

所舉兩聯分別出自李頎的《送司勳盧員外》和《寄綦毋三》。經
過李攀龍的推舉之後，李頎的七律就惹起詩論家的注目，重新去
接受、評鑒，例如王世貞說他的《宿瑩公禪房聞梵》《題盧五舊
居》兩首 "不作奇事麗語，以平調行之，卻足一倡三歎" ㉔。這
是從另一角度去欣賞李頎的作品，因爲初盛唐七律大多與 "應
制" 有關，所以以高華典麗爲鵠的，但李頎則以流暢合律爲特色，
開拓了七律的境界。胡應麟亦舉出《寄綦毋三》的起句作爲 "雖
意稍疏野，亦自有一種風致" 的例句；他又注意到李頎的七律詠
物的成就，說 "七言律詠物，盛唐惟李頎梵音絕妙。" 又以《送
魏萬之京》的首聯作爲唐七律起語之妙的例句之一，說 "皆冠裳
宏麗，大家正脈可法。" 又說： "李律僅七首，惟 '物在人亡'
不佳， '流澌臘月' 極雄渾而不笨； '花宮仙梵' 至工密而不纖。
'遠公遁跡' 之幽， '朝聞遊子' 之婉，皆可獨步千載。" 又說：

"王、岑、高、李，世稱正鵠。……王、李二家和平而不累氣，深厚而不傷格，濃麗而不乏情，幾於色相俱空，風雅備極。"⑧ 胡震亨亦比較王、李二人說："王以高華勝，李以韶令勝。李如瓊蕊泡露，含質故鮮；王如翠嶺冠霞，占地特貴。"⑧

　　經過各批評家的細心檢閱勘察之後，除了好處都被剖析呈現之外，各詩的一些問題也被發現了。例如《題璿公山池》，據《唐詩品彙》第一、二句作"遠公遁跡廬山岑，開山幽居祇樹林"，"山"字重出，而且第二句第二字按律應作仄聲，而"山"字卻是平聲；這樣看來，此詩的聲律亦有不諧；但王世懋說：

　　李頎七言律，最響亮整肅。忽於"遠公遁跡"詩第二句下一拗體，餘七句皆平正，一不合也；"開山"二字最不古，二不合也；"開山幽居"，文理不接，三不合也；重上一"山"字，四不合也。余謂必有誤。苦思得之，曰：必"開士"也。易一字而對仗流轉，盡袪四失矣。余兄大喜，遂以書《藝苑卮言》。余後觀郎士元詩云："高僧本姓竺，開士舊名林。"乃元襲用頎詩，益以自信。⑧

王世貞又說：

　　"遠公遁跡廬山岑"，刻本下皆云"開山幽居"，不惟聲調不諧，抑亦意義無取。吾弟懋定以為"開士"，甚妙！蓋言昔日遠公遁跡之岑，今為開士幽居之地。"開士"見佛書。⑧

二王的討論程序是：1.先肯定了李頎七律的 "響亮整肅"，卽音
節合律，宜於諷誦，而且篇篇可法；2.碰到與這個預期構想不同
的時候，則推斷是版本出錯，只好 "苦思"，想辦法找一個 "恰
當"的替代詞；終於想到以 "開士"換 "開山"；3.然後再從別
處（佛書、郎士元詩）取得旁證，希望證明此詞是可以成立的。
這種以意爲之的校勘方法當然不可靠❸，但由此我們可以知道一
種先設構想的影響力，大得可以令讀者轉而懷疑本文（ text ）的
眞確程度。

　　在各批評家以最嚴格的標準去閱讀李頎詩時，就不能不修訂
這個假設，說李頎詩也有瑕疵，如胡應麟評《送魏萬之京》：

> 盛唐膾炙佳作，如李頎： "朝聞游子唱離歌，昨夜微霜初度
> 河。"頸聯復云： "關城曙色催寒近，御苑砧聲向晚多。"
> "朝"、"曙"、"晚"、"暮"四字重用，惟其詩工，故
> 讀之不覺。然一經點勘，卽為白璧之瑕。❹

這裡所謂 "重用"，其實不算嚴重，但評者旣以嚴苛的尺度去審
度，當然會有未能全美之歎。

　　有些批評家又從另一角度去看，覺得李頎詩雖然嚴謹合律，
但細看又似是故意補湊出來；如胡震亨說：

> 李卽無落調，有意中補湊可摘。

下面自注說：

《閒梵》頷聯之偏枯，《寄盧司勳》通篇之春事，《璿公山池》之一起，《慕母》《李回》之二結，皆李之補湊處。❾

一口氣批評了五首，看來李頎詩雖說合律，但離＂理想的七律＂這個目標尚遠，所以許學夷說：

> 李七言律聲調雖純，後人實能為之。❾

明人因為看到七律不易寫得好，盛唐名家亦不免有瑕疵，所以覺得七律難；到找到看來無瑕的李頎七律，細看仍有不足，於是尋求＂理想七律＂的困境始終未能消解。

三、唐人七律第一

嚴羽在《滄浪詩話・詩評》說：

> 唐人七言律詩，當以崔顥《黃鶴樓》為第一。❾

但他沒有解釋為甚麼他認為《黃鶴樓》第一；也沒有解釋為甚麼他只論唐人七律的第一，而不及其他體裁❾。這句簡單的說話卻掀起了明人紛紜的議論。據楊慎《升庵詩話》指出：

> 宋嚴滄浪取崔顥《黃鶴樓》詩為唐人七言律第一。近日何仲默、薛君采取沈佺期＂盧家少婦鬱金堂＂一首為第一。❾

在何景明《大復集》中看不到有類似的說話，但楊愼與何景明同
師事李東陽，《升庵詩話》中又記載二人論詩之語，而薛蕙則是
何景明弟子，與楊愼同時，故此楊愼之說大概可以相信。後來王
世貞論這兩首詩說：

> 何仲默取沈雲卿《獨不見》，嚴滄浪取崔司勛《黃鶴樓》為
> 七言律壓卷。二詩固甚勝，百尺無枝，亭亭獨上，在廠體中，
> 要不得為第一也。沈末句是齊梁樂府語，崔起法是盛唐歌行
> 語。如織官錦間一尺繡，錦則錦矣，如全幅何？

王世貞同意這兩首詩寫得好，但他又從辨體論的角度去品評，指
崔作起語是歌行，沈作結語是樂府，都不是純粹的七律，不夠完
美。他在另一處談及王維的《出塞作》時也說：

> "居庸城外獵天驕"一首，佳甚，非兩"馬"字犯，當足壓
> 卷。

其考慮的角度，也是詩作是否純完。他另外又舉出杜甫的四篇作
品以供考慮：

> 老杜集中，吾甚愛"風急天高"一章，結亦微弱；"玉露凋
> 傷"、"老去悲秋"，首尾勻稱，而斤兩不足；"昆明池
> 水"，穠麗況切，惜多平調，金石之聲微乖耳。然竟當於四
> 章求之。⑯

他一面叫人在此選擇壓卷七律，一面又數落各詩的缺點，可見在他心中，七律是無法完美的。

胡應麟就著王世貞的基礎，作進一步的補充，他首先解釋嚴羽和何景明之說不可取的原因：

> 《黃鶴樓》、"鬱金堂"皆順流直下，故世共推之。然二作興會適超，而體裁未密；丰神故美，而結撰非艱。
> 七言律濫觴沈宋。其時遠襲六朝，近沿四傑，故體裁明密，聲調高華，而神情興會，縟而未暢。"盧家少婦"，體格丰神，良稱獨步，惜領頗偏枯，結非本色。崔顥《黃鶴》，歌行短章耳。太白生平不喜俳偶，崔詩適與契合，嚴氏因之，世遂附和。❾

他指出崔詩本是短篇歌行，根本不能算作七律，《獨不見》則除了尾聯不符七律本色之外，領聯亦因對不屬而偏枯，所以不能視爲第一。對於王世貞另舉的《秋興》"昆明池水"一章，他說：

> 雖極精工，然前六句力量微減，一結奇甚，竟似有意湊砌而成。

所謂"力量微減"也卽是王世貞所講的"惜多平調，金石之聲微乖"，而有"湊砌"之跡也是瑕玷。他和王世貞一樣，認眞的考慮過不少詩作，看看能否當得上唐代第一七律之名，例如他評論岑參《和賈至舍人早朝大明宮之作》時就說此詩："精工整密，字字天成"，可惜"頷聯雖絕壯麗而氣勢迫促，遂至全篇音韻微乖，不爾，當為唐七律冠矣。"胡應麟就是這樣的用最嚴謹的尺度去衡量所閱讀過的詩篇，終於他還是覺得杜甫的《登高》是最好的七律，他說：

> 杜"風急天高"一章五十六字，如海底珊瑚，瘦勁難名，沈深莫測，而精光萬丈，力量萬鈞。通章章法、句法、字法，前無昔人，後無來學。微有說者，是杜詩，非唐詩耳。然此詩自當為古今七言律第一，不必為唐人七言律第一也。
> 若"風急天高"，則一篇之中句句皆律，一句之中字字皆律，而實一意貫串，一氣呵成。驟讀之，首尾若未嘗有對者，胸腹若無意於對者；細繹之，則錙銖鈞兩，毫髮不差，而建瓴走阪之勢，如百川東注於尾閭之窟。至用句用字，又皆古今人必不敢道，決不能道者。真曠代之作也。然非初學士所當究心，亦匪淺識所能共賞。此篇結句似微弱者，第前六句既飛揚震動，復作峭快，恐未合張弛之宜，或轉入別調，反更為全首之累。只如此軟冷收之，而無限悲涼之意，溢於言外，似未為不稱也。❾❾

胡應麟考慮的是通章的"章法句法字法"，務求"句句皆律"，"字字皆律"，又能"一意貫串，一氣呵成"對偶自然而工整，"錙銖鈞兩，毫髮不差"；對於王世貞認為"微弱"的結句，他亦作迴護，說必須如此才合"張弛之宜"，使"無限悲涼之意，溢於言外"，可見他對此詩的傾倒。杜甫此作似乎可以作為成功

地克服 " 七律之難 " 的範例，解決了這群復古詩論家的大難題，不過如果再細心閱讀胡應麟的說話，就會發覺他心中的困擾還未平息，因爲他說： " 微有說者，是杜詩，非唐詩耳 " ，這首詩 " 不必爲唐人七律第一 " 。杜詩，不是人人可學的，學之不善，可能會如宋詩之 " 弊 " ；這又與推舉 " 唐人七律第一 " 的意義相違了。

或者我們可以再參看一個持消極態度的講法。胡震亨說：

七言律壓卷，迄無定論。宋嚴滄浪推崔顥《黃鶴樓》，近代何仲默、薛君采推沈佺期 " 盧家少婦 " ，王弇州則謂當從老杜 " 風急天高 " 、 " 老去悲秋 " 、 " 玉露凋傷 " 、 " 昆明池水 " 四章中求之。今觀崔詩自是歌行短章，律體之未成者，安得以太白嘗傚之遂取壓卷？沈詩篇題原名 " 獨不見 " ，一結翻題取巧，六朝樂府變擊，非律詩正格也，不應借材取冠茲體。若杜四律，更尤可議。 " 風急天高 " 篇，無論結語腌重，即起處 " 鳥飛廻 " 三字亦勉強屬對無意味。 " 老去悲秋 " 篇，本一落帽事，又生 " 冠 " 字爲對，無此用事法， " 藍水 " 一聯尤乏生韻，類許用晦塞白語；僅一結思深耳，可因之便浪推耶？ " 玉露凋傷 " 篇，較前二作似勻稱，然劼兩自薄，況 " 一繫 " 對 " 兩開 " ， " 一 " 字甚無著落，爲瑕不小。 " 昆明池水 " 前四語故自絕，奈頸聯肥重， " 墜粉紅 " 尤俗。況律詩凡一題數篇者，前後皆有微度脈絡，此《秋興》八首，首詠夔府，二三從夔府漸入京華，四方概言長安，五六七八又各言長安一景，八首只作一首，若相次相

引者；通讀之始知其命篇之意，與一切貫穿映帶之法，未有
于中獨摘其第一首及第六首能悉其妙，可詫爲壓卷者。取及
此，尤無謂也。吾謂好詩自多，要在明眼略定等差，不誤所
趨足耳。" 轉益多師是汝師 "，何必取宗一篇，效癡人作此
生活！ ⑨

　　胡震亨將幾首候選詩都分析一遍，結論是全部都有瑕疵，連
章詩更不能分拆開來評鑒。最後他提到的一點── " 何必取宗一
篇 "，正能揭露這群詩論家的心態，他們正是希望在唐代七律之
中找到一篇眞眞正正的完美詩篇，這詩篇是他們可以懸爲典範，
據此可以達致一個大家都不會懷疑的絕對基準的。這其實是復古
派的理論基礎，也是推動他們建立系統的文學史觀的原動力。胡
震亨對於這件艱難的探索工程的作用表示懷疑，然而他說：" 好
詩自多，要在明眼略定等差，不誤所趨。" 其實也是基於同樣的
心理，" 不誤所趨 " 是復古派的理論基礎，" 略定等差 " 就是文
學史家的工作範圍了。其實胡應麟也表示過類似的想法，他說：

　　大要八句之中，神情總會者，時苦微瑕；句語停勻者，不堪
　　穎脫，故世遂謂：" 七言律無第一 "，要之，信不易矣。
　　芮挺章編《國秀》，以李嶠 " 月字臨丹地 " 爲第一。王介甫
　　編唐詩，以玄宗 " 飛蓋入秦中 " 爲第一。嚴滄浪論七言，以
　　崔顥《黃鶴樓》爲第一。楊用修編唐絶，以王昌齡 " 秦時明
　　月 " 爲第一。然五言律又有主 " 獨有宦遊人 " 者，七言律又
　　有主 " 盧家少婦 " 者，絶句又有主 " 蒲桃美酒 " 者，排律又

　有主王維《送僧歸日本》者。俱在甲、乙間，學者當自具眼。
⑩

看來他的重點還在"學者"、創作者的身上，作爲七律的作者，
究竟應如何取法？甚麼模樣的詩作才是最好的典範？對於復古詩
論者來說，這個理想眞是渺然難求。

第五節　小　結

　復古詩論的目標在於創作，他們閱讀前代作品，目的在於追
尋創作的典範，於是他們意識中的"文學正典"往往是基於創作
的考慮而建立的。以上對復古詩論中的"七律正典"的考察，正
可以證明這一點。然而，在追尋創作典範的過程中，因爲要對前
代作品作出整理分析、排列繫聯，於是漸漸也就建構了一套唐代
七言律詩的發展史。從現在的眼光看來，這正是復古詩論的一項
重要成就。

注　釋：

❶　《藝圃擷餘》，頁774。
❷　分見《劉彥昺詩集序》，《清嘯後稿序》，載宋濂：《宋文憲公全集》，
　　卷7，頁17下；卷2，頁6上下。
❸　《答章秀才論詩》，同上註，卷37，頁17上。
❹　如蘇伯衡《古詩選唐序》引林敬伯的話說："奈何律詩出而聲律對偶章
　　句，拘拘之甚也？詩之所以爲詩者，至是盡廢矣。"（見蘇伯衡：《蘇

平仲文集》〔《四部叢刊》本〕，卷4，頁20下。）貝瓊《隴上白雲詩
稿序》亦說："漢魏以降，變而爲五言七言，又變而爲律，則有聲律體
裁之拘；作者祈強合於古人，雖一辭一句，壯麗奇絕，旣不本於自然，
而性情之正亦莫得而見之也。"（見貝瓊：《清江貝先生文集》，卷29，
頁1下。）編《文章辨體》的吳訥，也稱引朱熹之說："至律詩出，而
後詩之與法，始皆大變，無復古人之風矣。"（見吳訥著，于北山校點：
《文章辨體序說》〔與徐師曾《文體明辨序說》合刊；香港：太平書局，
1965〕，頁30。）

❺ 現在只知稍早於高棅的王行（1331－1395）編有《唐律詩選》，但
不知有無正式刊行，其中對律詩的處理方法已不能考知。但從留存的序
文看來，他也批評唐代律詩不夠"自然"："降及李唐，所謂律詩者出，
詩之體遂大變；謂之'律詩'者，以一定之'律'律夫詩也，以一定之
'律'律之，自然蓋幾希矣！"（見王行《半軒集》〔《四庫全書》
本〕，卷6，頁1下。

❻ 《詩人爵里詳節》列武德至開元初125人爲初唐，開元至大曆初86人爲
盛唐，大曆至元和末154人爲中唐，開成到五代81人爲晚唐。據此則
"正始"的蔡希周和"接武"的張志和都屬盛唐。

❼ 可參考高棅以前三本包含七律的選本的採選情況：

　1.方回《瀛奎律髓》（以上海古籍出版社1986年李慶甲集評校點本爲
　　據）：選唐宋人五七律，其中唐七律共選65人，535首。入選數量最
　　多的前十一位是：杜甫，67首；白居易，67首；韓偓，30首；劉禹錫，
　　28首；李商隱，17首；吳融，14首；羅隱，13首；張籍，12首；柳宗
　　元，8首；賈島，8首；許渾，8首。

　2.元好問《唐詩鼓吹》（以上海文明書局1919年版，郝天挺注，廖文
　　炳解，錢牧齋、何義門評註本爲據）：專選唐七律，共96人，597首。
　　入選最多前十位是：譚用之（本五代末人，誤收於此），38首；陸龜

　　蒙，35首；李商隱，34首；杜牧，32首；許渾，31首；皮日休，23首；

　　胡宿（本宋人，誤收於此），23首；薛逢，22首；韓偓，19首；韋莊，

　　19首。

3.楊士弘《唐音》（以元至正四年刊本爲據）：選唐各體詩，李杜韓三

　　家不錄，其中七律選28人，104首；入選最多前十位是：劉長卿，15

　　首；李商隱，10首；許渾，10首；王維，9首；盧綸，6首；張籍，

　　6首；岑參，5首；李頎，4首；錢起，4首；李嘉祐，4首。

可見這些選本都偏重中晚唐的七律。至於高棅《唐詩品彙》的採選情況，

可參第五章的詳細討論。

❽　《唐詩品彙·凡例》，頁3上。

❾　《唐詩品彙·七言律詩敍目》，頁1上－6下。

❿　同上註。

⓫　見《再與何氏書》、《答周子書》，載《空同集》，卷62，頁11下；頁

　　15下。

⓬　《再與何氏書》，同上註。

⓭　如胡應麟提到李夢陽之言說："此最律詩三昧。"（見《詩藪》，頁64；

　　又參頁97。）

⓮　《再與何氏書》，《空同集》，卷62，頁12下。

⓯　陳子昂亦擅於五言古詩，但李夢陽在此應是指其五律，因爲此說實本於

　　方回之言："學古詩必本蘇武、李陵，學律詩必本子昂、審言輩，不可

　　誣也。此四人者，老杜之詩所自出也。"（見《瀛奎律髓》，頁151。）

⓰　《大復集》，卷34，頁2上下；頁3下。

⓱　李東陽說："予嘗謂識得十分，只做得八九分，其一二分乃拘于才力，

　　……然未有識分數少，而作分數多者，故識先力後。"（見《懷麓堂詩

　　話》，頁1371。）

⓲　同上註，頁1373、1369、1370。

⑲ 同上註，頁1374、1382－83、1377。

⑳ 同上註，頁1378、1391。

㉑ 此語見於顧璘的轉述，載何良俊：《四友齋叢說》，頁234。

㉒ 《藝苑卮言》，頁1045。但下文接著說："抵掌捧心，不能厭服衆志。"則又隱寓不滿之意。

㉓ 《空同集》，卷29，頁12下－13上；《大復集》，卷25，頁1下。而後來復古派中人都有留意李、何這類詩。如謝榛說："李商隱作《無題》詩五首，……本朝何李二公，各擬一首，惜未完美。"胡應麟說："信陽北地，並賦《無題》，而獻吉偏工。"（見《四溟詩話》，頁1194；《詩藪》，頁356。）

㉔ 現存沈君攸詩有三首七言樂府，其中《薄暮動弦歌》與《桂楫泛河中》兩首是一韻到底的"儷句"，前者12句，後者18句，與律詩的距離尚遠。（見逯欽立：《先秦漢魏晉南北朝詩》〔北京：中華書局，1983〕，頁2110－11。）

㉕ 《升庵詩話》，頁649。

㉖ 同上註，頁855。

㉗ 《藝苑卮言》，頁1007－08。

㉘ 同上註。

㉙ 《藝圃擷餘》，頁776－77。

㉚ 見郭紹虞：《滄浪詩話校釋》，頁143。

㉛ 《唐詩品彙·凡例》，頁2上。

㉜ 《四溟詩話》，頁1224－25。

㉝ 但他也不是說用虛字就一定不好，例如他就稱讚杜甫、韋應物的兩首詩的虛字運用得好，只不過他認爲"虛字極難，不善學者失之。"（見同上註，頁1147。）

㉞ 參《唐詩品彙·凡例》頁1下。就謝榛的要求而言，高棅另有《唐詩正

聲》之選。詳參第五章。

㉟ 《藝苑巵言》，頁1007、1009。另外頁1014又說王維的《酌酒與
裴迪》與岑參的《使君席夜送嚴河南赴長水》爲"八句皆拗體也"。按
後人有以《酌酒與裴迪》爲"四柱格"。

㊱ 《藝圃擷餘》，頁777。

㊲ 《四溟詩話》，頁1188、1171。

㊳ 《藝圃擷餘》，頁775－776。

㊴ "Presentness"一詞借自T.S.Eliot之意。他說："……and the
historical sense involves a perception, not only the pastness
of the past, but of its presence。"Tradition and the
Individual Talent,"in T.S. Eliot, *Selected Prose*
(Harmondsworth, Middlesex: Penguin Books Ltd., 1953),
p.23.

㊵ 《藝苑巵言》，頁1007、1006。

㊶ 《四溟詩話》，頁1188。又朱彝尊《寄查德尹編修書》論及杜律一三五
七句用仄字上去入三聲必隔別用之，可與謝榛此說並參。（見《曝書亭
集》〔《四部備要》本〕，卷33，頁10下－12上。）

㊷ 《藝圃擷餘》，頁777。

㊸ 《中國文學批評史大綱》（上海：上海古籍出版社， 1983），頁
190。又復旦大學編《中國文學批評史》中冊（上海：上海古籍出版社，
1981 ）說高棅"品評七律，崔顥、賈至、王維、李憕、李頎、祖詠、
崔曙、孟浩然、萬楚、張謂、高適、岑參、王昌齡都是正宗，杜甫也是
大家，低人一等，……其貶杜傾向是非常明顯的。"（頁245）

㊹ 《藝圃擷餘》，頁777。

㊺ 《選唐詩序》，見《滄溟先生集》，卷18，頁1下。

㊻ 《藝苑巵言》，頁1005、1009。

(47) 分見《升庵詩話》，頁855、732、753、677－78 。

(48) 《四溟詩話》，頁1225。

(49) 《藝圃擷餘》，頁781。

(50) 《藝苑卮言》，頁1010。

(51) 《升庵詩話》，頁821。

(52) 《藝苑卮言》，頁1016。

(53) 《四溟詩話》，頁1162。

(54) 《藝圃擷餘》，頁779－780。

(55) 有關問題可參第六章第二節的討論。

(56) 《藝苑卮言》，頁1016。

(57) 參Uri Margolin, "Historical Literary Genre: The Concept and Its Uses," *Comparative Literature Studies*, Vol.10, No.1 (March, 1973), p.51.

(58) 《詩藪》，頁81。

(59) 《唐音癸籤》，頁1。

(60) 《詩源辯體》，頁129、130、132、136。

(61) 《詩藪》，頁84－85。

(62) 同上註，頁85、92。

(63) 同上註，頁84、93、187、236。

(64) 《唐音癸籤》，頁98。

(65) 《詩源辯體》，頁147－148、155、223、283、305。

(66) 同上註，頁245－246。

(67) 同上註，散見頁243－270。

(68) 同上註，頁284、285、286、288、291。

(69) 同上註，散見頁295－308。

(70) 《藝苑卮言》，頁961。

⑦ 《詩藪》，頁81、82、83。

⑦ 《滄溟先生集》，卷18，頁1上下。

⑦ 《藝苑卮言》，頁961。

⑦ 《詩藪》，頁81、82。

⑦ 宋吳可《藏海詩話》（《歷代詩話續編》本）已說："七言律詩極難做，蓋易得俗，是以山谷別為一體。"（頁335）《滄浪詩話校釋》又載："七言律詩難於五言律詩。"（頁127）范晞文《對床夜語》（《歷代詩話續篇》本）說："七言律詩極不易，唐人以詩名家者，集中十僅一二，且未見其可傳，蓋語長氣短者易流於卑，而事實意虛者又幾乎塞。用物而不為物所贅，寫情而不為情所牽，李杜之後，當學者許渾而已。"（頁422）元楊載《詩法家數》（《歷代詩話》本說："七言律難于五言律，七言下字較粗實，五言下字較細嫩。七言若可截作五言，便不成詩；須字字去不得方是。所以句要藏字，字要藏意，如聯珠不斷，方妙。"（頁731）

⑦ 《唐音癸籤》，頁93。

⑦ 均見元結等選：《唐人選唐詩（十種）》（香港：中華書局，1958），頁72－76、173－74。

⑦ 計有功：《唐詩紀事》（上海：中華書局，1965），頁287－288；辛文房著，周本淳校正：《唐才子傳校正》（南京：江蘇古籍出版社，1987），頁49。

⑦ 《唐詩鼓吹評註》，卷4，頁14上－15下；《唐音·正音》，卷4上，頁12下－14上。

⑧ 《古今詩刪》（《四庫全書》本），卷16，頁9上－10下。

⑧ 《詩源辯體》，頁170。

⑧ 《詩藪》，頁352。又許學夷指出祖詠的《望薊門》一篇是李攀龍等人的師法對象。（見《詩源辯體》，頁173。）

㊸　《圍爐詩話》（郭紹虞編，富壽蓀校點《清詩話續編》本；上海：上海
　　古籍出版社，1983 ），頁676。

㊹　《藝苑卮言》，頁1007。

㊺　《詩藪》，頁87、224 、86、84、83。

㊻　《唐音癸籤》，頁94。

㊼　《藝圃擷餘》，頁780。

㊽　《藝苑卮言》，頁1007。

㊾　胡震亨說："弇州公以'開山'聲調不協，欲改爲'開士'，此元人郝
　　天挺《唐詩鼓吹》注中說也。吾謂'遠公'即指璿公，'開山'即就上
　　廬山，衍下做到山地上，意義實然，雖不叶，不可改也。不然，一人耳，
　　旣擬之遠公矣，復泛稱爲開士可乎？"（見《唐音癸籤》，頁227。 ）
　　按：王氏兄弟此說矜爲創獲，似乎不是蹈襲而來。另外孫濤《全唐詩話
　　續編》（丁福保編《清詩話》本；上海：上海古籍出版社，1978 ）則
　　贊成王氏之說（頁662）。

㊿　《詩藪》，頁92。

（91）　《唐音癸籤》，頁94。

（92）　《詩源辯體》，頁169。

（93）　《滄浪詩話校釋》，頁197。

（94）　周勛初曾解釋說："（嚴羽）大約也是以爲七律可以作爲唐詩的代表體
　　裁而有此一舉的吧。"（見《從"唐人七律第一"之爭看文學觀念的演
　　變》，《文學評論》，1985年第5期（9月），頁119；又收入周勛
　　初：《文史探微》，頁226－237。）但周氏之說似乎尙需證據支持。

（95）　《升庵詩話》，頁834。楊愼下文又解釋說："崔詩賦體多，沈詩比興
　　多。以畫家法論之，沈詩披麻皴，崔詩大斧劈皴也。"按："披麻皴"
　　是國畫最基本的一種皴法，用中鋒自上而下，上輕下重；"斧劈皴"是
　　北宋山水專用的皴法，用側鋒橫筆斜砍。二法並排就如賦與比興，只能

說明技巧之不同，根本不能比優劣。

(96) 《藝苑卮言》，頁1008、1006、1008。

(97) 《詩藪》，頁95、82。

(98) 同上註，均見頁95－96。

(99) 《唐音癸籤》，頁95－96。

(100) 《詩藪》，頁83、188。

第四章　五言古詩與〝唐古〞

第一節　〝唐無五言古詩而有其古詩〞說
　　　　的產生

在明復古詩論中，唐代的五言古詩是當時衆多詩體最被忽視的一種❶。從詩歌發展的歷史看來，近體律絕在唐代才告成熟，七言古詩雖然早在唐代以前已經出現，但留存的作品不多，由此發展而成的歌行體也在唐代才有蓬勃的發展；只有五言古詩自兩漢以來❷，一直到唐以前，都是詩壇的主流。復古詩論家對各體唐詩都非常推崇，唯獨對唐代的五言古詩的態度大不相同，其中李攀龍在《選唐詩序》所說的：

　　唐無五言古詩而有其古詩，陳子昂以其古詩為古詩，弗取也。
　　❸

無論在當代或後世，都引起紛紛的議論，批評最激烈的如錢謙益《列朝詩集小傳》說：

　　彼以昭明所誤為古詩，而唐無古詩也；則胡不曰：魏有其古
　　詩，而無漢古詩，晉有其古詩，而無漢魏之古詩乎？……論

古則判唐、"選"為鴻溝,言今則別中、盛為河漢,謬種流傳,俗學沈錮。❹

支持李說的如王士禎在《詩問》中說:

滄溟先生論五言謂:"唐無五言古詩,而有其古詩。"此定論也。常熟錢牧翁宗伯但截取上一句,以為滄溟罪案,滄溟不受也。❺

其他的是非爭論還有很多。本章試圖探討的是這一著名論說的形成過程及其於復古派中的反響,以至復古派詩論家如何將"古詩"和"唐古"等體類觀念放置入詩史的脈絡之中。

前期復古派的李夢陽在《缶音序》說:

詩至唐,古調亡矣,然自有唐調可歌詠,高者猶足被管絃。宋人主理不主調,於是唐調亦亡。❻

鈴木虎雄認為這段文字是李攀龍"唐無五言古詩而有其古詩"的先聲:

夢陽的意思是說唐的五言古詩可以唐調歌詠,而沒有他理想中的五言古詩的調。❼

從原文看來,"古調"當是指漢魏以來古詩的"調"——可能指其中古質渾成的風格，也可能實指古詩的音聲節奏；當其時最重要的詩體是五言古詩，這是沒有問題的，但 " 唐調 " 卻不似專指五古，而應該概指唐代各體的詩共有的 " 唐詩的調 " 。他對這種詩體的具體意見最清楚還是《 刻陸謝詩序 》所說的：

> 夫五言者不祖漢則祖魏，固也；乃其下者即當效陸謝矣。 ❽

何景明不同意李夢陽對陸機、謝靈運的評價，《 與李空同論詩書 》說：

> 比空同嘗稱陸、謝，僕參詳其作，陸詩語俳體不俳也，謝則體語俱俳矣。

但他還是主張古詩宗主漢魏的，正如《 海叟集序 》說：

> （李、杜）二家歌行近體誠有可法，而古作尚有離去者，猶未盡可法之也。故景明學歌行近體，有取于二家，旁及唐初盛唐諸人，而古作必從漢魏求之。 ❾

李、何對五言古詩的看法在末節上或有小異，但大本相同。他們的批評意識都集中在漢魏古詩，視之爲基準、爲學習的典範，後世的五古都有所不及，他們對唐代五古沒有正面的分析，即使何景明對李、杜 " 古作 " 的批評，也只是指其不及基準，就如他批評謝靈運的詩一樣。可以說，唐代五言古詩本身還沒有正式被納入他們的批評意識之內，只是依傍著漢魏基準的一些"不逮"的樣本。

何景明的學生樊鵬曾經提過看似"唐無古詩"的講法❿。他的《編初唐詩敘》說：

> 詩自刪後，漢魏古詩為近。漢魏後六朝滋盛，然風斯靡矣。至初唐，無古詩而律詩興；律詩興，古詩勢不得不廢。精梓匠則粗輪輿，巧陶冶則拙函矢，何況于達玄機、神變化者哉！⓫

他說唐初因"律詩興"以致"古詩廢"；這種將律詩與古詩對立二分的心態，實同於何景明的分畫五古與近體、歌行。樊鵬又和李、何一樣，以漢魏為宗，但這裡討論的重點已經是唐代了；不過他的講法仍然與李攀龍之說有距離，因為他只論初唐詩，而初唐是古律混雜時期，說"無古詩"不難為人接受⓬，還不是整個唐代五古的評價⓭，不似李攀龍之說率涉到更多理論和概念的問題。值得注意的另一點是，雖然樊鵬說"唐初無古詩"，但他是非常推崇初唐的⓮。換句話說，他認為初唐詩即使於古體有所不及，但總的成績仍然很高；而這也是後期復古派對唐詩的整體印象。

胡應麟《詩藪》又引述楊慎"中唐後無古詩"之說⓯，在《升庵詩話》中，原文稍有不同：

> 大曆以後，五言古詩可選者，惟端此篇（李端《古別離》）與劉禹錫《擣衣曲》、陸龜蒙"茱黃匣中鏡"、溫飛卿"悠

悠復悠悠"四首耳。⑯

楊慎之說也不同於"唐無古詩而有其古詩",因爲他的意思是大
曆以前的古詩是可取的,只是中晚唐以後才少有五古值得選入詩
集。然而楊慎的話也同樊鵬一樣,顯示出唐代五言古詩已經進入
了當時批評家的討論範圍之內。

　　李攀龍之說就是在這樣的基礎之上產生的;在進一步討論之
前,先將全文引錄如下:

　　唐無五言古詩而有其古詩,陳子昂以其古詩為古詩,弗取也。
　　七言古詩唯杜子美不失初唐氣格,而縱橫有之。太白縱橫,
　　往往彊弩之末間雜長語,英雄欺人耳。至如五、七言絕句,
　　實唐三百年一人,蓋以不用意得之,即太白亦不自知其所至,
　　而工者顧失焉。五言律、排律諸家概多佳句。七言律體,諸
　　家所難,王維、李頎頗臻其妙,即子美篇什雖眾,憒焉自放
　　矣。作者自苦,亦惟天實生才不盡,後之君子本茲集以盡唐
　　詩,而唐詩盡於此。⑰

首先我們可以看到,這一段是詩史的斷代評論,李攀龍說"唐詩
盡於此"就表示唐代的詩都經他全面考慮。文中論及五古、七古、
五七絕、五律、排律和七律;除了五古以外,每種體裁都只就唐
代立論,討論每體於唐代最重要的作家。於五古李攀龍的批評卻
超越唐代。他先肯定了一個"五言古詩"的傳統(這是唐代以外
的作品所組成的),然後再指出唐代的五古("其古詩")不屬

於這個傳統。單憑"唐無五言古詩而有其古詩"一句，或者可以說李攀龍沒有作出價值判斷，只是指出兩種不同的"體"❶。但他既然在唐代所無的"五言古詩"之前不冠以任何標籤，則他應該是說這是"正宗的五言古詩"，而唐代所有的"其古詩"是"正宗"以外而又能成體系的一個傳統。至於那"正宗的五古"又何所指呢？錢謙益認爲是指《昭明文選》中的五古，其實範圍應該沒有那麼廣；如果我們參看前面引述各家之言，如李夢陽的"五言不祖漢則祖魏"，何景明的"古作必從漢魏求之"，樊鵬的"漢魏爲近"；又或者與李攀龍同時的吳國倫說的"五言古詩，鵠在漢魏"❶，宗臣的"夫詩至漢魏上矣，李、杜稱聖，於'選'則視二代愧"❷，大概可以推斷同屬復古主義者的李攀龍也會以漢魏詩爲"正宗五言古詩"的基準；事實上，他自己創作古詩就是追師《十九首》及建安詩的❸。李、何等人討論古詩時，在訂明基準後就不再著意探討漢魏以外的系統，但從《選唐詩序》所見，李攀龍因爲斷代爲評，又以"唐詩盡於此"爲號召，於是他就不得不總結唐代五古的特色，結論是唐代已發展出另一個五古的系統，其基準與"正宗五言古詩"有所不同。根據這一點他進而批評陳子昂的"以其古詩爲古詩"，認爲他混淆了兩種基準的古詩，這在下文再作細論；問題是：他接著說"弗取也"，究竟只是"弗取"陳子昂的"以其古詩爲古詩"（混淆兩種基準的古詩），還是連唐代的"其古詩"（有別於漢魏基準的唐古詩）也"弗取"呢？單看這篇序文是不能解答的，如果我們翻看《古今詩刪》的唐代五古部分，他既選入了唐代五古凡122篇，也選了陳子昂五古7篇，其中理由在本書第五章再作討論。在此處我

們只見到 " 唐無五言古詩而有其古詩 " 一說代表了復古詩論家對唐五古批評的拓展。

李攀龍的盟友王世貞對《選唐詩序》中評唐代五言古詩和七言古詩都非常贊同,他說:

> 此段褒貶有至意。❷

另外在《梅季豹居諸集序》又再肯定李攀龍的意見:

> 余少年時,稱詩蓋以盛唐為鵠云,已而不能無疑於五言古。
> 及李于鱗氏之論曰:" 唐無古詩而有其古詩 ",則灑然悟矣。
> 進而求之三謝之整麗,淵明之閒雅,以為無加焉。及讀何仲
> 默氏之書曰:" 詩盛於陶、謝,而亦亡於陶、謝。" 則竊怪
> 其語之過。蓋又進之而上為三曹,又進之而上為蘇、李、枚、
> 蔡,然後知何氏之語不為過也。❷

不過王世貞所取的重點,也像錢謙益被王士禎評為偏取一樣,只是截取了 " 唐無五言古詩 " 的一半,忘記了 " 有其古詩 " 的另一半。文中又敘述他自己溯流而上的學古方法,但我們不要以為王世貞真的親身經歷過其中不同的學習階段,只能看作是思想上復古的邏輯程序❷,其最終目標還是擁護漢魏詩為五古的基準。這裡並沒有唐代五古的討論,有關王世貞這方面的意見將在第三節討論。

王世懋也截取了李攀龍的半句,說:

唐人無五言古，就中有酷似樂府語而不傷氣骨者，得杜工部
四語，曰："兔絲附蓬麻，引蔓故不長。嫁女與征夫，不如棄
路傍。"不必其調云何，而直是見道者，得王右丞四語，曰：
"曾是巢、許淺，始知堯、舜深。蒼生詎有物，黃屋如喬
林。"㉕

他在肯定了《選唐詩序》這句話的前半之餘，附帶指出唐代只有
杜甫的《新婚別》和王維的《送韋大夫東京留守》幾句詩可取；
換句話說，他覺得唐代五言古詩是不及水平的。

以上是李攀龍"唐無五言古詩而有其古詩"說出現以前及同
時的復古詩論家對有關問題的直接論述。漢魏詩是復古派高懸的
第一個基準，李何等用這個基準否定了後世的五言古詩，對於初
學者來說，這是便捷的方法，知所遵從，不必旁鶩。但後來的復
古批評家在以創作論爲導向的基礎下，漸漸增加了對古代作品包
括唐代五言古詩的整理和批評；在整理資料的同時也增進了對唐
代五古的整體認識。這個趨向，在胡應麟及以後的復古詩論家的
言論中更有深入的發展，以下一節就以後期復古詩論爲中心，對
有關問題作多個方向的探討。

第二節　後期復古詩論的反響

一、漢魏詩的地位

明復古派對唐代五古的概念是在與漢魏五古對照之下而形成

的。漢魏古詩的備受李何等人推崇，上文已有交代；在此再補充
討論後期復古論家如何將漢魏詩理想化甚至神話化，成爲"完美
的均衡"（perfect equilibrium）❷。

　　胡應麟討論五言詩的源流時說：

> 惟五言肇自"河梁"，盛於"宛洛"；敊致絲衷，而足以感
> 鬼神，動天地；謳吟信口，而足以被金石，叶笙絃。如《孔雀
> 東南飛》一首，驟讀之，下里委談耳；細繹之，則章法、句
> 法、字法，才情、格律、音響、節奏，靡不具備，而實未嘗
> 有纖毫造作，非神化所至而何。❷

可見褒揚至極。所謂"河梁"是指傳爲李陵與蘇武作的贈答詩❷，
"宛洛"指《古詩十九首》，其中又包括傳爲西漢枚乘的作品❷，
這些詩篇所屬的年代屢見爭議，不少人認爲蘇、李、枚等作是後
人所僞托❸，但明復古詩論家卻極力指陳這幾位西漢人物確有五
言詩之作，例如王世貞說：

> 鍾嶸言"行行重行行"十四首："文溫以麗，意悲而遠。驚
> 心動魄，幾乎一字千金。"後併"去者日以疏"五首爲十九
> 首，爲枚乘作。或以"洛中何鬱鬱"、"游戲宛與洛"爲詠
> 東京，"盈盈樓上女"爲犯惠帝諱。按：臨文不諱，如"總
> 齊群邦"，故犯高諱，無妨；宛、洛爲故周都會，但"王侯
> 多第宅"，周世王侯，不言"第宅"；"兩宮"、"雙闕"，
> 亦似東京語。意者中間雜有枚生或張衡、蔡邕作，未可知。❸

他肯定《十九首》中有枚乘之作，只是中間或雜有東漢張衡、蔡邕的作品；對蘇、李詩的態度也類同❸❷。許學夷對各種懷疑之說，也多番駁辯，如說：

> 李陵、蘇武五言，昭明已錄諸《文選》，劉勰乃云："成帝品錄三百餘篇，而詞人遺翰，莫見五言，所以李陵、班捷妤見疑於後代也。"愚按：《左氏傳》子長不及見，《漢書》所載而《史記》有弗詳者，正以當時書籍未盡出故耳。由是言之，成帝品錄而不及蘇李，又何疑焉？東坡嘗謂"蘇李之天成"，是矣。至因劉子玄辯李陵書非西漢文，乃謂蘇李五言亦後人所擬，亦不免為惑。蘇、李七篇，雖稍遜《十九首》，然結撰天成，了無作用之跡，決非後人所能。若《文苑》所載《錄別》數首，則後人因七篇而廣之者。元美謂："雖總雜寡緒，而渾樸可詠，固不必二君手筆，要亦非晉人所能辦也。"又摯虞云："李陵眾作，總雜不類，殆是假託，非盡陵志，至其善篇，有足悲者。""總雜不類"蓋指《錄別》，"善篇足悲"乃謂《文選》所錄耳。以此觀之，其來遠矣。然勰之言亦有所據，初非謬妄。
>
> 宋人謂"蘇、李詩，在長安而言江漢"，又謂"'獨有盈觴酒'與《十九首》'盈盈一水間'俱不避惠帝諱，疑皆非漢人詩"。愚按：子卿第四首乃別友詩，安知其時不在江漢？又韋孟《諷諫》詩："總齊群邦"，於高帝諱且不避，何必惠帝？趙凡夫云："《說文》止諱東漢'季'、'莊'、'炟'、'祐'四字，而於西漢'邦'、'盈'以下皆不諱

也。"⓷⓷

這些作品的年代歸屬到現在還有爭論，我們不必在此考慮王、許等論證的可靠程度，值得注意的是他們的心態；他們對漢魏詩極之推崇，如果否定其眞確性就等於使這崇高理想——"古"的成分——褪色，我們再參看胡應麟批評宋人之說就會更清楚：

> 世多訾宋人律詩，然律詩猶知有杜，至古詩第沾沾靖節，蘇、李、曹、劉，邈不介意；若《十九首》、《三百篇》，殆於高閣束之，如蘇長公謂"河梁"出自六朝，又謂陶詩愈於子建，餘可類推。⓷⓸

他批評蘇軾以蘇李詩爲齊梁之作，是對五言之源沒有足夠的重視，原因是宋人只懂欣賞陶淵明，以致忽視了《詩經》、《古詩十九首》，蘇武、李陵、曹植、劉楨等詩歌正統的源流發展；當然，這也是宋詩失敗的根由了。復古詩論家企圖辨明詩歌發展的譜系，對於漢魏詩的漢詩部分尤其重視，因此不單因懷疑蘇、李詩和《十九首》之說在宋代特多而加強了"反宋"的傾向，更進而釐析漢魏，以漢詩爲造極，先是謝榛說：

> 詩以漢魏並言，魏不逮漢也。建安之作，率多平仄穩帖，此聲律之漸。⓷⓹

到胡應麟時，於漢魏之辨更加著意；他認爲嚴羽論詩，"六代以下甚分明，至漢魏便齟齬突"，因爲：

> 漢人詩不可句摘者，章法渾成，句意聯屬，通篇高妙，無一
> 蕪蔓，不著浮靡故耳。子桓兄弟努力前規，章法句意，頓自
> 懸殊，平調頗多，麗語錯出。王、劉以降，敷衍成篇。仲宣
> 之淳，公幹之峭，似有可稱，然所得漢人氣象音節耳，精言
> 妙解，求之邈如。嚴氏往往漢魏並稱，非篤論也。

又說：

> 漢人詩質中有文，文中有質，渾然天成，絕無痕跡，所以冠
> 絕古今。魏人贍而不俳，華而不弱，然文與質離矣。

類似的辨析言論，還有許多❸。單論漢詩時，更褒揚備至，認爲
是：

> 冠古絕今……，神聖工巧，備出天造。千古元氣，鍾孕一時
> ……，詣絕窮微，掩映千古。
> 畜神奇於溫厚，寓感愴於和平；意愈淺愈深，詞愈近愈遠；
> 篇不可句摘，句不可字求。
> 結構天然，絕無痕跡。
> 氣運所鍾，神化所至也；無才可見，格可尋也。❸

許學夷對嚴羽與胡應麟之說又作分析說：

漢魏五言，滄浪見其同而不見其異，元瑞見其異而不見其同。
愚按：魏之於漢，同者十之三，異者始變矣。

在他筆下，漢詩也是完美的：

漢人五言，體皆委婉，而語皆悠圓，有天成之妙。
漢魏五言，源於《國風》，而本乎情，故多託物興寄，體製
玲瓏，為千古五言之宗。詳而論之，魏人體製漸失，晉、宋、
齊、梁，日趨日亡矣。
漢魏五言，本乎情興，故其體委婉而語悠圓，有天成之妙。
五言古，惟是為正。詳而論之，魏人漸見作用，而漸入於變
矣。 ❸

他們既懸立了這樣至高至上的目標作爲基準，則風格表現稍有偏
離，都被視爲趨向衰落的變化。就以魏詩而言，本在嚴羽眼中與
漢詩同居典範的地位，但胡應麟在刻意檢索下，已要區別漢魏；
許學夷雖然說漢魏詩有同有異，但實則與胡應麟之說相差不遠，
所謂“同異”，他的具體解釋是：

漢魏同者，情興所至，以情為詩，故於古為近。魏人異者，
情興未至，以意為詩，故於古為遠。 ❸

可見許學夷在“漢魏”並稱時，只是取魏之“同”於漢的成份；
有需要時，他又會“詳而論之”，區分漢魏了。

二、"唐古"與"正宗五古"的關係

在進一步鞏固復古派前輩以漢魏爲基準的看法的同時，後期
復古詩論家又考慮到唐代五古與"正宗五古"的關係。例如胡應
麟就考察過唐代五古如何承接正宗五古的軌跡，他說：

> 古詩浩繁，作者至眾。雖風格體裁，人以代異，支流原委，
> 譜系具存。炎劉之製，遠紹《國風》。曹魏之聲，近沿枚李。
> 陳思而下，諸體畢備，門戶漸開。阮籍、左思，尚存其質。
> 陸機、潘岳，首播其華。靈運之詞，淵源潘陸。明遠之步，
> 馳驟太沖。有唐一代，拾遺草創，實阮前蹤；太白縱橫，亦
> 鮑近蹤。少陵才具，無施不可，而憲章祖述漢魏六朝。所謂
> 風雅之大宗，藝林之正朔也。❹

值得注意的是，胡應麟以追溯"譜系"的方式來揭示五言古詩的
發展軌跡，這裡提到的枚乘、李陵、曹植、阮籍、左思、陸機、
潘岳、謝靈運、鮑照、陳子昂、李白和杜甫，他都認爲是"風雅
之大宗"、"藝林之正朔"，這比起《選唐詩序》的"弗取"態
度，顯然不同。再者，唐以前只論及漢、魏、晉、宋的代表作家，
齊、梁、陳、隋的五古作家就不曾提到，這樣就配合了古詩"衰
亡"的說法：

> 五言盛於漢，暢於魏，衰於晉宋，亡於齊梁。❹

從這個角度看陳子昂、李白等主張復古的詩人，其五古實在

跳越了齊、梁、陳、隋的時期，與正宗古詩的傳統相接；只有杜甫的取徑好像廣泛一些，但胡應麟重視的，還是承接漢魏的詩作，這一點下文再有交代。

胡震亨《唐音癸籤》中收錄了胡應麟論五古譜系的一條詩話，可見他也同意唐代實有屬於"大宗"、"正朔"的五言古詩作家。他在抄錄時將胡應麟說杜甫"憲章祖述漢魏六朝"改成"憲章漢魏，融冶六朝"，明顯將漢魏與六朝的界限畫清，融冶六朝，可以是選擇性的採納，不似"憲章祖述"那麼恭敬地遵從模仿❷，說來更合乎復古派的理論主張。

胡震亨在"藝林之正朔"以下接著說：

> 其他諸家，亦概多合作，截長絜短，上方魏晉不足，下視齊梁有餘。猥云唐無五言，未是定論。❸

他認爲陳子昂、李白和杜甫以外，還有許多"合作"——即及得上水準——的五古詩家，更因此直接批評"唐無五言古"的看法，說不是正確的論斷。其實胡震亨之說也是變化自胡應麟的另一條詩話，而這又關連到他們對唐代五古與漢魏五古的關係的另一層面的關注。前文所引主要從淵源的探討著眼，指出兩者的傳承關係，這裡則從價值判斷著眼，討論唐古的藝術水平是否能攀及漢魏古詩。這種比較自然是由李攀龍的"唐無五言古詩而有其古詩"一語所觸發，胡應麟亦以此語的前半截作討論的引子：

> 世多謂唐無五言古，篤而論之，才非魏晉之下，而調雜梁陳之際，截長絜短，蓋宋齊之政耳。

以下他舉列唐代二十多位詩家的五古，評說：

> 皆六朝之妙詣，兩漢之餘波也。❹

對於＂唐無五言古＂之語，胡應麟要＂篤而論之＂，也就是表示要修正這種講法，胡震亨說這是＂猥言＂、＂未是定論＂，意見也類同，只是語調更尖刻而已。然而我們都知道，李攀龍之說如果撇開了＂弗取也＂三字不論，＂唐無五言古詩而有其古詩＂也可以被解釋爲：唐有古詩，但其水準比不上最好的漢魏古詩，這就和胡震亨的＂上方魏晉不足，下視齊梁有餘＂，胡應麟的＂宋齊之政＂、＂六朝妙詣，兩漢餘波＂，並無大分別，因此我們見到胡應麟在另一條文字中讚揚李攀龍，就不必訝異：

> 四傑，梁、陳也；子昂，阮也；高、岑，沈、鮑也；曲江、鹿門、右丞、常尉、昌齡、光羲、宗元、應物，陶也。惟杜陵《出塞》樂府有漢魏風，而唐人本色時露。太白譏薄建安，實步兵、記室、康樂、宣城及拾遺格調耳。李于鱗云：＂唐無五言古詩而有其古詩＂，可謂具眼。❺

除了初唐四傑以外❻，胡應麟將陳子昂以下的詩家都比附爲古詩傳統中的一些名家，但這些名家卻又是漢魏以後的人物，唯有杜甫接近漢魏基準，但又認爲他的詩時露＂唐人本色＂——卽與漢魏基準不同的風格特色；總之，胡應麟不外認爲唐代有不錯的五言古詩，但仍未能完全等同漢魏的水平。故此雖然前文要駁辯，

這裡說"具眼"，看來好像互相矛盾，究之都是李攀龍之說的詮
釋，是深一層的思慮。

　　許學夷對於李攀龍之說也有正面的批評，其論點又稍有變化：

> 李于鱗《唐詩選序》，本非確論，冒伯麟極稱美之，可謂惑
> 矣。《序》曰："唐無五言古詩，而有其古詩，陳子昂以其
> 古詩為古詩，弗取也。"愚按：謂子昂以唐人古詩而為漢魏
> 古詩弗取，猶當；謂唐人古詩非漢魏古詩而皆弗取，則非。
> （自注：漢魏、李杜，各極其至。）❹

　　"唐無五言古詩而有其古詩"可以是不具價值判斷的陳述。
若然，則這句話只是類型的畫分，"其古詩"和"五言古詩"的
水平可以同樣的高低，但本章第一節已經討論過，李攀龍之語其
實隱含了唐古詩有所不及的意味；許學夷則根據"弗取也"一語
認為李攀龍是貶抑唐古詩，認為這是不妥當的。他自己就選擇了
類型雖異而水平同樣高的思考方向，認為唐古詩，起碼李白和杜甫
的古詩，可以和漢魏並駕齊驅：

> 漢魏五言及樂府雜言，猶秦漢之文也。李杜五言古及七言歌
> 行，猶韓、柳、歐、蘇之文也。秦漢、四子各極其至；漢魏、
> 李杜亦各極其至焉。
> 五言古，自漢魏遞變以至六朝，古律混淆，至李、杜、岑參，
> 始別為唐古；而李杜所向如意，又為唐古之壺奧。故或以李
> 杜不及漢魏者，既失之過；又或以李杜不及六朝者，則愈謬

也。㊽

胡應麟、胡震亨雖然肯定了唐有五言古詩，但還承認唐五古比不上漢魏；許學夷說李白杜甫的古詩可與漢魏同列，比二胡更進一步。但他的想法是否很堅定呢？我們有必要懷疑，因為他又說過這樣的話：

> 或問："漢魏詩與李杜孰優劣？"曰：漢魏五言，深於興寄，蓋風人之亞也；若李杜五言古，以所向如意為能，乃詞人才子之詩，非漢魏比也。讀漢魏詩，一倡而三歎，有遺音矣。

"非漢魏比"可以解釋為"所向如意"的李杜詩風與"深於興寄"的漢魏詩風不同類型，所以不能相比；但也可能表示李杜的五古比不上漢魏古詩；此處用語的含糊，不知是否有意識的所為，大概復古派尊崇漢魏基準的壓力，對他的"各極其至"一說有一定的影響；在另一則詩話中，他說：

> 盛唐古、律兼工，……然盛唐古詩已不及漢魏。（自注：向言漢魏、李杜，各極其至，各就其所造而言。此言盛唐不及漢魏，乃風氣實有降也。）㊾

這裡不再含糊：盛唐實不及漢魏。雖然他還要維護李杜五古的價值，但看來所謂"各極其至"，只是說唐五古仍然有其重要性，李杜於此種體式之中達到相當高的水平；一旦並列而比較高下，這些復古詩論家仍然會將神話化的、代表"古"的理想的漢魏詩置於一個不可企及的地位；理由是"風氣"已經變降——是整個歷史運作系統的演變，"詞人才子之詩"不能不遜色於"風人之亞"。

以上所述，可見後期復古詩論家針對李攀龍之說反反覆覆的討論之後，主要的見解始終相差不遠，最多只有程度上的分別。大家都同意漢魏古詩水平特高，五古以此爲巔峰，唐代五古水平已不差（這一點李攀龍沒有提），但仍然有所不及。不過既然作過多番討論，可知他們對唐代五古的重視。下文再交代他們心目中的"唐古"具體究竟指甚麼。

三、"唐古"的特色

李攀龍說唐"有其古詩"，意思是指唐代的古詩別成一類，但同期論者卻少有特別就"唐代五古"這個概念立說⓾。到胡應麟《詩藪》，卻多番點出"唐古"或五古中的"唐體"，例如：

> "明月照高樓，想見餘光輝"，李陵逸詩也。子建"明月照高樓，流光正徘徊"，全用此句而不用其意，遂為建安絕唱。少陵"落月滿屋梁，猶疑照顏色"，正用其意而少變其句，亦為唐古崢嶸。今學者第知曹、杜二句之妙，而不知其出於漢也。
>
> 泛觀前三句，則子建魏詩之神，杜陵唐體之妙，而少卿不過漢品之能。若究竟言，則"明月流光"，雖神韻迴出，實靈運、玄暉造端；"落月屋梁"，頗類常建、昌齡，亦非杜陵

本色；少卿雖平平，然自是漢人語。㉛

以"神"、"妙"、"能"三品定優劣高下，始於唐張懷瓘的書論；後來在畫論中亦常有應用㉜。胡應麟借來論詩，也是以"神品"爲最上，"妙品"次之，"能品"再次。他認爲杜甫《夢李白》的詩句是"唐古"或"唐體"的"妙品"，並與漢"能品"的李陵《贈蘇武別》詩句㉝，魏"神品"的曹植《七哀》詩句比較，結論雖然沒有說得很清楚，但言下之意就是漢之"能"已超越魏之"神"和唐之"妙"。其中說杜句似常建、王昌齡，"非杜陵本色"，可能指常建和王昌齡的五古更是唐古的典型。事實上胡應麟眼中的杜甫五古是比較接近漢魏基準的，如說：

> 杜之《北征》、《述懷》，皆長篇敍事。然高者尚有漢人遺意，平者遂爲元白濫觴。杜陵《出塞》樂府有漢魏風，而唐人本色時露。
>
> 古詩杜少陵後，漢魏遺響絕矣。

要更清楚認識胡應麟的"唐體"概念，最好參看他對高適和岑參的比較：

> 古詩自有音節。陸謝體極俳偶，然音節與唐律迴不同。唐人李杜外，惟嘉州最合。襄陽、常侍雖意調高遠，至音節時入近體矣。
>
> 常侍五言古，深婉有致，而格調音節，時有參差。嘉州清新

奇逸，大是俊才，質力造詣，皆出高上。然高黯淡之內，古
意猶存；岑英發之中，唐體大著。❹

用音節來討論古詩，明顯是後世律詩出現以後才投射到古詩身上
的一些藝術要求，這是體類在觀念上的改變而造成的新制約，這
點在本章第四節再作細論。又文中提及李杜和孟浩然的古詩，現
在也暫且不論，只集中討論高、岑的比較。就意調而論，胡應麟
說高適的五古"高遠"、"深婉有致"、"古意猶存"；而岑參
的五古則是"英發"、"清新奇逸"、"大是俊才"。本來"深
婉"、"存古意"應該是比較接近漢魏古詩的意思；"英發"、
"奇逸"顯然是另一個範疇的風格；然而在"音節"而言，高適
"時入近體"、"時有參差"，岑參則"最合"。復古派很重視
從音節區別古、律，所以岑參的古詩得到較高的評價，而所謂
"唐體"亦是指岑參這一類詩。換句話說，"唐體"古詩是指有
唐代特色（可能屬於"清新奇俊"、"英發"一類風格的），但
又合乎古詩音節（這是區別古、律的關鍵）的五言古詩；意調近
古的五言詩，若然音節入了近體，則仍然不算正式的古詩。

　　這些觀點在許學夷的詩論有進一步的闡釋。首先是音節問題：
古詩必須是聲律異於律詩，即管是"唐古"，也以"聲純"爲尚：

　　唐人五言古，自有"唐體"。初唐古、律混淆，古詩每多雜
　　用律體。惟薛稷《秋日還京陝西作》，聲既盡純，調復雄渾，
　　可爲唐古之宗。杜子美詩云："少保有古風，得之《陝郊》
　　篇"，是也。

薛穟的《秋日還京陝西十里作》詩的重要性就是聲調不雜律體。
因此他論五言古必先注意其聲調是否純正，例如他對胡應麟之論
高岑五古有這些的補充：

> 唐人五七言古，高岑為正宗。然析而論之，高五言未得為正
> 宗，七言乃為正宗耳。岑五言為正宗，（自注：胡元瑞云：
> "五言古李杜外，惟岑嘉州最合。"）……五言古，高岑俱
> 豪蕩，而高語多粗率，未盡調達；岑語雖調達，而意多顯直。
> 高平韻者多雜用律體，仄韻者多忌"鶴膝"。岑平韻者於唐
> 古為純，仄韻者亦多忌"鶴膝"。胡元瑞云："岑質力造詣
> 皆出高上"，是也。
> 五言古至於唐，古體盡亡，而唐體始興矣。然盛唐五言古，
> 李杜而下惟岑參、元結於唐體為純，尚可學也；若高適、孟
> 浩然、李頎、儲光羲諸公，多雜用律體，即唐體而未純，此
> 必不可學者。……若今人作散文而雜用四六俳偶，亦是文體
> 之不純也。㉟

高適等的五古被認為低於岑參等，理由就是"未純"。岑參等的
五古不同於漢魏五古（"古體"），但仍是"唐體"的正宗。不
過除了聲律特徵之外，許學夷對高適五古的看法和胡應麟就有點
分別；他說高岑都屬"豪蕩"，只是高適"語多粗率，未盡調
達"，這就和胡應麟的"深婉有致"的評語相異，但這裡不打算
探討個別作家的特色，我們要注意的是這些復古理論家建立起來
的五古"唐體"的概念。許學夷又特別就漢魏五古與唐人五古作

出比較：

> 漢魏五言，深於興寄，故其體簡而委婉。唐人五言古，善於
> 敷陳，故其體長而充暢。

“興寄”與“敷陳”是不同的創作方式，“委婉”和“充暢”是
不同的效果，二者不必有優劣之分，他甚至指出二者既屬不同範
疇，就不應以其中一個範疇的基準來評估另一個範疇的作品：

> 漢魏五言，體多委婉，語多悠圓。唐人五言古變於六朝，則
> 以調純氣暢為主。若高岑豪蕩感激，則又以氣象勝；或欲以
> 含蓄醖藉而少之，非所以論唐古也。❺❻

某種體裁的作品只能以該體的基準作評，是辨體論的基本原理❺❼。
許學夷在區畫二體之後提出以上的看法，是合乎復古理論的主張
的。然而復古理論的另一主張：古代的淳厚風氣漸漸泯滅，民智
之開即風氣變降，這些想法對許學夷也有影響。以下這一條詩話，
就隱約透露了這個訊息：

> 漢魏五言，聲響色澤，無跡可求；至唐人五言古，則氣象崢
> 嶸，聲色盡露矣。❺❽

“無跡可求”與“聲色盡露”相比，當以前者為勝，這與上文引
過的“風人之亞”（漢魏古詩）與“詞人才子之詩”（李杜五

古）的比較相類。於此我們再次見到他的游移未決，既想說＂漢魏、李杜，各極其至＂，又說李杜＂非漢魏比＂；這又說明了李攀龍＂唐無五言古詩而有其古詩＂一說足可涵蓋整個復古派對唐代五古的取向。當然我們也需要強調，在後期復古詩論家的多番討論之後，唐代五古的概念本身就受到足夠的重視，並且活躍在當時的文學對話中，其中的作品亦成爲＂文學正典＂中一個重要部分，再難以＂弗取也＂一語抹煞。

第三節　唐代五言古詩的發展

　　上文討論過唐代五古作爲一＂體＂的概念的形成及其在當時復古派詩學傳統中的位置。以下嘗試討論這些復古詩論家如何理解唐代五古的發展情況，如何揭露，或者說塑造，其具體面貌；換言之，下文將探討在復古派的批評意識中漸漸成形的唐代五古詩史。首先我會以陳子昂的討論出發，因爲前文論李攀龍之說時，並未觸及＂陳子昂以其古詩爲古詩＂的部分，現在正好集中處理；而陳子昂亦有其特別的重要性：他是自覺地偏離詩歌律化發展的大趨勢，使五言古詩成爲唐代諸體詩的不可或缺的一環；再者，他的作品既可令批評家回想到似中絕了的漢魏傳統，也標誌著唐代五古傳統的開始。第二部分將從整個唐代著眼，看唐古如何被復古詩論承納。

一、陳子昂的地位

　　陳子昂在唐代已經以復古的面貌出現❸，明代的復古派應該

會以他爲同道；事實上，早在高棅的《唐詩品彙》，對他已十分
推崇：

> 唐興，文章承陳隋之弊，子昂始變雅正，復然獨立，超邁時
> 髦，初爲《感遇》詩，王適見之曰："是必爲海內文宗。"
> 噫！公之高才倜儻，樂交好施；學不爲儒，務求真適；文不
> 按古，佇興而成。觀其音響沖和，詞旨幽邃，渾渾然有平大
> 之意，若公輸氏當巧而不用者也。故能掩王盧之靡韻，抑沈
> 宋之新聲，繼往開來，中流砥柱，上遏貞觀之微波，下決開
> 元之正派。嗚呼，盛哉！⑩

既稱讚他的內容"雅正"，詞旨"幽邃"，又說他"當巧而不
用"，抑止"靡韻"、"新聲"。這些批評與後來復古派的看法
都很相近；李夢陽、何景明在提出"五言不祖漢則祖魏"、"古
作必從漢魏求之"之餘，何景明也指出陳子昂爲唐代的"好古
者"，李夢陽則以阮籍爲魏詩之冠，而：

> 陳子昂《感遇》詩差爲近之，唐音颯颯乎開源矣。⑪

在《四溟詩話》中，謝榛也引述過友人李仲清和孔天胤的話，高
度褒揚陳子昂詩：

> 李仲清曰："陳伯玉詩高出六朝，惟淵明乃其伉儷者，當與
> 兩漢文字同觀。"

孔文谷曰："陳子昂之古風,尚矣!其含光飛文,懷幽吐奇,
廊廟而有江山之致,煙霞而兼黼黻之裁。"❷

大致上,這些批評家對陳子昂改革文風的努力,都予以肯定;一
方面指出他一反六朝俳偶綺靡的趨向,另方面看到他的純樸詩風
可以上比阮籍或陶淵明,追近漢魏的古詩。

不過,在楊愼的詩論中卻可以找到一些批評陳子昂古詩的徵
兆。基本上楊愼也是推崇他的復古詩風的,例如他在《登金華山
玉京觀中有陳子昂書台》其二說:

古調今寥落,令人憶拾遺。不圖垂拱世,復睹建安詩。❸

《升庵詩話》又舉出不見於本集的《登幽州台歌》說:

其辭簡直,有漢魏之風。

可見推賞之意;但他在批評高棅的《唐詩正聲》時說:

高棅選《唐詩正聲》,首以五言古詩,而其所取,如陳子昂
"故人江北去,楊柳春風生",李太白"去國登茲樓,懷歸
傷莫秋",劉眘虛"滄溟千萬里,日夜一孤舟",崔曙"空
色不映水,秋聲多在山",皆律也;而謂之古詩,可乎?譬
之新寡之文君,屢醮之夏姬,美則美矣,謂之初笄室女,則
不可。於此有盲妁,取損罐而充完璧,以白練而為黃花,苟

有屏婿，必售其欺。高棟之選，誠盲妁也。近見蘇刻本某公
之序，乃謂《正聲》其格渾，其選嚴。噫！是其屏婿乎！ ❷

楊愼對高棟的批評極爲苛刻，認爲他選的五古根本就不是古詩。
這裡的重點不在批評陳子昂（或李白、劉眘虛、崔曙），但點出
陳子昂如《送客》一類古詩不夠純粹，有近律之嫌 ❸；這是嚴於
辨體的明代復古派所不容的。

其後對陳子昂作出強烈批評的就是李攀龍，他所執持的標準
也是辨體論，只是著眼點與楊愼少爲不同。他說的"唐無五言古
詩而有其古詩，陳子昂以其古詩爲古詩，弗取也"，如前文指出，
正區別了五言古詩的古體（"正宗"的或漢魏的"古詩"）和
唐體（"其古詩"），而陳子昂企圖將唐體轉化成古體，就把兩
體混淆了，他反對這種做法，所以"弗取"。本來李攀龍辨析兩
種古詩類型，使唐代古詩納入批評意識之中，自有其洞見；但他
似乎只將這兩類型的五古視作並時的對立面（ synchronic op-
position ），而忽略了其中的歷史因素。事實上陳子昂當時面對
的，不是"古體或唐體"的選擇，當時根本還未有唐體古詩，他
要作的選擇是"律體或古體"，或者說選擇綺靡的詩風還是古樸
的詩風，他選定了後者爲目標；由他開創，後人繼承，才慢慢造
成唐體的古詩，所以以辨體論的觀念看陳子昂詩，還是應該從古、
律之辨的角度入手。

王世貞評他的詩，就是從此出發：

陳正字陶洗六朝，鉛華都盡，托寄大阮，微加斷裁，而天韻

不及，律體時時入古，亦是矯枉之過。❻

王世貞肯定陳子昂通過學習阮籍詩以改革六朝綺靡詩風的努力，
只是說＂天韻＂尚有不及，這是就古詩而言。論律詩時，王世貞
就批評不夠純粹，與楊慎說他的古詩不純同類，無論古詩雜律或
者律詩雜古，復古派都會加以批評，但若果考慮到陳子昂在律化
詩風中力求復古的處境，詩體偶爾不純是可以理解的。

上述批評家所考慮到的問題，在胡應麟手上都有所繼承或者
作出反應，他說：

> 子昂《感遇》，盡削浮靡，一振古雅，唐初自是傑出。蓋魏
> 晉之後，惟此尚有步兵餘韻。雖不得與宋齊諸子並論，然不
> 可概以唐人。近世故加貶抑，似非篤論。第自三十八章外，
> 餘自是陳隋格調，與《感遇》如出二手。❼

所謂＂一振古雅＂，就是站在詩歌發展和變化的角度，肯定陳子
昂的復古功績。又＂近世故加貶抑，似非篤論＂，應該是李攀龍
之說的批駁，但他顯然也受其牽引。他為了針對李攀龍說陳子昂
的五言古詩是＂其古詩＂（陳子昂的、唐代的）而不是＂古詩＂
（正宗的、漢魏的），所以特別說明陳子昂的古詩＂不可概以唐
人＂（是超乎唐代的古詩）。依此則陳子昂詩是唐體還是古體，
其界限又含糊不清了。如果從源流發展的角度來看，說陳子昂復
古，上承魏晉，是沒有問題的，但胡應麟曾立意區分唐體和古體，
則陳子昂應被視作唐體古詩的開創者；他也說過：

唐初承襲梁隋，陳子昂獨開古雅之源。……高適、岑參、王
昌齡、李頎、孟雲卿，本子昂之古雅，而加以氣骨者也。❻❽

《感遇》更是唐代五古的代表作，他又曾舉列《感遇》詩為"唐
無五言古"的反證❻❾，因此"不可概以唐人"一語就有問題，除
非這裡的"唐人"僅止於唐初"浮靡"的詩作，則陳子昂是超越
於這範圍的詩人❼⓿，否則只有承認，他也是"唐人"。

　　上引文還有一點意見值得注意。楊愼和王世貞從古律之辨的
角度指出陳子昂詩二體混雜的一些現象，胡應麟更清楚說明陳子
昂的五古只有《感遇》三十八首可取，其他的五古還是摻進了律
化的因素，有如陳隋詩一樣。這樣的說法就不僅舉列示例，而是
對陳子昂全部的五古作出論斷。

　　胡震亨對陳子昂的批評則主要從振興唐代五古的功勞著眼。
他在通論唐代各體詩，提到五言古詩時，加按語解釋說：

　　唐初體沿六朝，陳子昂始盡革之，復漢魏舊。

在專論陳子昂時，檢討過盧藏用、杜甫、韓愈、顏眞卿、皎然、
李攀龍等或褒或貶的意見之後，作結論說：

　　余謂諸賢軒輊，各有深意。子昂自以復古反正，於有唐一代
　　詩功為大耳。正如黥涉為王，殿屋非必沈沈，但大澤一呼，
　　為群雄驅先，自不得不取冠漢史。王弇州云："陳正字淘洗
　　六朝，鉛華都盡，托寄大阮，微加斷裁，第天韻不及。"胡

元瑞云："子昂削浮靡而振古雅，雖不能遠追魏晉，然在唐初，自是傑出。"斯兩言良為折衷矣。⑦

我們可以注意到胡震亨在徵引胡應麟之說時所作的更動，先是"雖不得與宋齊諸子並論"改成"雖不能遠追魏晉"，把基準提高，有助建立陳子昂的地位；其次是省去"不可概以唐人"諸語，這樣就可避開古體和唐體的分辨的問題。照這裡的引述，胡應麟的意見就可以配合胡震亨的主張：陳子昂的五古功在開創，但比不上唐以前最好的作品。不過胡震亨也沒有說陳子昂的五古是唐代中最優秀的，因為他只將陳子昂比喻為揭竿而起的先行者，而不是完成帝業的漢高祖。

相對來說，許學夷處理陳子昂五古的詩史地位時，似乎最能把握詩史的脈絡。他特別將陳子昂的古體詩與杜審言、沈佺期和宋之問等的律詩並觀：

高廷禮云："五言之興，源於漢，注於魏，汪洋乎兩晉，混濁乎梁陳，大雅之音，幾於不振。"愚按：梁陳古、律混淆，迄於唐初亦然。至陳子昂而古體始復，至杜、沈、宋三公，而律體始成，亦猶天地再判，清濁始分，四子之功，於是為大矣。

許學夷將古、律並提，則容易有一個比較平行的看法，不會局部誇張了古詩的重要性，將律詩作不必要的貶抑；而這也反映出古與律的辨證對立觀念正式在當時評論家的意識中突顯，許學夷說陳子昂與杜沈宋的努力使到兩種體裁可以判分，其實也表示他特別注意到其釐分的重要性。基於同一種思路，他也這樣評價陳子昂：

五言自漢魏流至元嘉，而古體亡。自齊梁流至初唐而古、律混淆，詞語綺靡。陳子昂始復古體，倣阮公《詠懷》為《感遇》三十八首，王適見之，曰："是必為海內文宗。"然李于鱗云："唐無五言古詩而有其古詩，陳子昂以其古詩為古詩，弗取也。"何耶？蓋子昂《感遇》雖僅復古，然終是唐人古詩，非漢魏古詩也。且其詩尚雜用律句，平韻者猶忌上尾。至如《鴛鴦篇》、《脩竹篇》等，亦皆古、律混淆，自是六朝餘弊，正猶叔孫通之興禮樂耳。⑫

許學夷再次強調了陳子昂"始復古體"，但亦指出兩點：1.陳子昂所寫的只能算是"唐古"，這一點是由李攀龍之說發展而來的；2.他的部分古詩還免不了古、律混淆，這是楊慎的觀點；事實上許學夷也有引述楊慎的話：

初唐五言古，自陳張《感遇》、薛稷《陝郊》而外，尚多古、律混淆，既不可謂古，亦不謂律也。楊伯謙編《唐音》，以初唐四子為"始音"，而不名"古"、"律"，良是。或以初唐五言聲律稍不諧者列為古詩，非也。高廷禮選唐詩，以陳子昂諸公雜體而列於古詩，楊用修譬之盲妁以新寨誑屠婿，可謂善喻。然其中亦間有聲調盡純者，抑亦可為唐古之正宗也。⑬

初唐之詩本來就難分古、律，陳子昂詩中確存在這種現象，上一段解釋說這是＂六朝餘弊＂；但他又指出陳子昂也有純粹的古詩，他說這是＂唐古之正宗＂，也卽是上一段所講的＂終是唐人古詩，非漢魏古詩也＂。綜合以上的資料，可以見到許學夷除了明確地提出古與律的對立關係之外，也清楚地顯示出對唐古與漢魏古的對立關係的掌握。其實明復古理論家對陳子昂古詩的種種議論和爭辯，就是由古體與律體和唐體古詩與漢魏古詩兩組對立關係的偏取或夾纏所造成的；把握著這條線索，我們就更容易理解他們對唐代古詩的承納和批評。

二、唐代五言古詩史的建構

有關復古詩論家對唐代五言古詩史的看法，可以先從王世貞《藝苑巵言》中論＂選體＂發展的一則詩話談起：

> 世人＂選體＂，往往談西京建安，便薄陶謝，此似曉不曉者。毋論彼時諸公，卽齊梁纖調，李杜變風，亦自可采；貞元之後，方足覆瓿。大抵詩以專詣為境，以饒美為材，師匠宜高，掇拾宜博。⑭

這裡所講，大略同於李攀龍《報劉子威》之言：

> 漢魏以逮六朝，皆不可廢；惟唐中葉，不堪復入耳。⑮

只是李說不限於某一體裁,而王說則專指"選體"。所謂"選體",是五言古詩的代稱❼❻。此體以"西京""建安"(或說"漢魏")爲宗,是時人都首肯的。他再勸人眼光要開放一點,六朝詩、唐李杜的五古都要參看,然而類似的見解在李夢陽的詩論中亦已出現。他在力主漢詩宗漢魏之餘,對阮籍、陶、謝都曾究心❼❼;至於唐代五古,除了陳子昂外,也曾論及李、杜。例如前面引述過的李夢陽《刻阮嗣宗詩序》就談到陳子昂、李白的古詩與阮籍的關係:

> 予觀陳子昂《感遇》詩差爲近之,唐音颼颼乎開源矣,及李白爲古風,咸祖籍詞。❼❽

看來他是以陳子昂和李白爲唐代五古的代表作家。何景明則認爲李杜的古詩"尙有離去"、"未盡可法"❼❾,與王世貞似乎極不相同;然而細審之,王世貞也只以李杜的五古爲"變風",他曾批判李杜說:

> "選體":太白多露語、率語,子美多稚語、累語;置之陶謝間,便覺儉父面目,乃欲使之奪曹氏父子位耶?❽❶

可知他也同意李杜五古不如漢魏。

其他盛唐詩人如孟浩然、王維的詩集,都曾被李何特意注視。復古派對於詩歌體裁的辨析非常留心,所以孟王等的五古也被拈出來評論。例如何景明曾分體重編王維的詩集,在序文中評論他的五古說：

> 竊謂右丞他詩甚長，獨古作不逮，蓋自漢魏後而風雅渾厚之
> 氣罕有存者，右丞以清婉峭拔之才，一起而綽然名世，宜乎
> 就速而未之深造也。㉛

李夢陽在批點孟浩然詩時，也多番批評他的五古"調雜"㉜。綜
合來說，他們都認為盛唐大家如李杜王孟等的五言古詩都不如漢
魏。

王世貞自己就比較過高適和岑參的"選體"：

> 高岑一時，不易上下。岑氣骨不如達夫，遒上而婉縟過之。
> "選體"時時入古，岑尤陟健。㉝

其中論點也被胡應麟、許學夷等吸收，已見上一節的討論。

王世貞說貞元以後可以"覆瓿"，在李夢陽和何景明的詩論
中，也沒有評論過中唐的五古；反而王世貞有論及中唐詩家，如
說：

> 韋左司平淡和雅，為元和之冠。至於擬古，如"無事此離別，
> 不如今生死"語，使枚李諸公見之，不作嘔耶？此不敢與文
> 通同日，宋人乃欲令之配陶陵謝，豈知詩者。柳州刻削雖工，
> 去之稍遠。㉞

宋人評韋柳詩最著名的是蘇軾。他認爲韋柳與陶淵明同流，而韋
又不及柳❻。王世貞之說似乎是對此而發。他說柳不如韋，韋又
不如陶淵明謝靈運，更遠不及漢代古詩❻；但他也曾稱讚過韋應
物的一首古詩：

　　韋左司"今朝郡齋冷"，是唐選佳境。❼

"唐選"一詞，即前述的"唐古"或"唐體"；這裡的批評沒有
觸及漢魏基準，大概王世貞的讚語還是有所保留的，正如上一則
引文說韋應物"平淡和雅，爲元和之冠"，但一旦與《十九首》
甚或陶謝比較，王世貞就說韋詩有所不逮了。

　　除此以外，王世貞還注意過晚唐的五古，如劉駕的《早行》
詩，就曾被拈出討論❽。然而評論範圍的開拓，在稍前的《升庵
詩話》和同時的《四溟詩話》已經見到。《升庵詩話》曾經論及
王績、王邱、邢象玉、劉元濟（允濟）、元結、劉長卿、韋應物、
李端、劉禹錫、杜牧、溫庭筠、陸龜蒙、貫休等的五古作品❾；
《四溟詩話》則批評過孟浩然、王建、韓愈、柳宗元、吳筠、于
濆等的五古❿。只不過大部分都是單篇或摘句的個別討論，少
有系統的描述和分析。被講論的對象愈來愈多，比較參詳的範圍
愈來愈廣，自然有助評論家對全盤發展的觀察，以及詩史意識的
提昇。唐代五古詩史論述的規模，在胡應麟《詩藪》中漸漸成型，
到許學夷的《詩源辯體》就更見完整了。

　　面對紛紜的文學現象，胡應麟所做的一項工作是：嘗試將各
種現象綜合和分類，這是把握全局的有效方法之一。例如他將盛

唐創作五古的詩家分畫爲承接陳子昂或張九齡的兩派：

> 唐初承襲梁隋，陳子昂獨開古雅之源，張子壽首創清澹之派。
> 盛唐繼起，孟浩然、王維、儲光羲、常建、韋應物，本曲江
> 之清澹，而益以風神者也；高適、岑參、王昌齡、李頎、孟
> 雲卿，本子昂之古雅，而加以氣骨者也。 ❾❶

這段論述，似乎得不到許學夷的首肯，他批評說：

> 張九齡五言古，平韻者多雜用律體。《感遇》十三首，體雖
> 近古而辭多不達，去子昂遠甚。……胡元瑞謂："子壽首創
> 清淡之派。"非也！ ❾❷

不過就上引文所見，胡應麟只是作風格類型的分畫，並沒有作價
值判斷。事實上他對張九齡一派的評價比陳子昂一派爲低。他曾
指出這派的源頭是陶淵明，如：

> 曲江、鹿門、右丞、常尉、昌齡、光羲、宗元、應物，陶也。

而陶淵明一派詩是他眼中的"偏格"：

> 有以高閒、曠逸、清遠、玄妙為宗者，六朝則陶，唐則王、
> 孟、常、儲、韋、柳。但其格本一偏，體靡兼備，宜短章，
> 不宜鉅什；宜古選，不宜歌行；宜五言律，不宜七言律。歷

考前人遺集，靡不然者。

陶、孟、韋、柳之為古詩也，其源淺，其流狹，其調弱，其格偏。❸❸

陶淵明在宋代特別受到尊崇，但復古派卻不太看重陶詩❾❹。胡應麟的意見大概可以反映他們的想法——重視源遠流長的"正格"，注意詩歌傳統的繼承，而陶淵明正被列爲"正格"以外的詩人，所以胡應麟對於宋人"古詩第沾沾靖節"，"謂陶詩愈於子建"的說法，就大加批評了❾❺。

除了辨別區分流派外，胡應麟又曾就唐代古詩的不同時期作出分析，例如論初唐說：

唐初五言古，殊少佳者。王、楊、沈、宋集中，一二僅存，皆非合作。無論漢魏，遠卻齊梁。此時古意垂爐，而律體驟開，諸子當強弩之末，鼎革之初，故自不得超也。

審言集殊乏五言，僅《亂石》一二首。佺期間出，大概非長。之問篇什頗盛，意似規模三謝，第律語時時雜之。崔融有氣骨而未成就。薛稷《郊陝》之外，亡復他章。

子昂《感遇》，盡削浮靡，一振古雅，唐初自是傑出。❾❻

他指出唐初是一個轉變的時期，古詩的總體成就較差❾❼。值得注意的除了陳子昂《感遇》詩之外，就只有薛稷《秋日還京陝西十里作》等寥寥幾篇❾❽。

至於盛唐時期，前面第二節已引述過他對高適、岑參二人古詩的討論；於孟浩然和王維，他有這樣的評述：

> 孟五言不甚拘偶者，自是六朝短古，加以聲律，便覺神韻超
> 然，此其占便宜處。英雄欺人，要領未易勘也。
> 仲默云："右丞他詩甚長，獨古作不逮。"讀其集，大篇句
> 語俊拔，殊乏完章；小言結構清新，所少風骨。孟五言秀雅
> 不及王，而閒澹頗自成局。

另外又評論儲光羲和常建：

> 儲光羲閒婉真至，農家者流，往往出王孟上。常建語極幽玄，
> 讀之使人冷然如出塵表，然過此則鬼語矣。

又針對殷璠《河嶽英靈集》和張爲《詩人主客圖》的意見，就常
建和孟雲卿作出評述：

> 殷璠詩選，以常建爲第一。張爲句圖，以孟雲卿爲高古奧逸。
> 蓋二子皆盛唐名家，常幽深無際，孟古雅有餘。常"戰餘落
> 日黃，軍敗鼓聲死。今與山鬼鄰，殘兵哭遼水"，絕是長吉
> 之祖。孟"朝日上高堂，離人怨秋草。少壯無會期，水深風
> 浩浩"，劇爲東野所宗。🈡

至於李白和杜甫，更被視爲唐代五古的正宗，如前面第二節引述
胡應麟所列的古詩"譜系"時，就說陳子昂、李白和杜甫是"風

雅大宗，藝林正朔"，另外又說過：

> 若李杜五言大篇，七言樂府，方之漢魏正果，雖非最上，猶
> 是大乘。⑩

他又基本上接受楊慎的"中唐後無古詩"的說法，只是稍作修訂：

> 楊用修謂中唐後無古詩，惟李端"水國葉黃時"，溫庭筠
> "昨日下西洲"，及劉禹錫、陸龜蒙四首，然溫、李所得，
> 六朝緒餘耳。劉、陸更遠。惟顧況《棄婦詞》，末六句頗佳。

因此他沒有對中晚唐五古作深入的探討；除了上引的文字外，他
亦只對韋、柳的風格作出分析：

> 韋左司大是六朝餘韻，宋人目為流麗者得之。儀曹清峭有餘，
> 閒婉全乏，自是唐人古體。大蘇謂勝韋，非也。⑩

討論的著眼點和王世貞相類似，都是反對蘇軾"柳子厚詩在陶淵
明下，韋蘇州上"的意見⑩。中晚唐間從事五古寫作而有成就的
詩人當然不止於胡應麟所論的幾位，後來胡震亨和許學夷都分別
有所補充。

　　總括而言，胡應麟對唐代五古的評論範圍並沒有太大的開展，
但議論較前深入，較有系統，注意到風格流派的辨識，以及作家
之間的影響和承襲，如："古雅"、"氣骨"與"清澹"、"風

神"二派的分野：阮籍、陶淵明在唐代的遺響，盛唐和中唐某些詩風的延續⓭；牽涉的層面已不限於個別篇章或作家的品評，而廣及詩史的局部整理和爬梳了。此外他又曾遍舉他心目中唐代五古的代表作品：

> 世多謂唐無五言古，篤而論之，……如文皇《帝京》之什，允濟《廬岳》之章，子昂《感遇》之篇，道濟《五君》之詠，浩然"疏雨"之句，薛稷《郊陝》之吟，太白《古風》、《書懷》，少陵《羌村》、《出塞》，儲光羲之田舍，王摩詰之山莊，高常侍之紀行，岑補闕之覽勝，孟雲卿《古離別》，王昌齡《放歌行》，李頎《塞下曲》，常建《太白行》，韋左司《郡齋》，柳儀曹《南澗》，顧況《棄婦》，李端《洞庭》，昌黎《秋懷》，東野《感興》，皆六朝之妙詣，兩漢之餘波也。⓮

對於唐代有沒有及水準的五言古詩這一個有詩史意義的問題，他提供的答案是：有。對於唐代眾多五古中有那些是代表作品（能佔有詩史的席位）這個問題，他就舉列名篇來作回應⓯。這種做法就如文學選本所蘊含的詩史意識一樣，提交出一份"文學正典"的清單，雖然胡應麟所列僅限於中唐及以前。

胡震亨在《唐音癸籤》卷九分別討論唐代各種詩體的發展，其中五古部分幾乎將以上引述過的胡應麟的意見都記錄下來，可想知他非常同意胡應麟的講法，胡應麟認為中晚唐的古詩水平不及，胡震亨的意見也相同，不過又少作補充：

五言至元和後，幾絕響矣。破瞑別續幽燈，吾愛東野；傾家快鬥碎寶，吾并存昌黎。餘子無庸齒已。❿

在另卷批駁嚴羽之推舉李涉時❿，也評他的古風：

李涉……古風概多疏芥。

晚唐末期五言古詩的創作突然蓬勃，在《詩藪》中未有討論，胡震亨又補充了這方面的論述：

晚季以五言古詩鳴者，曹鄴、劉駕、聶夷中、于濆、邵謁、蘇拯數家。其源似並出孟東野，洗剝到極淨極真，不覺成此一體。初看殊難入，細玩亦各有意在。就中鄴才穎較勝，夷中語尤關教化，駕、濆、謁三子亦多有愜心句堪擊節，惟拯平平，為似學究耳。李于鱗云："唐無古詩而有其古詩。"為初盛言則過，以施此數子恰可。❿

胡震亨對李攀龍的"唐無五言古詩而有其古詩"的說法不太同意。大抵他比較看重唐五古與前代五古的關連，覺得初盛唐的五古實在可與唐以前的五古同列，而中晚以後的五古數量雖仍不少，但他認為"無庸齒"，所以有"幾絕響"的感慨。面對唐季五古，本來也不能接受，說"初看殊難入"，但到他換了一種態度來看，拋開盛唐正統古詩的基準，則"細玩亦各有意在"，成為別出的一體，所以他理解的"有其古詩"一語是指正統古詩以外，或者是詩史上無正式地位，但尚能成 " 體 " 的古詩。

比起胡應麟和胡震亨，許學夷對唐代五古的源流發展有更全面的分析。首先，他對唐代每一個時期的五古都有扼要概括的描述，如論初唐說：

> 初唐五古，雖自陳子昂始復古體，然輔之者尚少。沈佺期、宋之問古詩尚多雜用律體，平韻者猶忌上尾，即唐古而未純，未可采錄也。

又論盛唐說：

> 五言古至於唐，古體盡亡，而唐體始興矣。然盛唐五言古，李杜而下惟岑參、元結於唐體為純，尚可學也；若高適、孟浩然、李頎、儲光羲諸公，多雜用律體，即唐體而未純，此必不可學者。王元美謂 " 惟近體必不可入古 "，李本寧謂 " 初盛諸子，啜六朝餘瀝為古選，不足論 "，皆得之矣。若今人作散文而雜用四六俳偶，亦是文體之不純也。

李杜因為成就特高，所以他們的詩史地位亦特別標出：

> 五言古，自漢魏遞變以至六朝，古、律混淆，至李、杜、岑參始別為唐古，而李杜所向如意，又為唐古之壹奧。故或以李杜不及漢魏者，既失之過；又或以李杜不及六朝，則愈謬也。

論中唐則再分爲大歷與元和兩期，但總合古律各體合論，指出此
二時期的特點：

> 開元天寶間，高、岑、王、孟古律之詩，始流而為大歷錢劉
> 諸子。錢劉才力既薄，風氣復散，故其五七言古氣象風格頓
> 衰，然自是正變。
>
> 大歷以後，五七言古律之詩，流於委靡。元和間，韓愈、孟
> 郊、賈島、李賀、盧仝、劉叉、張籍、王建、白居易、元稹
> 諸公群起而力振之，惡同喜異，其派各出，而唐人古律之詩
> 至此為大變矣。亦猶異端曲學，必起於衰世也。

由"正變"、"大變"等術語的應用，可知許學夷的態度和取向；
對於元和期的古詩，他還有作過這樣的分析：

> 古詩若元和諸子，則萬怪千奇，其派各出，而不與李、杜、
> 高、岑諸子同源，故為大變。

對晚唐五古的蓬勃現象，亦有論及：

> 晚唐五言古，溫李而後，作者絕響。大中咸通間，諸子多習
> 為之，而實無足取。李群玉學太白，盡力摹擬，亦稍有可觀，
> 惜才力太弱；司馬扎間有遠韻，亦能成篇；邵謁學孟郊，而
> 淺陋者實多；曹鄴間學六朝，亦無足采；于濆、蘇拯，鄙陋
> 益甚。此皆不足序列。但後之學者，於古詩多不能知，恐不

免為惑耳。⑩

論點主要也是貶抑的。

　　以上簡括的析述，提綱挈領地展現出唐代五古的發展脈絡。在此之餘，許學夷更有多方面的細節補充。例如論初唐五古時，除了上引的陳子昂、沈佺期、宋之問的討論之外，還分條論到薛稷、張說、蘇頲、李嶠、張九齡等的五古⑩。又如他列為＂大變＂的元和時期，其中重要的五古詩家在卷中都有仔細的分析，論及他們在＂變＂的過程中的作用，如論韓愈說：

　　《後山詩話》云：＂詩文各有體，韓以文為詩，杜以詩為文，故不工耳。＂愚按：退之五言古如＂屑屑水帝魂＂、＂猛虎雖云惡＂、＂駑駘誠齷齪＂、＂雙鳥海外來＂、＂失子將何尤＂、＂中虛得暴下＂等篇，鑿空構撰，＂木之就規矩＂，議論周悉，＂此日足可惜＂，又似書牘，此皆以文為詩，實開宋人門戶耳。然可謂過巧，而不可謂不工也。⑪

論孟郊說：

　　東野五言古，不事數敘而兼用興比，故覺委婉有致。然皆刻苦琢削，以意見為詩，故快心露骨而多奇巧耳。此所以為變也。

論白居易說：

白樂天五言古，其源於淵明，但以其才大而限於時，故終成
大變；其敘事詳明，議論痛快，此皆以文為詩，實開宋人之
門戶耳。又全集冗者漫者多，斷不可讀。

其他元和詩人如張籍、王建、元稹的五古亦有討論。從他對這個
時期的細心析論，可見他的處理方法和胡應麟並不相同。雖然二
人對中晚唐五古同抱批判的態度，但胡應麟認爲這些作品不值得
討論，許學夷卻仔細指陳元和詩人如何自唐體正宗變化，甚至說：

元和諸公所長，正在於變。⑫

又說明這種變化與宋詩的關係。例如舉列韓愈的作品，說其"鑿
空構撰"、"議論周悉"、"又似書牘"，開啓了宋人"以文爲
詩"之路；論白居易五古，也說他長於"敘事"、"議論"，
"以文爲詩"，"開宋人之門戶"，在另條舉列五古詩例之後，
說他"以理爲勝"，詩有"理障"⑬；論孟郊五古也著意他的
"以意見爲詩"，以致"快心露骨而多奇巧"，又另條舉列孟郊
的作品來證明自己的論斷⑭。這些評語也就是明人對宋詩的總體
印象。其他復古論者以元和詩近宋而不顧，許學夷卻以其近宋而
多加分析。他們背後的宗旨還是同一的，所不同的是由於探究詩
史源流的意識愈來愈強，表達的方法就由摒棄不理改爲分析解說
了。

　　許學夷論唐代五古還有一點值得注意的是，他除了交代主流
的動向外，亦似胡應麟一般，對於不同的風格，或者旁支潛流，

都作出分析。例如對大家都同意是源出陶淵明的韋應物和柳宗元，就花了相當多的文字去討論，一方面指出這是"偏體"，另方面又指出其特徵：

> 唐人五言古，氣象宏遠，惟韋應物、柳子厚。其源出於淵明，以蕭散沖淡為主。然要其歸，乃唐體之小偏，亦猶孔門視伯夷也。
>
> 韋柳五言古，猶摩詰五言絕，意趣幽玄，妙在文字之外。……其短篇仄韻為工，而於長篇平韻，如飲水嚼蠟矣。

即分析二人與陶之同源而異流，又探討二人之間的分別：

> 乃知二公是工入微，非若淵明平淡出於自然也。
>
> 韋柳雖由工入微，然應物入微而不見其工；子厚雖入微，而經緯綿密，其功自見。故由唐人而論，是柳勝韋；由淵明而論，是韋勝柳。❺

回看前文引述王世貞與胡應麟對韋柳的評論，就可見其間的發展。王世貞說柳宗元"刻削雕工"，但成就不及韋應物；胡應麟進一步解釋說柳宗元"清峭有餘，閒婉全乏"，這種"唐人古體"，比不上近於前代的韋應物古詩❻。許學夷則提出，若以陶詩為基準，則韋勝於柳；僅就唐體而論，則柳勝於韋。這就解釋了蘇軾與王世貞胡應麟對韋柳有不同評價的原因。

對於其他旁支，如盛唐的元結，他說：

元結五言古，聲體盡純，在李、杜、岑參外另成一家。……
蓋上源淵明，下開白蘇之門戶矣。惜調多一律耳。

又如貞元時期的李益：

李益，貞元時人，五言古多六朝體，倣永明者，酷得風神。❼

前者點出元結五古上源於陶，與李杜岑不同，又異於韋柳，反而
是白居易蘇軾的前驅❽；後者指出李益五古代表了中唐間仍然承
襲六朝體、永明體的詩風，可見在主流以外，仍有不同的分支。
諸如此類的補充論述，穿插於主流動向的分析之間，經過這些縱
橫交錯的析述探討，唐代五言古詩的發展總貌（當然這是由復古
派思想發展而來的建構），就有立體的呈現。

　　由以上的討論，我們可以見到復古詩論如何由零散的言論，
由個別作家的品評，漸漸發展成一套周密而互相呼應的論述，刻
畫出一段詩史時期的整體面貌。李夢陽和何景明執持漢魏古詩的
基準，只零星地討論過陳子昂、李白、杜甫、王維、孟浩然等著
名的唐代詩人。楊慎、謝榛因為寫有大量的專門論詩的文字，依
著復古詩論的宗旨，也討論了不少五言古詩的作家和作品，不過
他們沒有刻意的作出整理爬梳。王世貞由學詩取材宜廣的角度出
發，粗略地畫出一個他認為值得討論的詩史範圍。胡應麟基本上
就著王世貞的言論加以發展，以詩史意識貫串其間，於初盛唐的
五古發展脈絡有細緻的分析。胡震亨再在他的基礎上加以補充，

而許學夷則立意建構整個唐代的五古詩史了。

第四節　從辨體的角度論"古詩"與"唐古"

一、古律之辨

　　曹丕《典論·論文》說：

　　　詩賦欲麗。

　　陸機《文賦》說：

　　　詩緣情而綺靡。⑲

這些出現在魏晉評論中的"麗"或者"緣情而綺靡"的意識，代
表了"文學的自覺"。曹丕以"麗"爲詩賦的屬性，將詩賦的文
學性顯現，使之與奏議、書論、銘誄等應用或論說的文章有所區
別，而陸機的"緣情"代表詩從"言志"的規限釋放出來，而
"綺靡"則是"藝術"成分的講究，也是實用功能以外的要求。
這些觀念的出現可說是"詩"——作爲文學的代表——獨立於其
他文字記載，成爲一門自足自立的藝術的標誌⑳。
　　明代復古詩論對於"情"，對於詩的藝術成分，都很重視，
但當他們的討論範圍局限於古詩時，陸機的論說就備受攻擊了；

例如徐禎卿在《談藝錄》就指摘陸機此語說：

　　陸生之所知，固魏詩之渣穢耳。㉑

謝榛亦認同徐禎卿的說話，並指出：

　　夫"綺靡"重六朝之弊。㉒

胡應麟又說：

　　《文賦》云："詩緣情而綺靡"，六朝之詩所自出也，漢以
　　前無有也。㉓

本來陸機這個論說是作爲詩的永恆的通則般提出來的，並沒有時
空的局限，但在謝胡等人的筆下，此說卻只適用於六朝詩，在他
們眼中正宗的古詩與"綺靡"處於對立的地位，因"綺靡"是通
向律體的象徵，而古與律是各不相容的，理想的古詩是回到律化
以前的純樸風格。

　　有關復古派強調古、律之別的想法，可以再從李夢陽的一些
實際批評談起。李夢陽曾經評點孟浩然詩集，他的批語保存在明
凌濛初嘉靖刊本的《劉辰翁李夢陽評點孟浩然集》中㉔。其中有
多次批評孟浩然的五言古詩"調雜"，如：

　　(評《彭蠡湖中望廬山》) 調雜。

（評《入峽寄第》）調雜。

（評《從張丞相游南紀城獵戲贈裴張參軍》）調雜，非古非律。

（評《與黃侍御北津泛舟》）《登望楚山》詩及此詩又似律，其調太雜。⑫

有關這種批評，清人施閏章在《蠖齋詩話》有這樣的分析：

> 李空同看孟詩，不甚許可，每嫌調雜。似謂"選體"與"唐調"雜也。余謂襄陽不近"選體"；唐人佳句，亦有偶帶"選體"者，李杜諸公詩，何嘗不兼有漢魏六朝語乎？空同自分其五言古作"選古"、"唐古"二種，正其所見不廣處。《國風》、《雅》、《頌》，就其一體中，不相類者頗多也。⑫

其實施閏章對李夢陽有很大的誤解，因爲在李夢陽的詩論中還沒有"選體"、"唐體"之分；這種分野大概到李攀龍時才被注意。再從"又似律"、"非古非律"等語看，李夢陽評孟浩然"調雜"只是批評他混淆了古詩與律詩，他的批評基準是：古詩應該是純粹的，不沾上律體的色彩⑫。這種"辨體"觀念普遍存在於復古詩論之中，例如王世貞說：

> 詩有常體，工自體中。文無定規，巧運規外。樂選律絕，句字夏殊，聲韻各協。下迨填詞小枝，尤為謹嚴。⑫

胡應麟說：

> 文章自有體裁，凡為某體，務須尋其本色，庶幾當行。❷❾

甚至早至李東陽已特別區別古詩和律詩：

> 古詩與律不同體，必各用其體乃為合格。❸⓿

又楊慎就古、律的分辨所作出的反應也值得我們注意，前文已指出楊慎批評《唐詩正聲》所收陳子昂、李白、劉眘虛等的五古並不純粹：

> 皆律也，而謂之古詩，可乎？

但他又曾經從另一個角度分別古律：

> 五言律，八句不對，太白浩然集有之，乃是平仄穩貼古詩也。
> ❸❶

前一條說古詩不夠純粹，格調近律，就只能算是律詩，後一條說律詩中不完符合律體規範的，應被視為古詩；前者從古詩的純度著眼，後者卻從律體的純度著眼。同樣面對詩體混淆的現象，王世貞和王世懋就歸納出不同的原則，王世貞說：

古樂府、"選體"、歌行有可入律者，有不可入律者，句法
字法皆然；惟近體必不可入古耳。⑬

他認爲近體一定要合律，不能稍有差異⑬，反而寫其他體裁包括
五言古詩（選體），有時可以參用一些律詩的句法字法，可惜他
沒有進一步解釋在甚麼情況下"可入律"、甚麼時候"不可入
律"。王世懋的意見是：

律詩句有必不可入古者，古詩字有必不可爲律者。⑬

他認爲古體和律體二者各有不可相犯的地方，但也沒有解釋"有
必不可入古者"，和"有必不可爲律者"的具體情形。反而李東陽
在這個問題的立場最清楚，他說"古詩與律不同體"，但：

律猶可間出古意，古不可涉律。古涉律調，如謝靈運"池塘
生春草"，"紅藥當階翻"，雖一時傳誦，固已移於流俗而
不自覺。若孟浩然"一杯還一曲，不覺夕陽沉"，杜子美
"獨樹花發自分明，春渚日落夢相牽"，李太白"鸚鵡西飛
隴山去，芳洲之樹何青青"，崔顥"黃鶴一去不復返，白雲
千載空悠悠"，乃律間出古，要自不厭也。⑬

李東陽連"池塘生春草"這樣的名句⑬，都認爲"已移於流俗"，
可見他對"古"的要求是多麼的嚴格，亦可以想像他若要寫古詩
時一定非常小心，覺得有許多禁忌需要趨避；即使王世懋等人在

考慮那些律句不能入古，怎樣才能寫出一首眞正的古詩時，其苦心思索的過程，大概也不會輕鬆，面對古體與律體，他們的心理實在不易取得平衡。王世懋就這樣說：

> 不多熟古詩，未有能以律詩高天下者也。初學輩不知苦辣，往往謂五言古詩易就，率爾成篇。因自詫好古，薄後世律不爲。不知律尚不工，豈能工古？徒爲兩失而已。詞人拈筆成律，如左右逢源；一遇古體，竟日吟哦，常恐失卻本相。⑬

他批評了不熟古詩而寫律詩的人，說他們成就一定不高，又批評一些以爲古詩易寫，可以"率爾成篇"，因而不寫律詩的人，說他們只是"自詫好古"。照他的說法，詩人一定要能工律體。再進而寫古詩時，還需處處小心，要"竟日吟哦"，以防不合"本相"。這古詩的"本相"，如果用現代的術語來說，實在與律詩構成辨證關係，古詩作爲體裁的概念，不是獨立存在的，而是與律詩相對相因的。

謝榛論及古體近體的作法時，也有很複雜的講法：

> 古體起語比少而賦興多，貴乎平直，不可立意涵蓄。若一句道盡，餘復何言？或兀坐冥搜，求聲於寂寥，寫真於無象，忽生一意，則句法萌於心，含毫轉思，而色愈慘澹，猶恐入於律調，則太費點檢鬥削而後古。或中有主意，則辭意相稱，而發言得體，與夫工於鍊句者何異。漢魏詩純正，然未有六朝、唐、宋諸體縈心故爾。……凡作近體，但命意措詞

> 一苦心，則成章可逼盛唐矣。作古體不可兼律，非兩倍其工，
> 則氣格不純。今之作者，譬諸宮女，雖善學古妝，亦不免微
> 有時態。⑱

他說寫作古詩，往往意念一生，律詩的句法隨著浮現於心，愈加
思考，則愈易墮入律調，由"色愈慘淡"一語，可見他們要將這
些依律體思維的模式"點檢斫削"爲古體的過程是如何艱苦的了。
相對來說，作近體要逼近盛唐比寫純正的古詩容易。他提出的理
由很對，漢魏的古詩只是詩，不是相對於律詩的古詩，但在明代
詩論家辨體意識愈趨精微時，寫作古詩已有"六朝、唐、宋諸體
縈心"了，在古與律的辯證關係中掌握古體，就"非兩倍其工"
不可了。

謝榛在論及時人寫古詩所遭遇的困難時，用了這個比喻：善
學古妝的宮女，仍不免有"時"態；當世人寫古詩亦難免因時代
的阻隔，有"六朝、唐、宋諸體縈心"，以致不能完全合乎"古"。
他在另一處討論時人擬寫《詩經》體時⑲，也提到類似的意見：

> 《三百篇》直寫性情，靡不高古，雖其逸詩，漢人尚不可及。
> 今學之者，務去聲律，以為高古。殊不知文隨世變，且有六
> 朝、唐、宋影子；有意於古，而終非古也。⑭

單單從形式上擺脫聲律，並不能造達"高古"的境界，因爲有
"六朝、唐、宋影子"在心間。這種時代阻隔的意識在復古派詩
論中似乎在討論古詩時特別明顯。究竟如何可以超越這個時代的

阻隔而達到 "高古" 的理想呢？復古派要 "復古"，就不能不面
對這個問題。王世貞似乎提出了一種解決的辦法；他在談及寫
"選體" 應學習的對象之後，再補充說：

> 西京建安，似非琢磨可到，要在專習凝領之久，神與境會，
> 忽然而來，渾然而就，無岐級可尋，無色聲可指。⑭

胡應麟對王世貞的講法又作出申述：

> 兩漢之詩，所以冠古絕今，率以得之無意。不惟里巷歌謠，
> 匠心信口，即枚李張蔡，未嘗鍛鍊求合，而神聖工巧，備出
> 天造。今欲為其體，非苦思力索所辦，當盡取漢人一代之詩，
> 玩習凝會，風氣性情，纖悉具領。若楚大夫子身處莊岳，庶
> 幾齊語。建安黃初，才涉作意，便有階級可尋，門戶可入，
> 匪其才不逮，時不同也。⑭

胡應麟大概不會贊成王世懋所講的 "竟日吟哦"、謝榛的 "點檢
鬥削而後古" 是寫古詩的適當方法，理由是漢代古詩本來就是
"得之無意"，不是由 "琢磨"、"鍛鍊" 而來，所以無 "階級
門戶" 可尋，王胡二人提出一種 "專習凝領" 的方法，企圖在
"階級門戶" ——即具體的規矩法則——以外，別尋跨越時代隔
閡的方法。

　　不過，在提出這個方法之餘，他們的心中也脫不了 "六朝、
唐、宋影子"。這一點可從王世貞對《古詩》的品評看到：

> 「相去日以遠，衣帶日以緩」，「緩」字妙極。又古歌云：
> 「離家日趨遠，衣帶日趨緩。」豈古人亦相蹈襲耶？抑偶合
> 也？「以」字雅，「趨」字峭，俱大有味。

說「緩」字妙極，「以」字雅，「趨」字峭，分明是用字的精審
恰可來立說，這正是後世詩論所講的推敲琢磨之功。再如：

> 「東風搖百草」，「搖」字稍露崢嶸，便是句法為人所窺。
> 「朱華冒綠池」，「冒」字更振眼耳。「青袍似春草」，復
> 是後世巧端。⑭

更清楚的見到他從「句法」、「巧端」的角度來看古詩。胡應麟
評《孔雀東南飛》說：

> 章法、句法、字法、才情、格律、音響、節奏，靡不具備。

又說：

> 古詩自有音節。⑭

這些評語背後的意識，正是由律體而來。雖然他們努力要擺脫律
詩的影響，但實際上古詩還是據律體來定位。

二、「唐古」的定位

　　如果再考慮唐代五古的問題，上面所講的企圖擺脫律體而又不能不依賴律體的矛盾心理又更形複雜了。正如胡震亨所說：

> 自古詩漸作偶對，音節亦漸叶而諧。宮體而降，其風彌盛。徐、庾、陰、何，以及張正見、江總持之流，或數聯獨調，或全篇通穩，雖未有律之名，已寖具律之體。四子承之，尚餘拗澀。神龍而後，音對俱諧，諸家概有合作，沈宋尤為擅場。就中五字之諧差先，故珠英前彥，蚤逗流美之徑；七字之諧差晚，故開元右丞，猶存失粘之疵。若乃律既蹤古以成律，則古自應追古以存古；故沈宋未作于孝和之日，射洪已興于天后之朝。是尤氣機有先，情籟自啓，匪人惟天，一變自不得不盡變者也。⑮

　六朝古詩愈趨俳偶，後期者甚至可以視作律體。唐代沈佺期宋之問等人正式將這由古蛻變為律的歷程完成，但陳子昂等人卻努力"追古以存古"，然則這變律為古的另一段歷程，是否如胡震亨所說的"一變自不得不盡變"，使得唐代古詩變成正宗的古詩——漢魏古詩——同一體類呢？

　　李何並沒有將唐代古詩視作與正宗古詩可以對等比較的一個概念，他們標舉的主張是"五言不祖漢則祖魏"、"古作必從漢魏求之"，即如王維的古詩，亦只是不及漢魏正宗的眾多詩作之一⑯。李攀龍的"唐無五言古詩而有其古詩"揭示了"古詩"和"唐古詩"兩個可以比較的概念。由陳子昂到李杜高岑諸人都寫了相當份量的五古，究竟這些作品是否屬於正宗五古的大傳統之內？李攀龍的答案也很清楚：不是！但同期或較後的復古詩論家就有較爲複雜的思慮，例如胡應麟在爲五古源流追查譜系時將陳李杜都列爲"風雅大宗，藝林正朔"，又說"太白《古風》步驟建安，少陵《出塞》規模魏晉"；杜有時被看作有"漢魏風"，但有時卻是"唐人本色時露"。在提供五言古的學習對象時，先列舉《國風》、《離騷》，以至漢、魏、晉的詩以後，才說："博考李杜，以極其變。"⑭如果參看王世貞論"選體"時，說李杜是"變風"，則他們大概認爲李杜應屬另一個範疇，這在許學夷筆下最爲明確：

> 五言古，自漢魏遞變以至六朝，古、律混淆，至李、杜、岑
> 參始別爲唐古，而李杜所向如意，又爲唐古之壼奧。

王胡等對李杜的模稜論述正好反映了他們心中唐體古詩與正宗古詩的依違關係——唐體與古體同樣與律體不相容，都是律體的對立面；但唐體又是古體的變化，二者又互成對立；這種對立又依存的關係也在許學夷的話中顯露出來：

> 不讀漢魏，不可以讀唐詩，……又觀選唐人五言古，多不辨
> 其純雜，由不讀漢魏也。⑭

漢魏詩與唐五古不同，但要認識唐五古，又必須先了解漢魏詩。

正如前述，復古主義的重要目標是研究向前人學習的問題。漢魏詩自李何時已定爲學習典範，但無論在理論層面或實際過程

中都困難重重，於是在肯定了唐體古詩的概念時，也會想到 " 唐體 " 是否可學。王世貞在 " 師匠宜高，捃拾宜博 " 的宗旨下，建議學者師法 " 西京建安 " 之餘，說 " 陶謝 " 、 " 齊梁纖調 " 、 " 李杜變風 " ，都 " 可采 " ❹。但這個建議似乎與 " 專習凝領 " 漢魏詩的主張稍有出入；胡應麟提出的學習方法，在具體內容方面與王世貞無大分別，只不過在層次程度的安排比較合理，因而使理論更周密：

> 五言古，先熟讀《國風》《離騷》，源流洞澈，乃盡取兩漢雜詩，陳王全集，及子桓、公幹、仲宣佳者，枕藉諷詠，功深日遠，神動機流，一旦呪毫，天真自露。骨格既定，然後沿廻阮左，以窮其趣；頡頑陸謝，以采其華；旁及陶韋，以澹其思；博考李杜，以極其變。超乘而上，可以掩跡千秋；循轍而趨，無忝名家一代。❺

在了解了源流之後，漢魏詩便是 " 枕藉諷詠 " 的對象，直到 " 骨格既定 " ，才博覽 " 阮左 " 、 " 陸謝 " 、 " 陶韋 " 、 " 李杜 " 。這裡提到的唐代詩人有李白、杜甫和韋應物，但都是 " 旁及 " 、 " 博考 " 的對象而已，唐體古詩於復古的學習過程中作用還不大。

　　許學夷對於五古應該宗唐還是宗漢魏，其實並沒有說得很清楚；他曾經詳細討論過學漢魏詩方法，對王胡提出的 " 專習凝領 " 作出補充：

> 漢魏人詩，自然而然，不假學習。後之學者，情興不足，風

氣亦漓。苟非專習凝領，不能有得耳。漢魏詩……不可倉卒
為之，多作則倉卒而嫌於襲矣。

漢魏人詩，本乎情興，學者專習凝領，而神與境會，即情興
之所至。否則不失之襲，又未免苦思以意見為詩耳。如阮籍
《詠懷》之作，亦漸以意見為詩矣。予學漢魏二十年，始悟
入焉。

依他的說法，"專習凝領"就可以克服前述的"六朝、唐、宋影
子"：

古之於律，猶篆之於楷也。古有篆無楷，故其法自古；後人
既習於楷而轉為篆，故其法始敝。漢魏有古無律，故其格自
高，後人既習於律而轉為古，故其格遂降。學者但須專習凝
領，庶幾克復耳。

但許學夷眼中唐古的重要性已經提高，甚至說五言古學漢魏不如
學唐人容易：

五言古，學漢魏則逆，學唐人則順，何則？風氣相近也。今
人苟讀唐古，則出語自唐；學漢魏，非專習凝領，不能得耳。⑤

他覺得明代與唐代是"風氣相近"的時代，而與漢魏則有時代的
距離。這是一種很特別的心理，不過將明代與唐代相比並非許學
夷獨有，有可能是後期復古詩論家在求全求備的心理下的最終願

望，因爲唐代旣是詩的盛世，也是詩的各種體裁都具備的時期，胡震亨在《唐音癸籤》開卷第一條就說：

> 詩至唐，體大備矣。㊒

胡應麟更仔細比較唐、明二世：

> 以唐人與明並論，唐有王楊盧駱，明則高楊張徐；唐有工部青蓮，明則弇州北郡；唐有摩詰、浩然、少伯、李頎、岑參，明則仲默、昌穀、于鱗、明卿、敬美，才力悉敵。惟宣、成際無陳杜沈宋比，而弘正、嘉隆羽翼特廣，亦盛唐所無也。唐歌行，如青蓮、工部；五言律、排律，如子美、摩詰；七言律，如杜甫、王維、李頎；五言絕，如右丞、供奉；七言絕，如太白、龍標；皆千秋絕技。明則北郡、弇州之歌行，仲默、明卿之五言律，信陽、歷下、吳郡、武昌之七言律，元美之五言排律、五言絕，于鱗之七言絕；可謂異代同工。至騷不如楚，賦不及漢，古詩不逮東西二京，則唐與明一也。㊓

因爲大家都認爲兩個時代是可比擬的，所以許學夷認爲“出語自唐”不是一個問題，他認爲主張五言古“必宗漢魏”，不知宗尚李杜的，是不了解唐古而已：

> 李杜五言古，正與歌行相匹。今人於歌行知宗李杜，而於五

言古必宗漢魏者，是於唐古實無所得也。故予不得不服膺國
初諸子。

換言之他認爲論詩應注視唐古，了解唐古的眞正歷史地位；他曾
經將漢魏詩比作秦漢文，李杜五言古詩及七言歌行比作唐宋文的
韓、柳、歐、蘇，說：

秦漢、四子各極其至；漢魏、李杜亦各極其至焉。何則？時代
不同也。論詩者以漢魏為至，而以李杜為未極，猶論文者以
秦漢為至，而以四子為未極，皆慕好古之名而不識通變之道
者也。㉔

他提出從"通變"的角度去理解以李杜爲代表的"唐"，可以見
到他是試圖將唐古與漢魏古詩的對等地位確立。由此也可以理解
許學夷詳析唐代五古的發展的背後基礎了。

第五節　小　　結

回顧唐代五言古詩在復古詩論中的突顯過程，我們可以見到
詩史意識的漸次顯現。首先李何等人提出宗主漢魏，如果參看李
夢陽的《詩集自序》，也可見到他只提到唐代的近體和李杜的歌
行，對於唐代五古採存而不論的態度，對五古的詩史只有斷層的
考察。然而後來李攀龍將"古詩"與"唐古詩"搬出來比較，可
見當時諸家議論已經常涉及唐代古詩，隨著"師匠宜高，捃拾宜

博”的思想盛行，“唐古”與“正宗古詩”的關係逐漸成爲詩論家的探索對象。雖然在宗漢魏與宗唐之間的矛盾並未解決，但在權衡斟酌的時候視野不斷擴闊，對唐五言古詩理解愈深，愈能梳理其間的脈絡，於是唐古的地位就得到體認，而其源流發展亦同時被勾畫出來了。

注 釋:

❶ 本章所論的“五言古詩”還包括五言的樂府詩，因爲明代詩論家往往將五七言等形式的樂府歸併入該體討論。例如高棅《唐詩品彙》的《凡例》就說：“樂府不另分爲類者，以唐人述作者多，達樂者少，不過因古人題目，而命意實不同，亦有新立題目者，雖皆名爲樂府，其聲律未必盡被於絃歌也，今只隨五七言古今體分類。”（見《凡例》，頁2上。）

❷ 現今通行的文學史多認爲文人的五言詩到東漢才出現，相傳爲西漢枚乘、李陵、蘇武等人所作的五言詩都不可信；然而這些文學史都承認西漢的樂府歌辭中已有很多五言歌謠。（參劉大杰：《中國文學發展史》〔上海：上海古籍出版社，1982 重印 1962 年版〕，頁194－215；游國恩、王起、蕭滌非、季鎮淮、費振剛主編：《中國文學史》〔北京：人民文學出版社，1979〕，第一冊，頁178－189；中國社會科學院文學研究所編：《中國文學史》〔北京：人民文學出版社，1984〕，頁175－184。）明人則多認爲李陵、蘇武等人的詩並非僞作。參見下文第二節的討論。

❸ 李攀龍：《滄溟先生集》，卷18，頁1上。

❹ 錢謙益：《列朝詩集小傳》，頁429。

❺ 王士禎等著，周維德箋注：《詩問四種》，《詩問》，頁7。

❻ 李夢陽：《空同集》，卷52，頁5上。

⑦ 鈴木虎雄著，洪順隆譯：《中國詩論史》（台北：商務印書館，1972），頁120。

⑧ 《空同集》，卷50，頁8上下。

⑨ 何景明：《大復集》，卷34，頁3下。

⑩ 錢謙益《列朝詩集小傳》，《樊僉事鵬》小傳說："鵬，字少南，信陽人。嘉靖丙戌進士，仕止陝西按察僉事。嘗師事何仲默，……其論詩一以初唐爲宗，亦原本於仲默也。"（頁326）又何景明《樊懋昭墓誌銘》說："生子曰鵬，爲郡學生，好讀書，慕古昔，從予學甚解。"（見《大復集》，卷36，頁11上。）

⑪ 樊鵬著有《樊氏集》，未見。據龔顯宗指出，其集七卷，有嘉靖十三年孔天胤陝西刊本，中無論詩語。（見龔顯宗：《明七子詩文及其論評之研究》〔台北：中國文化學院博士論文，1979〕，頁178。）此處引文據《明文海》，卷220，頁10下－11上；同卷又載王格爲樊鵬寫的《初唐詩序》，見頁19上－20下。

⑫ 例如沈德潛《說詩晬語》也說："唐顯慶、龍朔間，承陳隋之遺，幾無五言古詩矣。"（見沈德潛著，霍松林校注《說詩晬語》〔與《原詩》、《一瓢詩話》合刊；北京：人民文學出版社，1979〕，頁20。）又，胡應麟也提過類似的觀點。參見下文第三節。

⑬ 胡應麟在引錄樊鵬之說時說："觀此，則李于鱗前，唐古已有斯論。"（見《詩藪》，頁194。）這種看法並不準確。

⑭ 康海《樊子少南詩集序》說："予昔在詞林，讀歷代詩，漢魏以降，顧獨悅初唐焉。……後三十年，會信陽樊子少南出其詩，聞其議論蓋初唐之雋者矣。"（見康海《對山集》，卷4，頁24下。）又，《古今圖書集成》錄《汝寧府志》有關樊鵬資料中引述樊鵬《與康德涵書》："初唐詩如春園未放之花，含蓄渾厚，生意勃勃。"（見陳夢雷等編《古今圖書集成》〔台北：文星書店，1964〕，《文學典》，卷103，第

　　　631冊，頁7下。）

⑮　《詩藪》，頁38。

⑯　《升庵詩話》，頁728。

⑰　《滄溟先生集》，卷18，頁1上下。

⑱　此處所用 " 體 " 字，並不專指體裁，而是指依著某些規範而分畫的類別。
　　我認爲中國文學批評中所見的 " 體 " 字，只是區分文學的一個量詞，並
　　不實指體裁或風格，要在實際的語境中，才各別被賦予體裁、風格的意
　　義。詳參陳國球《胡應麟詩論研究》，第四章，對 " 體 " 字的討論。
　　（頁78-80）又，王士禎就認爲李攀龍沒有判別 " 唐五古 " 與 " 五古 "
　　的高低。

⑲　《與子得論詩》，見吳國倫：《甔甀洞稿》（明萬曆刊本），《續稿》，
　　卷14，頁7下。

⑳　《報李伯章》，見宗臣：《宗子相集》（明萬曆二十七年〔1599〕刊
　　本），卷14，頁68下。

㉑　《滄溟先生集》中有《古詩前後十九首》、《建安體》、《代建安從軍
　　公燕詩》等作，見卷3，頁16上-20下；卷4，頁1上-4上。

㉒　《藝苑卮言》，頁1005。

㉓　王世貞《弇州山人續稿》，卷55，頁18上下。

㉔　李夢陽的《詩集自序》也有類似的講法： " 李子於是憮然失已，灑然醒
　　也，於是廢唐近體諸篇而爲李杜歌行。王子曰：'斯馳騁之技也'。李子
　　於是爲六朝詩。王子曰：' 斯綺麗之餘也。'於是詩爲晉魏。曰：' 比
　　辭而屬義，斯謂有意。'於是爲賦騷。曰：' 異其意而襲其言，斯謂有
　　蹊。'於是爲瑟操古歌詩。曰：' 似矣，然糟粕也。'於是爲四言，入
　　《風》出《雅》。曰：' 近之矣，然無所用之矣，子其休矣！' " （見
　　李夢陽《空同集》〔明嘉靖十年（1531）63卷本〕，卷50，頁2下-
　　3上。）我們不要以爲李夢陽眞的一面改變創作方向，一面拿作品給王

崇文來批評。王世貞所說的"灑然悟矣"分明是沿襲李夢陽的"灑然醒也"一語。

㉕ 《藝圃擷餘》,頁778。

㉖ "Perfect equilibrium"是作爲衡度品評的基準(norm)的特徵。例如西洋藝術史往往以"古典風格"(classical)爲基準,哥德式(Gothic)是"尙未古典的風格"(not yet classical);巴洛克式(barocco)是"不再古典的風格"(no-longer-classical)。(參 E.H.Gombrich, *Norm and Form: Studies in the Art of the Renaissance*, 3rd edn.〔London and New York:Phaidon Press, 1978〕, pp. 84-85,95。)漢魏詩可說明復古派論古詩時的基準。

㉗ 《詩藪》,頁131。

㉘ 《文選》收有題爲李陵作的《與蘇武三首》,其中第三首有"攜手上河梁"之句;另外還收有題爲蘇武作的《詩四首》;這就是後人所講的蘇李贈答詩。(見蕭統:《文選》,卷29,頁8下-11上。)

㉙ 《文選》又收有《古詩十九首》,其中第三首有"遊戲宛與洛"之句。(見卷29,頁1下-8下。)又,《玉臺新詠》收枚乘《雜詩九首》,除了"蘭若生春陽"一首外,均見於《古詩十九首》之中。(見徐陵編,吳兆宜注,程琰刪補:《玉臺新詠箋注》〔北京:中華書局,1985〕,頁16-21。)

㉚ 顏延之《庭誥》說:"逮李陵衆作,總雜不類,元是假托,非盡陵制,至其善篇,有足悲者。"(見嚴可均輯:《全上古三代秦漢三國六朝文》〔北京:中華書局,1958〕,《全宋文》,卷36,頁9下。)劉勰說:"至成帝品錄,三百餘篇,朝章國采,亦云周備,而辭人遺翰,莫見五言,所以李陵、班婕妤見疑於後代也。"(見劉勰著,王利器校箋:《文心雕龍校證》,頁34-35。)蘇軾《答劉沔都曹書》說:"李陵、蘇武,贈別長安,而有'江漢'之語,及陵與武書,辭句儇淺,正

齊梁間小兒所擬作，決非西漢文。而〔蕭〕統不悟，劉子玄獨知之。眞
識者少，從古所痛也。"（見蘇軾著，孔凡禮校點：《蘇軾文集》〔北
京：中華書局，1986〕，頁1429。）又，《東坡詩話補遺》說："舟
中讀《文選》，恨其編次無法，去取失當，……如李陵書、蘇武五言，
皆僞而不能辨。""劉子玄辨《文選》所載李陵與蘇武書，非西漢文，
蓋齊梁間文士擬作者也；吾因悟陵與蘇武贈答五言，亦後人所擬。"（均
見蘇軾著，近藤元粹輯評：《東坡詩話補遺》，收入《詩話叢刊》〔台
北：弘道文化事業公司，1970〕，頁1114、1116。）洪邁說：
"《文選》編李陵、蘇武詩凡七篇，人多疑'俯觀江漢流'之語，以爲
蘇武在長安所作，何爲乃及江漢？東坡云：'皆後人所擬也。'予觀李
詩云：'獨有盈觴酒，與子結綢繆。''盈'字正惠帝諱，漢法觸諱者
有罪，不應陵敢用之，益知坡公之言爲可信也。"（見洪邁：《容齋隨
筆》〔上海：上海古籍出版社，1978〕，頁185。）王楙說："僕觀
《古文苑》所載枚乘《柳賦》曰：'盈玉縹之清酒。'《玉臺新詠》載
枚乘新詩曰：'盈盈一水間。'梁普通間，孫文韜所書《茅君碑》謂：
'太元眞君，諱盈，漢景帝中元間人。'觀此二事，知惠帝之諱，在當
時蓋有不諱者。然又怪之，當時文字間或用此字，出遹然猶爲有說，至
以廟諱爲名，甚不可曉。"（見王楙：《野客叢書》〔《叢書集成新編》
本；台北：新文豐出版公司，1985〕，卷5，頁44。）李善注《古詩
十九首》說："並云'古詩'，蓋不知作者，或云枚乘，疑不能明也。
詩云：'驅馬〔車〕上東門'，又云：'遊戲宛與洛'，此則辭兼東都，
非盡是乘明矣。昭明以失其姓氏，故編在李陵之上。"（見《文選》，
卷29，頁1下。）近人意見比較重要的見逯欽立：《漢詩別錄》，《中
央研究院歷史語言研究所集刊》，第13本（1984年9月），頁269—
334；又收入逯欽立：《漢魏六朝文學論集》（西安：陝西人民出版社，
1984），頁2－53；鄭文：《論"枚乘"詩》，《中華文史論叢》，

1979年，第3輯（9月），頁225-240。至於爲這些作品辨疑，認
爲確爲西漢之作的意見，則以方祖燊爲代表。（見《漢詩研究》〔台北：
正中書局，1967〕，頁1-83。）

㉛ 《藝苑巵言》，頁978；又參上註。

㉜ 王世貞說："李少卿三章，清和調適，怨而不怒。子卿稍似錯雜，第其
旨法，亦魯衛也。"又說："錄蘇李雜詩十二首，雖總雜寡緒，而渾朴
可詠，固不必二君手筆，要亦非晉人所能辦也。"（見《藝苑巵言》，
頁978、979。）前者肯定了《文選》所載的蘇李詩；後者應別有所指。
按：《古文苑》另載有李陵《錄別詩》八首，蘇武《答詩》一首及《別
李陵》一首。馮惟訥《古詩紀》將這些詩歸入漢代無名氏之作，總題《擬
蘇李詩十首》，與卷十二所收《文選》的蘇、李詩七首區別開來。王世
貞所謂"不必二君手筆"者大概是指這部分的蘇、李詩，但數量則有
"十二"與"十"之殊。（見馮惟訥編：《古詩紀》〔《四庫全書》
本〕，卷12，頁7上-9上；卷20，頁8上-10下。又參逯欽立：《先
秦漢魏晉南北朝》，頁336-337。）

㉝ 《詩源辯體》，頁61-62、63；又參註㉚。

㉞ 《詩藪》，頁38。

㉟ 《四溟詩話》，頁1137。

㊱ 《詩藪》，頁32、22；又參同書頁19，25-26，29，30，144等。

㊲ 同上註，頁24、26、27、144。

㊳ 《詩源辯體》，頁71，72，44-45，45。

㊴ 同上註，頁71。

㊵ 《詩藪》，頁23。

㊶ 《詩藪》，頁22。古詩的"衰亡"也就是近體詩"律化"的開展。胡應
麟與許學夷對六朝詩的律化過程都非常關注，論述也多。但因爲不是此
處重點，所以只將有關資料製成兩表如下，不再細論：

表一：胡應麟論六朝詩（資料採自《詩藪》頁2，29，107，144－
　　　145，148，152，206。）

分期	朝代	人物	才格	文質		古意/俳偶			肇唐
初	晉	概況：人才多 代表：陸機	格卑才足尚	文盛質衰		潘、陸：俳偶漸開 陸：使兩漢流而六代			
盛	宋	概況：人才少 代表：謝靈運		文盛質衰		謝：駢儷已極			
中	齊	概況：人才少 代表：謝朓		文勝質滅		琢句極工	並倡靡麗之軌	謝：古意盡矣	謝：精工流麗，使六代變而三唐 沈、謝律體音調未遒，篇什猶寡
晚	梁	概況：人才極多，然才不及晉	才格俱下	文勝質滅		琢句極工	並倡靡麗之軌		梁諸王特崇律體，庾肩吾洞合唐規，陰、何、吳、柳繼興，啟唐律絕體
	陳	概況：人才少 代表：徐陵	才格俱下	質文俱不足論	質亡	麗			徐、薛諸人，唐初無異
	隋	概況：人才少		質文俱不足論	稍尚質	麗不及陳			

表二：許學夷論六朝至初唐五言詩（資料採自《詩源辯體》，頁71、87、108、121、128、139、146）

五言	時期	代表人物	創作背景	形式表現	結果/影響	備　　註
初變	**魏**	曹植等	情興未至，始著意為之	體多敷敘，語多構結	漸見作用之跡	下流至陸士衡諸公五言
再變	晉	陸機等	風氣始漓，其習漸移	體漸俳偶，語漸雕刻	古體遂漓	下流至謝靈運諸公五言
三變	宋	謝靈運等	風氣益漓，其習盡移	體益俳偶，語盡雕刻	古體遂亡	下流至謝玄暉、沈休文五言
四變	齊	謝朓，沈約等	風氣始衰，其習漸卑	聲漸入律，語漸綺靡	古聲漸亡	下流至梁簡文帝、庾肩吾五言
五變	梁	簡文帝、庾肩吾等	風氣益衰，其習愈卑	聲盡入律，語漸綺靡	古聲盡亡	轉進至初唐王楊盧駱五言
六變	初唐	王、楊、盧、駱	才力既大，風氣復還	雖律體未成，綺靡未革，而中多雄偉之語	唐人之氣象風格始見	轉進至沈宋五言律
七變	初唐	沈、宋等	才力既大，造詣始純	體盡整栗，語多雄麗	氣象風格大備，為律詩正宗	轉進至高岑王孟五言律

㊷ 這句話本來出自《滄浪詩話》："少陵詩，憲章漢魏，而取材六朝。"（見《滄浪詩話校釋》，頁171。）

㊸ 《唐音癸籤》，頁85。

㊹ 《詩藪》，頁37。

㊺ 同上註，頁35。

㊻ 一般認爲唐代五古始於陳子昂，四傑的五言詩則還是古律混雜，參下文第三節及前註㊶表二。

㊼ 《詩源辯體》，頁345。

㊽ 同上註，頁190、192。

㊾ 同上註，頁48、329。

㊿ 在胡應麟以前，只見過王世貞提及"唐選"兩次：一是說孔融的說話"坐上客常滿，樽中酒不空，吾無憂矣"有"唐選"的意味；一是說韋應物的《寄全椒山中道士》是"唐選佳境"。（見《藝苑卮言》，頁989、1011。）可見"唐古"觀念的萌芽。

(51) 《詩藪》，頁31。

(52) 唐朝張懷瓘《書斷序》說："書有十體源流，學有三品優劣，……較其優劣之差，爲神、妙、能三品。"（載張彥遠編：《法書要錄》〔《叢書集成新編》本〕，卷7，頁3上、下。）後來朱景玄論畫時，再加添"逸"品，成"神、妙、能、逸"四品；宋朝劉道醇復用"神、妙、能"三品論畫；而黃休復則沿用四品，甚至躋"逸"品於三品之上。（分見朱景玄：《唐朝名畫錄》，收入于安瀾編：《畫品叢書》〔上海：上海人民美術出版社，1982〕，頁63－88；劉道醇：《聖朝名畫錄》，收入《畫品叢書》，頁107－148；黃休復著，何韞若、林孔翼注：《益州名畫錄》〔成都：四川人民出版社，1982〕。）

(53) 這是不見於《文選》而傳爲李陵所作的"晨風鳴北林"一詩的第六、七兩句，所以胡應麟說是逸詩。（見《古詩紀》，卷20，頁9上；《先秦漢魏晉南北朝詩》，頁340。）

㉝ 《詩藪》，頁34－35，39，36。

㉟ 《詩源辯體》，頁151、156、177。

㊱ 同上註，頁47、156。

㊲ 參陳國球《胡應麟詩論研究》第四章《本色的探求與應用》對有關問題的討論；尤其頁82－86，98－107。

㊳ 《詩源辯體》，頁48。

㊴ 陳子昂在《修竹篇·序》中提出了他的復古主張：＂文章道弊五百年矣！漢魏風骨，晉宋莫傳，然而文獻有可徵者。僕嘗暇時觀齊梁間詩，彩麗競繁，而興寄都絕，每以永歎。思古人常恐逶迤頹靡，風雅不作，以耿耿也。＂（見陳子昂著，徐鵬校：《陳子昂集》〔北京：中華書局，1960〕，頁15。）盧藏用《陳伯玉文集序》也指出：＂宋齊之末，蓋憔悴逶迤，陵頹流靡，至於徐庾，天之將喪斯文也。後進之士，若上官儀者，繼踵而生，於是風雅之道掃地盡矣。《易》曰：物不可以終否，故受之以泰。道喪五百歲而得陳君。……卓立千古，橫制頹波，天下翕然，質文一變。＂（見《陳子昂集》，《附錄》，頁260。）

㊵ 《唐詩品彙》，《五言古詩敘目》，頁1下。

㊶ 《刻阮嗣宗詩序》，見《空同集》，卷50，頁7下。

㊷ 《四溟詩話》，頁1174、1217。

㊸ 楊慎：《升庵集》（《四庫全書》本），卷19，18下。

㊹ 《升庵詩話》，頁763－764，784。楊慎批評高棅時提到的蘇刻本某公之序，大概是指當時任蘇州知府的胡纘宗寫的序。文中說：＂漢詩無調與格，而調雅、而格渾；唐詩有調與格，而調遒、而格雋。……高（棅）於晚唐才數人數首而止，其嚴哉！＂（見桂天祥：《批點唐詩正聲》，卷首，頁1上下。）楊慎根本誤解了＂格渾＂的所指，可見他的講法很粗疏。

㊻　楊愼所舉陳子昂《送客》的兩句，在《唐詩正聲》及徐鵬校的《陳子昂集》中，均作"胡人洞庭去，楊柳春風生"。（見《批點唐詩正聲》，卷1，頁2下；《陳子昂集》，頁32）。若依此則上句"庭"字犯孤平，下句"春風生"是三連平（後人歸納得來的古詩特徵之一）；全詩從律體看，則有兩句犯孤平、一處失粘、一處三連平，而且頷聯不對、頸聯不工，實在難說是律詩。但從純古的角度看，此詩合律之句也不少。

㊼　《藝苑巵言》，頁1005。

㊽　《詩藪》，頁37。

㊾　同上註，頁35。

㊿　同上註，頁37。

⑩　胡應麟曾說："初盛間五言古，陳子昂爲冠。"（見《詩藪》，頁77。）

⑪　《唐音癸籤》，頁1、45。

⑫　《詩源辯體》，頁146、144。

⑬　同上註，頁153。許學夷又曾批評《唐詩正聲》所選的五言古詩"雜用律體者衆，未可名"正聲"（見頁364）。

⑭　《藝苑巵言》，頁960。

⑮　《滄溟先生集》，卷26，頁10下-11上。

⑯　嚴羽論詩體，包括有"選體"，並注說："《選》詩時代不同，體製隨異，今人例謂五言古詩爲選體，非也。"（見《滄浪詩話校釋》，頁69。）許學夷也有類似的講法。（見《詩源辯體》，頁191。）

⑰　李夢陽曾輯錄刊刻了阮籍詩和陸謝詩，並協助陶淵明的後人刊刻陶集。（參《刻阮嗣宗詩序》、《刻陸謝詩序》、《刻陶淵明集序》，見《空同集》，卷50，頁7上-9下。）

⑱　同上註，頁7下。

⑲　《海叟集序》，見《大復集》，卷34，頁3下。引文見本章第一節。

⑳　《藝苑巵言》，頁1005。

㉛ 《大復集》，卷34，頁2下。

㉜ 詳見本章第四節。

㉝ 《藝苑卮言》，頁1006。

㉞ 同上註，頁1011。

㉟ 蘇軾《書黃子思詩集後》說："李杜之後，詩人繼作，雖間有遠韻，而才不逮意；獨韋應物、柳宗元發纖穠於簡古，寄至味於澹泊，非餘子所及也。"《評韓柳詩》說："柳子厚詩在陶淵明下，韋蘇州上。"（見《蘇軾文集》，頁2124、2109。）

㊱ 引文中對韋應物的批評主要在他的擬古詩，然而王世貞自己也寫這類詩，並在序中說："雖未足鼓吹諸氏，庶幾驅馳江（淹）薛（蕙）云爾。"（見《擬古序》，《弇州山人四部稿》，卷9，頁1下。）可見他並非反對寫擬古詩，只是反對寫得不好的擬古詩。

㊲ 《藝苑卮言》，頁1011。

㊳ 同上註，頁1031。

㊴ 《升庵詩話》，頁665、714、892、663、869、789、727－728、736、852。

㊵ 《四溟詩話》，頁1159、1163、1168、1175、1179。

㊶ 《詩藪》，頁35。

㊷ 《詩源辯體》，頁152。

㊸ 《詩藪》，頁35、23－24、28。

㊹ 例如何景明《與李空同論詩論》就說"詩弱于陶"。（見《大復集》，卷32，頁21上。）王世貞說："'問君何爲爾？心遠地自偏。''此還有眞意，欲辨已忘言。'清悠淡永，有自然之味。然坐此不得入漢魏果中，是未妝嚴佛階級語。"（見《藝苑卮言》，頁994。）

㊺ 參本章第二節。

㊻ 《詩藪》，頁36、37。

㊐　這種講法可能有樊鵬的影響在其中。參本章第一節。

㊑　參見下文引述胡應麟所列的唐古代表作。

㊒　《詩藪》，頁36、37、36、38。

⑩　同上註，頁21。但胡應麟也有批評李杜的五古，如說："杜之《北征》、《述懷》，皆長篇敘事，然高者向有漢人遺意，平者遂爲元白濫觴；李之《送魏萬》等篇，自是齊梁，但才力加雄，辭藻增富耳。"（《詩藪》，頁34 — 35。）

⑩　同上註，頁38、36。

⑩　王世貞說柳宗元 "刻削雖工"，胡應麟進一步說 "淸峭有餘，閒婉全乏"，又認爲這種 "唐人古體" 比不上韋應物近於前代的古詩（ "六朝餘韻"），文中所謂 "宋人"，是指《童蒙詩訓》引述徐俯的意見："徐師川言：人言蘇州詩多言其古淡，乃是不知蘇州詩。自李杜以來，古人詩法盡廢，惟韋蘇州有六朝風致，最爲流麗。"（見呂本中：《童蒙詩訓》〔郭紹虞《宋詩話輯佚》本；北京：中華書局，1980〕，頁587。）又參下文許學夷對韋柳的討論。

⑩　《詩藪》對唐代五古承傳的脈絡曾作過多番的分析，現將有關資料整理如下（見次頁）：

表三：唐代五古與前代的關係

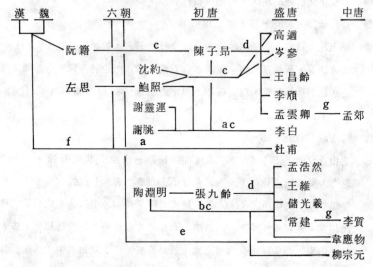

上表所用資料包括：

(a)有唐一代，拾遺草創，實阮前蹤，太白縱橫，亦鮑近孃，少陵才具，
　　無施不可，而憲章祖述漢魏六朝。（頁23）

(b)六朝則陶，唐則王、孟、常、儲、韋、柳。（頁24）

(c)子昂，阮也；高岑，沈鮑也；曲江、鹿門、右丞、常尉、昌齡、光羲、
　　宗元、應物，陶也。惟杜陵《出塞》樂府有漢魏風，……太白譏薄建
　　安，實步兵、記室、康樂、宣城及拾遺格調耳。（頁35）

(d)孟浩然、王維、儲光羲、常建、韋應物，本曲江之清澹，而益之以風
　　神者也；高適、岑參、王昌齡、李頎、孟雲卿，本子昂之古雅，而加
　　之以氣骨者也。（頁35）

(e)韋左司大是六朝餘韻。（頁36）

(f)古詩杜少陵後，漢魏遺響絕矣。（頁39）

(g)常……絕是長吉之祖；孟……劇爲東野所宗。（頁38）

⑭　《詩藪》，頁37－38。

⑯　引文中有些作家只舉類別，可能名篇較多。如儲光羲之"田舍"，或指《田家即事》、《田家雜興》一類作品；王維之"山莊"，或指《終南別業》一類作品；高適之"紀行"，或指《自淇涉黃河途中作》一類作品；岑參的"覽勝"，或指《與高適薛據同登慈恩寺浮圖》一類作品。

⑯　《唐音癸籤》，頁86。

⑰　嚴羽說："大曆以後，吾所深取者，李長吉，柳子厚、劉言史、權德輿、李涉、李益耳。"（見《滄浪詩話校釋》，頁163。）

⑱　《唐音癸籤》，頁70、78。

⑲　《詩源辯體》，頁145、177、192、223、248、306、299。

⑩　同上註，頁151－154。

⑪　同上註，頁252。按：《後山詩話》所講的"工"，是指文學價值之高，許學夷所講的"工"是指工巧、刻意雕琢；兩者本不相同；所以他的批評是落空了。

⑫　同上註，頁255、271、250。

⑬　同上註，頁271－272。

⑭　同上註，頁255－256。

⑮　同上註，頁239、240、241。

⑯　參註⑫。

⑰　《詩源辯體》，頁176、237。

⑱　許學夷認為陶淵明詩有三種：1."快心自得而有奇趣"，元結、白居易、蘇軾的五古源於此；2."蕭散沖淡而有遠韻"，韋柳五古源於此；3."聲韻渾成，氣格兼勝"，與杜甫詩同類。（見同上，頁102。）

⑲　見《文選》，卷52，頁7下；卷17，頁4下。

⑳　有關魏晉時期文學意識明朗化的現象，李澤厚有簡括的析論。（見李澤厚：《美的歷程》〔北京：文物出版社，1981〕，頁95－101。）又，

在他主編的《中國美學史》中對曹丕所說的＂麗＂和陸機所說的＂綺靡＂所代表的意義亦有分析。（見李澤厚、劉綱紀主編：《中國美學史》〔北京：中國社會科學出版社，1984－87〕，第二卷，頁55、270－273。）

㉑ 徐禎卿《談藝錄》（《歷代詩話》本），頁766。

㉒ 《四溟詩話》，頁1146。

㉓ 《詩藪》，頁146。

㉔ 是書未得見，據簡錦松指出，書中有李夢陽的批點共87條。（見簡錦松：《李何詩論研究》，頁120。）又，蕭繼宗《孟浩然詩說》（台北：商務印書館，1969）＂集評＂部分收錄了其中79條。這裡的討論以此為據。

㉕ 分見《孟浩然詩說》，頁12、48、54、57。

㉖ 施閏章：《蠖齋詩話》（《清詩話》本），頁392。

㉗ 蕭繼宗亦曾引用施閏章之說，再加補充：＂其駁空同‘調雜’說，是矣；然猶有‘選體’、‘唐體’之念在也。……殊不知大家之作，其本身已自成體格。……則浩然自有浩然之體在，而夢陽乃以‘體雜’二字罪之，得不為古人所笑耶？＂（《孟浩然詩說》，頁14。）這種講法，與李夢陽之說根本不同層次，不能以此駁彼。在《入峽寄弟》一詩的按語中，蕭繼宗才以古律之辨的角度論評，這時他就說：＂空同看孟詩，每嫌調雜，以衡此篇，誠非過當。＂（頁49）又，簡錦松也曾指出施閏章之說不當。（見《李何詩論研究》，頁107－109。）

㉘ 《藝苑卮言》，頁964。

㉙ 《詩藪》，頁21。

㉚ 《懷麓堂詩話》，頁1369。

㉛ 《升庵詩話》，頁784、661。

㉜ 《藝苑卮言》，頁964。

⑬ 如果單就"近體必不可入古"來看,這句也可被解釋爲:近體的成分不能滲進古詩之內;許學夷就是這樣理解,他說:"王元美謂'惟近體必不可入古',李本寧謂'初盛諸子,啜六朝餘瀝爲古選,不足論',皆得之矣。若今人作散文而雜用四六俳偶,亦是文體之不純也。"(見《詩源辯體》,頁177。)但我們只要參看他評陳子昂"律體時時入古,亦是矯枉之過",又說"律爲音律法律,天下無嚴於是者","夫近體爲律;夫律,法也;法家嚴而寡恩",可知他對律體的要求很嚴格,這裡是說律詩不能寫成古詩。(參見《藝苑卮言》,頁1005、1004;《徐汝思詩集序》,《弇州山人四部稿》,卷65,頁6下。)

⑬ 《藝圃擷餘》,頁777。

⑬ 《懷麓堂詩話》,頁1369。

⑬ "池塘生春草"爲謝靈運《登池上樓》詩句,據說謝靈運於夢見族弟謝惠連時得此句,常云:"此語有神功,非吾語也。"(見李延壽:《南史》(北京:中華書局,1975),《謝惠運傳》,卷19,頁537。)後人對此句都非常讚歎。如宋吳可《學詩》詩就說:"春草池塘一句子,驚天動地至今傳。"(載魏慶之:《詩人玉屑》,頁8。)至於"紅藥當階翻"則是謝朓《直中書省》詩句,可能李東陽誤記爲謝靈運句。

⑬ 《藝圃擷餘》,頁777。

⑬ 《四溟詩話》,頁1220-1221。在此之前,謝榛先討論了寫近體詩的"內外二法",然後說:"古體亦有異同處,學者權宜用之。"所以這裡就接著討論古近體的異同。

⑬ 自復古之說盛行以來,擬《詩經》體也是時人文集中常見的一類。(參簡錦松:《明代中期文壇研究》〔台灣大學博士論文,1987〕,頁219-229。)

⑭ 《四溟詩話》,頁1137。

⑭ 《藝苑卮言》,頁960。

⑭ 《詩藪》，頁24 – 25。

⑭ 均見《藝苑卮言》，頁978。

⑭ 《詩藪》，頁131、36。

⑭ 《唐音癸籤》，頁3。

⑭ 如何景明只著意王維的古詩"不逮"漢魏，不理會王維詩有沒有唐代古詩的特質，參本章第三節引文。

⑭ 詳見下文討論。

⑭ 《詩源辯體》，頁192、314。

⑭ 詳見本章第三節。

⑮ 《詩藪》，頁24。

⑮ 《詩源辯體》，頁49 – 51、191。

⑮ 《唐音癸籤》，頁1。

⑮ 《詩藪》，頁364。

⑮ 《詩源辯體》，頁191、190。

第五章　唐詩選本與復古詩論

王瑤在《中國文學批評與總集》一文指出：我們研究文學批評不應僅以＂詩文評＂類的著作爲據，還應該研究對讀者和作者有極大影響的文學選本❶。這個意見對明代詩論的研究特別有效。原因是明代刊刻詩選的風氣極盛，而明代詩論又以指導寫作爲最重要的目標；流行的選本既贏得批評家的關注，也深入一般文學讀者群，因爲恰當的選本爲各種寫詩主張提供了所需的範例，批評家在發表意見時就有所根據，而讀者也易於遵循。再者，明代幾個重要唐詩選本的編選宗旨、規模和架構又刺激了明代詩論的發展，上文第三、四章兩章討論七言律詩和五言古詩時，已不能不牽涉《唐詩品彙》和《選唐詩序》的意見。所以說，研究明代詩論如果忽略了詩選的作用和影響，就難有全面的認識。以下專就明代盛行的幾個唐詩選本——《唐音》、《唐詩品彙》、《唐詩正聲》、《古今詩刪》的唐詩部分——作重點分析；由選本的興替以揭示唐詩在明代受承納的情況，以及復古詩論的相關發展。

第一節　《唐音》在明代中葉以前的影響和意義

高棅的《唐詩品彙》編成於洪武二十六年（ 1393 ），《明史·高棅傳》說：

> 其所選《唐詩品彙》、《唐詩正聲》，終明之世，館閣宗之。
> ❷

《四庫全書總目·唐詩品彙提要》進一步說：

> 《明史·文苑傳》謂：終明之世，館閣以此書為宗。厥後李
> 夢陽、何景明等摹擬盛唐，名為崛起，其胚胎實兆於此。❸

一般論著都根據這個講法，認為明初以至李、何的復古主張，都
由高棅所引發 ❹。其實這個講法是很有問題的，因為從明初到明
中葉期間，《唐詩品彙》都沒有甚麼影響力，它的影響要到嘉靖
（ 1522 — 1566 ）以後才顯現。有關明代前期流行的唐詩選本
的情況，李東陽《懷麓堂詩話》的一段評論最值得注意，他說：

> 選唐詩者，惟楊士弘《唐音》為庶幾。次則周伯弼《三體》，
> 但其分體過於細碎，而二書皆有不必選者。趙章泉《絕句》
> 雖少而精。若《鼓吹》則多以晚唐卑陋者為入格，吾無取焉
> 耳矣。❺

提及的詩選依次是：
    1.元楊士弘編《唐音》；
    2.宋周弼編《三體唐詩》；

3.宋趙蕃、韓淲編，謝枋得註《註解章泉澗泉二先生選唐
　詩》；

4.金元好問編，郝天挺註《唐詩鼓吹》❻。

這四個選本應該是明初以來最易見的幾種，如與高棅約略同時的
瞿佑（1341－1427），在《歸田詩話》中就論及《三體唐
詩》和《唐詩鼓吹》；稍後於李東陽的都穆（1459－1525），在
《南濠詩話》中也論及《三體唐詩》❼。但李東陽最欣賞的楊士
弘《唐音》，卻是最通行而且最受重視的一個唐詩選本。例如洪武
（1368－1398）時人蘇伯衡爲林敬伯《古詩選唐》寫的序，
就特別舉《唐音》來比較，目的當然是說林敬伯所編的書比當時
最受注意的《唐音》還要好❽。三楊之一的楊士奇（1365——
1444）對《唐音》更大力推崇，他在跋《唐音》時說：

　　余讀《唐音》，間取須溪所評王、孟、韋諸家之說附之。此
　　編所選，可謂精矣。近聞仲熙行儉在北京錄唐詩甚富，用之
　　讀之快意而頗致憾此編，以為太略。其所錄余未及見，然余
　　意苟有志學唐者，能專意於此，足以資益；又何必多也。

又跋《唐三百家絕句》說：

　　唐詩如楊伯謙所選可矣；如此集，所謂"雖多亦奚以為"。

又跋《錄楊伯謙樂府》說：

楊伯謙，名士弘。……嘗選《唐音》，前此選唐者皆不及也。
❾

這時期甚至先後有多人據《唐音》逐一依題和韻，如宣德（1426
－1435）年間有張式之，正統（1436－1449）年間有陳維
誠，而成化十四年（1478）楊榮（1438－1487，字時秀，
不是三楊之一的楊榮）完成的《和唐詩正音》四卷，現在尚有刊
本流傳❿。

　　至於《唐音》本身，自元至正四年（1344）初刊以來，一
直到明中葉都屢有板刻，如《四庫全書》的底本張震輯註本就是
元明間的刻本⓫。據李東陽指出，楊士奇曾序《唐音》，可能當
時又有一次刻印⓬。稍後的陸深（1477－1544）又寫有《重
刻唐音序》一文，由此可知同時人汪諒亦曾板行《唐音》⓭。

　　陸深可說是李、何復古集團的一份子⓮，同道的顧璘又曾主
持過一次整理和刊刻的工作。他的批點本《唐音》雖然刊於嘉靖
二十年（1541），但實際的批點工作大約是在弘治九年（1496）
以後不久完成的⓯。甚至復古派的領袖李夢陽，也可能從事過批
點《唐音》的工作⓰。據周弘祖《古今書刻》的記錄，北京、南
京、河南、山東和陝西各地在嘉靖或以前都曾刊刻過《唐音》⓱。
此外，還有人將《唐音》重新整理，加以剪裁增刪，如邵天和於
正德九年（1514）就完成了《重選唐音大成》一書⓲。

　　從以上粗略的描繪，可知《唐音》在李夢陽及以前的流行情
況。另一方面，在上引所有討論唐詩選本的有關著述之中，幾乎
完全不見有《唐詩品彙》的討論⓳。尤其值得注意的是官居臺閣

的楊士奇和李東陽的意見，他們都沒有見過高楝的選本；楊士奇更編過《文淵閣書目》，所見不可謂不廣❷。由此可見《明史》和《四庫提要》所說高楝的選本，"終明之世，館閣宗之"，並不可信，而李夢陽、何景明亦不曾受《唐詩品彙》直接影響。

　　楊士弘（字伯謙，襄城人❷）所編《唐音》完成於元至正四年（1344）。這本選集可說具備了相當的詩史意識，企圖對唐代的詩歌發展作系統的掌握，與明代復古詩論的趨向大致吻合。後來高楝就是以此為基礎，再斟酌體例，擴充內容，編成《唐詩品彙》。復古詩論家如李夢陽和顧璘等在未遇上《唐詩品彙》時，對此書特別留意，是不足為奇的。然而在復古詩論勃興以前，一般論者對其中的架構及意義，卻有不同的理解，這一點下文再有交代。

　　楊士弘在《唐音》之中，很清楚的顯露出他對唐詩的觀點和態度。第一點值得注意的是，他要求對唐詩作全面的了解；他在《唐音》的序中說：

　　余自幼喜讀唐詩，每慨歎不得諸君子之全詩。

由此觀點，他批評了前代各個選本：

　　1.《河嶽英靈集》：唯一載盛唐詩的選本，可惜"詳於五言，略於七言；至於律絕，僅存一二"；

　　2.《極玄集》："止五言律百篇，除王維、祖詠，亦皆中唐人詩"；

　　3.《中興間氣集》、《又玄集》、《才調集》："亦多主於

晚唐矣";

  4.《唐百家詩選》:"除高、岑、王、孟數家之外,亦皆晚
唐人詩";

  5.《唐詩鼓吹》:"以世次爲編,於名家頗無遺漏,其所錄
之詩,則又駁雜簡略";

  6.洪容齋、曾蒼山、趙紫芝、周伯弼、陳德新等人的選本:
"非惟所擇不精,大抵多略於盛唐而詳於晚唐"❷。

  歸納他的意見,可知他認爲理想的唐詩選本應該各種體裁都
齊備,單選五言、只選律詩都不能滿足他的要求;其次,選本要
能包容唐詩各段時期,只重中晚而不選盛唐,是一大缺憾;再次,
選本所擇要精,必須是詩人的代表作。這幾點也可說是他編選
《唐音》的宗旨。他說自己在友人家中抄錄了"唐初盛唐詩",
以爲編選《唐音》的根據。事實上《唐音》的選詩中,"唐初盛
唐詩"確實佔了相當的比重❸。

  除了求全備這個宗旨之外,《唐音》的體例安排也很值得注
意,因爲這些體例顯示出楊士弘對這一段詩史時期作系統化整理
的構思。《唐音》全書分三部分:《始音》、《正音》、《遺
響》。其中《正音》是最重要的部分,按五言古詩、七言古詩、
五言律詩(排律附)、七言律詩(排律附)、五言絕句(六言絕
句附)、七言絕句各種詩體分爲六卷;每卷再分上、下或上、中、
下;其中五七言古詩、五言律絕四卷的卷上收錄"唐初盛唐詩",
下卷收"中唐"詩;七言律絕兩卷的卷上仍收"唐初盛唐",卷
中收"中唐",卷下收"晚唐"。這種先分體再分期的體例是以
前的唐詩選本所未見的,但明代以後的選本卻多仿照這種形式,

這當然是與明人"辨體"觀念互為影響的結果。而《唐音·凡例》的第二條，也隱約透露出這一消息：

> 《正音》以五七言古、律、絕各分類者，以見世次不同，音律高下，雖各成家，然體製聲響相類，欲以便於觀者。❷

在每卷的敍目當中，楊士弘都會對每種體裁的發展稍作分析，例如五言古詩卷上說：

> 五言古詩，盛唐初變六朝，作者極多，然音律參差，各成其家，所可法者，止得上六人，共詩一百一十九首。

卷下說：

> 中唐來，作者多無可取，獨韋、柳遠追陶、謝，有沖澹之味，可與前諸家相錯而觀，故取之為下卷，通二人，共詩五十九首。

七言律詩卷上說：

> 唐初作七言律詩者極少，諸家不過所錄者是，然其音律純厚，自然可法，通得九人，共詩二十六首。

卷中說：

中唐來，作者漸盛，然音律亦漸微，選其近盛唐者，通得十七人，共詩五十八首。

卷下說：

晚唐來，作者愈盛，而音律愈降，獨許渾、李商隱對偶精密，有可法者，二人共詩二十首。㉕

這些觀察和分析都非常簡略，但卻為高棅對各體作較有系統的析述打下了基礎，也是後期復古詩論家的全盤系統析論的先聲。

再有一點值得注意的，是楊士弘所用的分期方法。今人所熟知的"四唐說"在《唐音》尚未得到體現。《正音》各體的卷上所收都是"四唐說"中的初唐和盛唐人詩，但在敍目則有時稱作"盛唐"，如五古的陳子昂到常建；有時稱作"唐初"，如七律的蘇頲到李頎。再看卷首的《唐音名氏》，其中開列了包括王績到張志和等人的名單，說：

右自武德至天寶末，得六十五人，為唐初盛唐詩。

又列皇甫冉到劉禹錫，說：

右自天寶至元和間，通得四十八人，為中唐詩。

又列賈島到吳商浩，說：

右自元和至唐末，通得四十九人，爲晚唐詩。㉖

看來他所作的分期只有三期，與明以後的"四唐說"有所不同。

《始音》和《遺響》的體例又與《正音》不同。《始音》只收王勃、楊炯、盧照鄰、駱賓王四人的詩，又不分體。這種安排不易爲人理解，但《凡例》中說明：

> 《始音》不分類編者，以其四家製作，祈變六朝，雖有五、
> 七之殊，然其音聲則一致故也。

之所以不分體，其實也是辨體的表現，因爲四子詩繼承了六朝詩的風格，難分古、律，所以索性將這些早期而又"非古非律"的詩作另入一類。

《遺響》不分體類則因楊士弘採用了另一種分卷的體例；分卷的重點已不是分辨體裁，而是考慮如何補充《正音》。按照《遺響》敍目所講，其作用包括下列幾點：

1.因未見全集，不能作最適當的選擇，故《正音》不選的，在此補選（這是卷一上、卷二上的作用）；

2.作品已入選《正音》的詩人，其他作品間有"不可棄者"、"可錄者"，在此補充（這是卷一下、卷二中、卷三中的作用）；

3.能卓然名家但墮於一偏者，《正音》不選，在此則采其所長，以作補充（這是卷二下、卷三上的作用）；

4.寒陋無足爲法，或者是方外、不可考的詩人，若有"近於樂府唐音者"，也補列於《遺響》之末（這是卷三下的作用）㉗。

從《唐音》分三部分的安排，可以看到楊士弘主張辨析"正"格和"偏"格（或"變"格）。因爲這個選本的一個目標是指導初學者的學習方向，所以甚麼是"正"，就要明確指出，不"正"的就剔出"正音"之外。《正音》卷首說：

> 自大曆以降，雖有卓然成家，或淪於怪，或迫於險，或近於庸俗，或窮於寒苦，或流於靡麗，或過於刻削，皆不及錄。

能夠錄於《正音》的，都是值得學習的"正"格：

> 學詩者因其音聲，審其製作，則自見矣。❸

在《正音》各卷敍目，他都多次聲明入選詩作是"可法者"、"皆足爲法"、"音律純厚自然可法"；如果所取屬中唐的詩作，他有時會說明是"可與前諸家相錯而觀者"、"音律近盛唐者"。可見所謂"正"，主要是以盛唐（照楊士弘的分期則初唐亦包括在內）的風格爲基準，他認爲學唐詩應該由盛唐入手。

至於《正音》不錄的"偏"格，部分就收入《遺響》之內，並在敍目中說明是"墮於一偏"、"唐風之變"、"惜其音靡"等，在《遺響》的序中再聲明：

> 余既編《唐詩正音》，今又采其餘者，名曰《遺響》，以見唐風之盛，與夫音律之正變，學詩者先求其"正音"，得其性情之正，然後旁采乎此，亦足以益其藻思，觀者詳之。❹

《遺響》的作用是與《正音》對照，顯出音律的＂正＂與＂變＂；照他的設計，學詩者應該在掌握了＂正＂格之後，才旁採＂偏＂格。

看過楊士弘的解釋之後，我們不能說《唐音》是沒有系統的選本，只不過不是用一種體例貫串全書而已。

若果我們再分析一下全書的編選情況，綜合三部分，可列成下表：

表四：《唐音》選錄唐詩的情況

	四子	唐初盛唐	中唐	晚唐	合計（首）
始音	93				93
正音		425	409	51	885
遺響		73	134	237	444
合計	93	498	543	288	1422

按數字來看，所選初盛唐的份量已不輕，尤其以《正音》來說，共 425 首，是三期中數量最高的。當然如果《始音》、《正音》、《遺響》合計，將＂四子＂併入＂唐初盛唐＂，中晚唐又合併，則中晚唐的 831 首就比初盛唐的 591 首爲多，但這種計算已出乎楊士弘的考慮以外，因爲他說＂專取乎盛唐者＂，也只是《正音》卷首的話而已❸。

再深入一點去看，《正音》所選晚唐詩很少，只在七言律絕兩卷中有錄取，但選錄卻很集中。如七言律詩，於晚唐只選兩人：李商隱 10 首、許渾 10 首，這數量僅次於中唐劉長卿的 15 首，比初盛唐最多的王維 9 首還要多；七言絕句，於晚唐也選兩人：杜牧 14 首、李商隱 17 首，而初盛唐入選數量最高的是王昌齡 11 首和岑參 10 首，中唐最高的張籍 14 首，劉禹錫 15 首。由此看來，《唐音》對中晚唐的某些大家也是非常重視，這也可能是前代選集以至元代詩風重視中晚唐的痕跡了。

《唐音》對唐詩的發展做了粗略的分期："唐初盛唐"、"中唐"和"晚唐"，放在全書的架構之中，是極具文學史意義的，然而時人卻不看重這點，如虞集（ 1272 － 1348 ）爲楊士弘寫的《唐音序》說：

> 襄城楊伯謙好唐人詩，五言、七言、古詩、律詩、絕句，以盛唐、中唐、晚唐別之，凡幾卷，謂之《唐音》。"音"也者，聲之成文者也，可以觀世矣，其用意之精深，豈一日之積哉？

又說：

> 噫！先王之德盛而樂作，跡熄而詩亡，係於世道之升降也；風俗頹靡，愈趨愈下，則其聲文之成，不得不隨之而然。㉛

虞集的出發點，是正統儒家的文學觀，也就是《樂記》、《毛詩

序》的“聲成文謂之音”、“聲音之道與政通”的重複；“跡熄
而詩亡”也是《孟子·離婁》的說話❸。他認爲《唐音》的評選
標準是這樣的：

> 其所錄必也有《風》《雅》之遺，“騷”“些”之變，漢魏
> 以來樂府之盛；其合作則錄之，不合乎此者，雖多弗取，是
> 以若是其嚴也。❸

所謂“合作”，所謂“嚴”，也不外是從能否“觀世”以見“世
道升降”的角度來看❸。

到元末明初的宋訥，在《唐音緝繹序》中，仍然沿襲了虞集
的觀點。他先區分了詩的“體”和“音”說：

> 詩之體，有賦、有比、有興，觀體可得而見。詩之音，清濁
> 高下、疾徐疏數之節，與夫世之治亂、國之存亡，審音可得
> 而考。

然後說：

> 唐三百年，詩之音幾變矣；文章與時高下，信哉！襄城楊伯
> 謙，詩好唐；集若干卷以備諸體，仍分盛、中、晚爲三，世
> 道升降，聲文之成，安得不隨之而變也。總名曰《唐音》。
> ❸

可見他們眼中的盛、中、晚，是"音"的分期，也即是"世道升降"的分期。

約略同時的蘇伯衡，在《古詩選唐序》中所論更進一步，他也先作"體裁"與"音"之別，將"體裁"視作詩的體製、法則，而"音"則是"世變"的指標：

> 商也，周也，魯也，以至于邶、鄘、衛諸國，其詩之作也，經之以《風》、《雅》、《頌》，緯之以賦、比、興，未嘗不同也，而其音則未嘗同也。……夫惟詩之音係乎世變也，是以大小《雅》、十三《國風》出於文武成康之時者，則謂之"正雅"、"正風"；出於夷王以下者，則謂之"變雅"、"變風"。《風》《雅》變而為"騷""些"，"騷""些"變而為樂府，為選為律，愈變而愈下。不論其世而論其體裁可乎？李唐有天下三百餘年，其世蓋屢變矣，有盛唐焉，有中唐焉，有晚唐焉。晚唐之詩，其體裁非不猶中唐之詩也；中唐之詩，其體裁非不猶盛唐之詩也。然盛唐之詩，其音豈中唐之詩可同日語哉？中唐之詩，其音豈晚唐之詩可同日語哉？

然後批評楊士弘說：

> 自李唐一代之詩觀之，晚不及中，中不及盛。伯謙以盛唐、中唐、晚唐別之，其豈不以此乎？然而盛時之詩不謂之"正音"而謂之"始音"，衰世之詩不謂之"變音"而謂之"正音"，又以盛唐、中唐、晚唐並謂之"遺響"，是以體裁論

而不以世變論也，其亦異乎大小《雅》、十三《國風》之所
以為"正"為"變"者矣。……不審音則何以知詩？伯謙之
於音如此，則其於詩也可見矣。㊱

蘇伯衡認為"盛唐"、"中唐"、"晚唐"是世道的盛、中、晚，
所以"正音"應指"盛時之詩"，"衰世之詩"（即中晚唐之詩）
應稱作"變音"㊲。楊士弘所分的《始音》（專收初唐四傑的詩），
據時世來看應該是"正音"，《正音》之內攙有中唐和晚唐詩，
這些衰世之詩就不能稱作"正音"，《遺響》包括盛、中、晚，
更不符區別"世變"的宗旨，因此他批評楊士弘不知"審音"，
於詩所見不高。

這種觀點一直到楊榮的《和唐詩正音》的序跋中仍清楚見到。
錢溥《和唐音序》說：

音者，和之發而聲之成文者也。

萬冀《和唐詩正音後序》說：

詩之於世，雖曰道性情，發心志，然其興廢邪正，實關乎氣
運之盛衰，治道之隆替。

對於三唐分期的理解，錢溥的觀點是：

有唐五七言之作雖各自名家，然猶有盛唐、中唐、晚唐三體，

分為“始音”、“正音”、“遺響”之別。

萬冀也指出：

> 唐運三變，故其詩亦有“始音”、“正音”、“遺音”之變。
> ㊳

可見元末明初以來，不少人看重《唐音》，是因爲他們認爲《唐音》揭示出唐代詩歌與世道興衰的關係，所分“盛、中、晚”三期正好將唐詩反映國運的變化恰當表露出來，而“始音”“正音”“遺響”也應與“三唐說”相配合；蘇伯衡認爲《唐音》未能做到這一點，所以值得批評，而另有張震輯注本的後序，就依著兩者應該配合的想法去看《唐音》，文中說：

> 自武德至天寶末，若王勃、楊炯、盧照鄰、駱賓王四君子一變六朝之製，而開唐音之端，卓然成家，音聲一致，故為“盛唐始音”。自天寶至元和間，若皇甫冉、韋應物、柳子厚、白居易等作，音律高下，雖各成家，然體製聲響靡不相類，故為“中唐正音”。自元和至唐末，若賈島、許渾、薛能、張泌等作，其篇章長短參差，音律不能諧合，就其長而采之，至其氣象漸為衰萌，故曰“晚唐遺響”，而總名曰《唐音》者，以其聲之成文也。㊴

經過上文對《唐音》體例的分析，就可知到這裡“盛唐始音”、

"中唐正音"、"晚唐遺響"的分法絕對不是楊士弘的主意。然而，由蘇伯衡的批評到輯注本後序的誤解，可以見到不少論者的批評意識正集中於時世之變與詩之變的對應關係，企圖將"盛、中、晚"與"始音、正音、遺響"兩組分期或分類的標籤，賦以政治的意義。

其實楊士弘雖然說過"專取乎盛唐，欲以見其音律之純，係乎世道之盛，附之以中唐晚唐"一類話，但很明顯的，"係乎世道之盛"只是門面話，他的宗旨還是在於詩的藝術成就（卽"音律之純"）那一方面。他在序中所說：

> 審其音律正變，而擇其精粹。❹

應該不是指《詩經》的"風雅正變"，再參考《凡例》各條的"體製聲響"、"音律諧合"，各卷敍目的"選其精純者"、"對偶精密有可法者"、"其精思溫麗有可法者"等等，不難推知他的宗旨所在。反之，整部《唐音》中將詩與世道並論的地方實在少之又少。

能夠對《唐音》的文學史意識有較深刻的理解的，高棅可說是個先行者，除此以外，真能知音的就要等到復古詩論成為主導思潮的年代才再有出現。不過，到高棅的選本為世注視時，《唐音》的重要性又有所消減了。

第二節　高棅選本的編集、刊刻及流通

高棅被現代學者視為明代的重要批評家，主要是因為他編有

《唐詩品彙》一書㊶。《唐詩品彙》凡九十卷，後附《唐詩拾遺》十卷。高棅在《唐詩拾遺序》中提及其間的編集經過：

予既愛唐詩，喜編錄，初採眾作裒為一集，曰《唐詩品彙》，凡得唐諸家六百二十人，共詩五千七百六十九首，分為九十卷。自洪武甲子迨于癸酉方脫稿，其用心亦勤矣。切慮見知之所不及，選擇之所忽怠，猶有以沒古人之善者，於是再取諸書，深加捃括，或舊未聞而新得，或前見置而後錄，掇其漏，捜其逸，又自癸酉迄戊寅，是編始就；復增作者姓氏六十有一，詩九百五十四首，為十卷，題曰《唐詩拾遺》，附于《品彙》之後，足為百卷，以成集。㊷

洪武甲子即十七年（1384），癸酉是二十六年（1393），林慈敍《唐詩品彙》說："慨念吾廷禮十年用心之勤"，相信就是指這段時間。作爲附錄的《唐詩拾遺》，則始編於洪武二十六年，完成於洪武三十一年（1398）。高棅自己分別於洪武二十六年和洪武三十一年寫成《唐詩品彙序》和《唐詩拾遺序》。大概他在編成《品彙》後，就請序於閩中的詩友，崇禎年間的汪宗尼校刊本就收有王偁於洪武二十七年（1394）、林慈於洪武二十八年（1395）、馬得華於建文三年（1401）寫的序㊸。然而本書並沒有及時刊印。

高棅另一個選本《唐詩正聲》的編選時間，卻沒有準確的紀錄。美國普林斯敦大學葛思德東方圖書館藏有明萬曆年間的刊本，前有《唐詩正聲序》，末署"新寧高棅述"五字，可惜不附年月

⓭。胡震亨《唐音癸籤》卷 31《集錄二》列有《唐詩正聲》，
下注說：

> 棟編《品彙》，得詩五千七百六十九首，慮博而寡要，雜而
> 不純，又拔其尤一千十首，彙是編。自序：聲律純完，世外
> 自然之奇寶。⓮

引述的文字與葛思德藏本完全不同，看來高棟另有自序。再覆檢
桂天祥（嘉靖間進士）的《批點唐詩正聲》，在《凡例》卷中，
夾有一大段文字，其中說：

> 因編《唐詩品彙》一集，……凡九十卷，共詩五千七百六十
> 九首，與好事者共之，切慮博而寡要，雜而不純，乃拔其尤，
> 彙為此編，亦猶精金粹玉，華章異彩，斯並驚耳駭目，實世
> 外自然之奇寶，題曰《正聲》者，取其聲律純完而得性情之
> 正者矣。

可知胡震亨所謂＂自序＂，實即《凡例》前的一段文字⓯，可惜
其下亦未署年月，無助於追查《唐詩正聲》完成的時間。現在唯
一的線索是後來黃鎬在成化十七年（1481）寫的序，序中說：

> 吾閩前輩翰林典籍高廷禮先生，總為《唐詩品彙》，而又慮
> 其編目浩繁，得其門者或寡，復採取唐人所作，得聲律純正
> 者凡九百二十九首，為二十二卷，名曰《唐詩正聲》。編成

先生沒。㊼

高棅卒於永樂二十一年（1423），《正聲》大概是這一年之前
不久所編成，大概也沒有正式板行。

　　高棅遺著的第一次整理可能由他的同鄉門人彭伯暉主持，據
黃鎬序《正聲》說：

　　　　時同鄉金吾指揮僉事彭伯暉，從學於先生之門，乃捐俸鋟梓，
　　　　以成先生之志，然其板珍藏于家，得之者少。㊽

又序《嘯臺集》說：

　　　　先生平日所作擬古歌行，長短篇句，或律或絕，積有八百首，
　　　　皆自錄之，分為二十卷，名曰《嘯臺集》。先生沒，詩稿散
　　　　落人間。時同鄉門人金吾揮使彭伯暉藏有斯集全稿，方鋟梓，
　　　　竟未成而沒。㊾

可知最先刊成的只有《唐詩正聲》，但流傳不廣，以致黃鎬說自
己"歷仕途幾四十年，遍訪之尚不可得"㊿。

　　《唐詩品彙》的刻印可能更遲，據崇禎刊本的張恂《重訂唐
詩品彙序》說：

　　　　是書始自成化間（1465－1487）陳公煒所刻，時公觀察
　　　　西江，意者校讎未得其人，故亥豕魯魚，流傳相襲。51

據《四庫提要》說陳煒：

> 字文曜，別號恥菴，閩縣人，天順庚辰（四年，1460 ）進
> 士。……在江西平反疑獄，為民興利除弊，具有實績，詩文
> 非所注意。⑤

因知《唐詩品彙》第一次板刻是陳煒任江西按察使時公餘所為⑥。
　約略同時，同是閩人的黃鎬，於南京戶部尚書任內⑤，遇到
彭伯暉之子，得見高棅的遺著，於是在成化十七年主持刊刻《唐
詩正聲》，十九年刻《嘯臺集》；成化二十年再將續得的《木天
清氣集》刊成⑤。高棅的編著，此時才正式有全面的板行。
　　不過，我們可以注意到，主持這些刊刻事宜的都是閩人，以
紀念同鄉先賢的心態從事。陳煒本身"詩文非所注意"，黃鎬也
無詩文著述流傳，他們都不是文壇中人，所以這次刻印高棅選本，
並不能代表當時的批評意識，而且後來流行普及的都是較後期出
現的版本，可知其流通不廣，同時期的文人著述，亦罕有提及。
據現存資料，只知稍後的常熟人桑悅（ 1447 － 1503 ）是閩人
以外最早提到《唐詩品彙》的，他的《跋唐詩品彙》不知寫於何
時，亦無交代在那種情況下接觸到《唐詩品彙》，然而從他的語
氣就知道他既未詳讀《品彙》，他的識見也和元末明初以來一般
人對《唐音》的看法一樣，並未能把握《唐音》的文學史意識，
以及《品彙》在這方面的發展⑤。另一方面正如前文所述，與桑
悅同時的李東陽等批評家都不曾注意過高棅的選本，可知《品彙》
和《正聲》還未通行於世。

　　大概要到嘉靖以後，高棅的選本才愈見流行，年輩約略與楊
愼同時的胡纘宗（ 1480－1560 ），在蘇州主持了一次刊刻
《唐詩正聲》的工作，其序寫於嘉靖三年（ 1524 ），文中說：

> 詩自楊伯謙《唐音》出，天下學士大夫咸宗之，謂其音正，
> 其選當。然未及見高廷禮《唐聲》也。❺❼

胡纘宗指出在嘉靖以前，《唐音》還是最受歡迎的唐詩選本，而
大部分人都未及見《唐詩正聲》。胡纘宗此本的普及程度較以前
的各刊本高得多，這可能因爲胡氏在蘇州任內刻意詩文，於文壇
有較大的影響力❺❽，連謫戍在雲南的楊愼亦見到此本，並加以批
評❺❾。以後刻本雖繁，亦多附上胡纘宗的序文。

　　至於《唐詩品彙》，由山陽人牛斗校刊的本子大概也在嘉靖
年間刊行❻⓿。同時在嘉靖年間出現了多種《品彙》和《正聲》的
抽選整理本，如吳西立重編《唐詩品彙七言律詩》二卷（嘉靖二
十六年本）、俞憲的《刪正唐詩品彙》五十卷（嘉靖三十二年
本）、桂天祥《批點唐詩正聲》二十二卷（嘉靖刊本）等，高棅
選本之爲世人所重視，概可想見。另一方面，胡纘宗在嘉靖三年
說時人未及見高棅的選本，而活躍於嘉靖年間的何良俊（ 1506
－1573 ），其《四友齋叢說》中有兩條資料也透露了一些訊息：

> 元楊仲弘（士弘）所選《唐音》，小時見其盛傳。
> 近世選唐詩者，獨高棅《唐詩正聲》頗重風骨，其格甚正。
> ❻❶

可見早期高棅選本不及《唐音》流行。但到了黃佐（1490——1566）序其門人潘光統在嘉靖後期編成的《唐音類選》時，就改說：

> 宋元以來，選唐詩者獨襄城楊士弘有《唐音》、新寧高棅有《品彙》大行於世，皆為詞林所尚。❷

由此更加證明嘉靖以後，高棅選本的聲譽及流行程度急漲。這當然與中後期復古詩論的詩史意識漸次突顯有辯證的關係❸。以下我們將繼續分析高棅選本的特色及其復古詩論的相應關係。

第三節　《唐詩品彙》的意義

高棅在《唐詩品彙》的凡例中解釋＂是集專以唐為編＂時，特別提到兩個人——林鴻和嚴羽。林鴻是明初詩壇中閩派的領導人物，著有《鳴盛集》，但其中並無論詩之語❷，高棅所引可能就是他的中心論旨：

> 先輩博陵林鴻嘗與余論詩：＂上自蘇李，下迄六代：漢魏骨氣雖雄，而菁華不足；晉祖玄虛，宋尚條暢；齊梁以下，但務春華，殊欠秋實。唯李唐作者，可謂大成；然貞觀尚習故陋，神龍漸變常調；開元天寶間，神秀聲律，粲然大備；故學者當以是楷式。＂予以為確論。後又採集古今諸賢之說，及觀滄浪嚴先生之辯，益以林之言可徵。❺

高棅贊同林鴻專主唐詩（尤其＂開元天寶間＂詩）的論旨，而所謂＂古今諸賢之說＂、＂滄浪嚴先生之辯＂，即編在凡例之前的《歷代名公敍論》。其中引錄了 18 位詩論家或論詩著述的 34 則意見，而嚴羽《滄浪詩話》一人之說就佔了其中的 14 則❻，可見高棅對嚴羽的重視，嚴羽＂推原漢魏以來，而截然謂當以盛唐爲法＂、＂學詩者以識爲主，入門須正，立志須高＂等的主張，都在高棅的詩選中得到體現❼。後期復古派詩論家對《滄浪詩話》和高棅的詩選都非常重視，是很有理由的，因爲兩者的基本觀點相同，又能夠配合復古派對詩歌傳統的理解和承納。

高棅的《唐詩品彙》除了是嚴羽與林鴻詩論的落實貫徹之外，更是楊士弘《唐音》的進一步發展。高棅的論詩主張有不少是從《唐音》借來的❽。在《唐詩品彙總敍》中，高棅也仿效楊士弘《唐音序》，檢討前代的多本選集：

> 載觀諸家選本，詳略不侔。《英華》以類見拘，《樂府》為題所界，是皆略於盛唐而詳於晚唐，他如《朝英》、《國秀》、《篋中》、《丹陽》、《英靈》、《間氣》、《極玄》、《又玄》、《詩府》、《詩統》、《三體》、《眾妙》等集，立意造論，各該一端。

但評論籠統而且不太準確，例如《文苑英華》、《樂府詩集》都不是純粹的唐詩選集，更談不上＂略於盛唐而詳於晚唐＂，相信這些評語只是隨口而發，不是獨到的心得。以下對《唐音》的批評，才是他真正的見解：

唯近代襄城楊伯謙氏《唐音》集，頗能別體製之始終，審音
律之正變，可謂得唐人之三尺矣，然而李杜大家不錄，岑劉
古調微存，張籍、王建、許渾、李商隱律詩載諸《正音》，
渤海高適、江寧王昌齡五言稍見《遺響》。

他認爲《唐音》的優點是"別體製之始終，審音律之正變"，抓
著這個中心要點，他再批評《唐音》的細節安排；換句話說，他
認同一種能顯示詩體發展流變的編選原則，但對《唐音》於部分
篇章的取捨、《正音》和《遺響》與唐詩發展的未作配合等，不
能同意，所以他說：

　　每一披讀，未嘗不歎息於斯。由是遠覽窮搜，審詳取捨，以
　　一二大家，十數名家，與夫善鳴者，殆將數百：校其體裁，
　　分體從類，隨類定其品目，因目別其上下始終正變，各立序
　　論，以弁其端。爰自貞觀至天祐，通得六百二十人，共詩五
　　千七百六十九首，分為九十卷，總題曰《唐詩品彙》。㊽

這裡所講的詳取捨、校體裁、定品目、立序論幾點，可說是《唐
音》一書的繼承和修正補充，然而因爲《唐詩品彙》的規模宏大，
而且意識明確，使到此書有更重要的理論意義，以下再分項作綜
合的討論：

一、力求全面的反映唐詩風貌：

　　高棅說自己"遠覽窮搜"就是說他盡力網羅唐詩，"審詳取

捨"就是經過選裁，小心選取所有他認爲有代表性的作品，也是
凡例中說的：

> 是編不言選者，以其唐風之盛，採取之廣，……凡不可闕者
> 悉錄之，此"品彙"之本意也。⑩

因著這一條例，《唐音》不選的李、杜、韓三家，也都不會遺漏，
"岑劉古調微存"也得到矯正；甚至各種屬於"變體"的作品，
也都有選擇地包羅於其中。抱著這種態度編選唐詩，視野當然比
專學某家某派的詩論來得廣，這與後期復古詩論求博觀多識的傾
向是相同的。

二、落實辨體意識：

辨體的"體"若採狹義指五七言古近體等各種體裁，則辨析
的工作看來不難，因爲這些詩體的形式分野很明顯。然而當"體"
字的涵義擴大，要考慮每種語言形式的組合會帶來或應達致某些
審美效果時，辨體就不是易事了。《唐詩品彙》沿用《唐音》之
例，"以五七言古今體分別類從，各爲卷"，將同一體製的篇章
集中，讀者於此揣摩，就易於得其共相，瞭解此體的特點⑪。這
是由區別語言形式到辨析形式的風格的最合理的進程。而楊士弘
和高棅所作，爲更深入的辨體論奠下了基礎。

不過，即使看來最容易的形式區辨，高棅也可能碰上一些問
題。《四庫提要》曾指出：

沈佺期《古意》，高棅竄改成律詩。❼

沈佺期原作究竟如何已不可曉，即有不同，是否出於高棅的點改也不易知❼。但由此我們可以想像，有些作品與既定成制之間，可能有不協調的現象；選詩者在編派入各體詩卷時，或會躊躇斟酌，甚至按自己對各種體製的掌握，點改原作以符合原來的構想。

另一方面，復古派的辨體論認爲一種文學語言的形成組合必須與特定的風格相關連❼，因而作品一經重要選本編派爲某體，就會影響論者的批評視野。如沈佺期的《古意》被《唐詩品彙》編爲七言律詩，王世貞、胡應麟就以七律的標準去作批評，例如評其頷聯"偏枯"、結句不符"本色"等❼。又如崔顥的《雁門胡人歌》在《品彙》中列入七言古詩卷六❼，分明視之爲歌行體。胡應麟又批評說：

崔顥《雁門胡人》詩，全是律體，強作歌行。❼

指責崔顥將本是律體的作品，"強作"爲歌行體。但許學夷的觀點卻不相同，他說：

崔顥七言有《雁門胡人歌》，聲韻較《黃鶴》尤爲合律。……《唐音》、《品彙》俱收入七言古者，蓋以題下有"歌"字故耳。然太白《秋浦歌》有五言律，《峨眉山月歌》乃七言絕也。崔詩《黃鶴》首四句誠爲歌行語，而《雁門胡人》實當爲唐人七言律第一。❼

這是企圖擺脫楊士弘和高棅預立的構想，移用另一體類的本色要求來衡量作品了。

從這些例子可以見到高棅（或者楊士弘）所做的看來簡單的工作，實在深具辨體論的意義。

三、畫分唐代詩史的段落：

不少論者指出 " 初、盛、中、晚 " 的唐詩分期方法淵源自嚴羽 ❼。如果我們重讀《滄浪詩話》有關的論述，就會發覺嚴羽所列的 " 唐初體、盛唐體、大曆體、元和體、晚唐體 "，並不是正式的文學史分期（ periodization ）❽。原文是《滄浪詩話・詩體》卷的第二則：

> 以時而論，則有建安體、黃初體、正始體、太康體、元嘉體、永明體、齊梁體、南北朝體、唐初體、盛唐體、大曆體、元和體、晚唐體、本朝體、元祐體、江西宗派體。❿

所舉列各體不似是將連綿不斷詩史的過程畫分段落，例如 " 永明體 "、" 齊梁體 "、" 南北朝體 " 就不是同一層次的概念，也不可視為界分某段過程的三個段落。其實嚴羽所做的是不太嚴謹的分類工作；如果在同一歷史時期的作品共有一些特徵，他就將之歸成一 " 體 "。如齊梁間的作品在某一層面上有共同特徵，並不妨礙整個南北朝在另一層面有類同的特色，因此這兩種 " 體 " 是互不干擾、不必構成任何關係的。從這個角度看， " 唐初體 " 不必涵蓋所有 " 盛唐體 " 以前的作品， " 元和體 " 之下也不必緊連

著 " 晚唐體 " ；換句話說，嚴羽所列唐詩的五體只是 " 點 " 的揭示，而不是 " 線 " 的切分。

到楊士弘《唐音》以 " 唐初盛唐詩 " 、 " 中唐詩 " 、 " 晚唐詩 " 等名目將整個唐代界分成武德至天寶末、天寶末至元和間、元和至唐末三個段落，才是正式的詩史分期。楊士弘的三分法在明初也有相當的影響；正如上文所論，很多人都將 " 盛唐 " （包括 " 唐初盛唐 " ）、 " 中唐 " 、 " 晚唐 " 三期視爲政治興衰在文學上的反映，因爲由開國到天寶以前，確是唐代國勢最鼎盛的時期。不過，就詩歌本身的發展來說， " 初、盛、中、晚 " 的四分法可能更加切合詩風的變化轉移，所以《唐詩品彙》的處理方法才廣爲後世接受。

正式標舉初、盛、中、晚的，高棅可能不是第一人。王行（ 1331－1395 ）在洪武三年（ 1370 ）寫的《唐律詩選序》就說過：

> 降及李唐，所謂律詩者出，詩之體遂大變。……均之律詩，其變又有四焉：曰初唐、曰盛唐、曰中唐、曰晚唐。有盛唐人而語偶近乎晚唐者，晚唐人而語有似乎盛唐者。晚唐似盛唐取之，盛唐似晚唐不取，蓋亦貴夫自然也，此又是編之例也。

從文中所見，他的論詩宗旨和高棅也有相通之處，可惜這個選本不見流傳，不知其中有沒有更具體的闡釋❷。

《唐詩品彙》於 " 四唐說 " 就有進一步的說明，其中最明確具體的分畫見於《詩人爵里詳節》一卷；高棅在此將全書入選的六百多人，除“帝王”及“有姓氏無字里世次”、“無姓氏”、“道士”、“衲子”、“女冠”、“宮閨”、“外夷”等另列之外，其餘分別按時序將武德至開元初（618－713）共125人畫作“初唐”，開元大曆初（713－766）共86人入“盛唐”，大曆至元和末（766－820）共154人入“中唐”，開成至五季（836－907或960）共81人入“晚唐”❸。只是其中“中唐”到“晚唐”間有十多年的空際，所以未能說盡善。然而高棅之說對明代中後期詩論的影響非常大，例如與王世貞約略同時的徐師曾（1517－1580）在《文體明辨》論“近體律詩”時說：

> 嘗試論之：梁陳至隋是為律祖；至唐而有四等，由高祖武德初至玄宗開元初為初唐，由開元至代宗大曆初為盛唐，由大曆至憲宗元和末為中唐，自文宗開成初至五季為晚唐。然盛唐詩亦有一二濫觴晚唐者，晚唐詩亦有一二可入盛唐者，要當論其大概耳。❹

正是直接套用高棅的分期。另外許學夷在《詩源辯體》的《世次》卷內，亦詳細開列四唐分期的具體情況，基本上仍是高棅分期的修訂而已❺。由是可知這種四唐分期已成為大部分詩論家的共識了。

四、定品目別高下正變：

初、盛、中、晚若果只是依時序按唐代紀元的先後作等分的

界畫，則只能算是＂唯名論＂（ nominalism ㊱ ）的標籤，＂文
學＂史的意義不大。但從高棅在《品彙總敘》開諯的話看來，所
謂初、盛、中、晚實在包含著文學史的價值觀：

> 有唐三百年，詩眾體備矣。故有往體、近體、長短篇、五七
> 言律句絕句等製，莫不興於始，成於中，流於變，而陊之於
> 終。至於聲律興象，文詞理致，各有品格高下之不同。㊲

初、盛、中、晚四期顯示出＂興於始＂、＂成於中＂、＂流於
變＂、＂陊之於終＂四個發展階段。高棅認爲唐詩各體在三百年
間起了不同階段的變化，所以要在＂校其體裁，分體從類＂之後，
還要＂隨類定其品目，因目別其上下始終正變＂，《凡例》的第
二、三兩條正是這項工作的說明：

> 諸體集內定立＂正始＂、＂正宗＂、＂大家＂、＂名家＂、
> ＂羽翼＂、＂接武＂、＂正變＂、＂餘響＂、＂傍流＂諸品
> 目者，不過因有唐世次、文章高下而分別諸卷，使學者知所
> 趨向，庶不惑亂也。
> 大略以初唐爲＂正始＂，盛唐爲＂正宗＂、＂大家＂、＂名
> 家＂、＂羽翼＂，中唐爲＂接武＂，晚唐爲＂正變＂、＂餘
> 響＂，方外、異人等詩爲＂傍流＂；間有一二成家特立與時
> 異者，則不以世次拘之，如陳子昂與太白列在＂正宗＂，劉
> 長卿、錢起、韋、柳與高、岑諸人同在＂名家＂是也。㊳

高棅所立的品目本由《唐音》的《始音》、《正音》、《遺響》發展而來。"始"、"正"、"遺"本來就有演化的意味❸，可惜楊士弘沒有視之爲顯示運動（movement）歷程的架構，尤其《遺響》之部，他只當是"附錄"、"補遺"之類，失去其時序的意義。高棅在《總敘》的"始"、"正"、"變"、"終"等字眼，卻是正面的探視作品於文學史上的演化價值（evolution-ary value）❹。至於"正宗"、"大家"、"羽翼"、"接武"等名目，則從文學史全局考察某家某體作品的高下，所標示的是其文學史地位❺。高棅又將這些代表明確價值觀的品目，與初、盛、中、晚四個分期相結合，使到價值判斷由時序的標誌顯出演化的歷程，而初、盛、中、晚也就不止於時期的標籤，更有實在的價值涵義；尤其因"正宗"、"大家"的品目坐落於盛唐時期，以盛唐詩爲基準的詩史觀就很明確了。不過高棅在處理每一詩體的發展時，並非刻板的遵依凡例的品目編排，事實上他亦聲明會有例外（"間有一二成家特立與時異者則不以世次拘之"），以下我們選取五言古詩和七言律詩兩體爲樣本，將其實踐的情況列成表五，以便分析（見次頁）。

　　由表五可見高棅對品目與四唐的配合並無硬性的結合規定，例如五古"正宗"既可包括盛唐的李白，也可包括初唐的陳子昂；五古"正變"是中唐的韓、孟，而七律"正變"是晚唐的李商隱等三人。再者同屬一人，崔顥的五古只是"羽翼"，而七律則屬"正宗"。這一點既可顯出高棅是按具體情況作出判斷，而不是先存概念，巧作調配；更反映出他以文學作品爲審視的對象，所以他所作的評價是文學的評價而不是文學以外的評價（例如大而

表五：《唐詩品彙》中五古、七律的品目、演化和分期

品目	演化歷程	分期++	分期+	五言古詩	分期+	七言律詩
正始	興	初	初	太宗——玄宗 51人	初	杜審言——孫逖 23人
正宗			初	陳子昂	盛	崔顥——王昌齡 14人
			盛	李白		
大家			盛	杜甫	盛	杜甫
名家	成	盛	盛	孟浩然——岑參8人		（不立此目）
			中	劉長卿——柳宗元4人		
羽翼			盛	崔顥——宋昱 51人	中	錢起、劉長卿
接武		中	中	德宗——孟簡 33人	中	韋應物——周賀 40人
正變	變		中	韓愈、孟郊	晚	李商隱、許渾、劉滄
餘響	終	晚	中	王建——姚合 13人	晚	杜牧——廖匡圖 34人
			晚	杜牧——李建勳 20人		

++ 依凡例第三條所作的概略分期。
+ 依《詩人爵里詳節》所界定的分期。

化之的"世道"的評價❷。比方說，崔顥所處的時代背景、政治環境不變，但其五古與七律的評價卻不同。這種"文學"的討論，事實上亦適宜在一種體裁的範圍之內進行，因爲這就可以集中注意力於這體裁內的文學元素：如語言的組合手段、處理各種題材的方法、詩體風格的達成等。《唐詩品彙總敍》一開始就指出唐詩"衆體備"，各體的"聲律、興象、文詞、理致"各有不同，可見高棅的注意力正在這些地方。

五、作爲學詩的範本：

前文提到楊士弘編《唐音》的一個目標是以之爲學詩的範本；高棅的《唐詩品彙》，也具有同樣的目的，他在《總敍》說：

> 余夙耽於詩，恆欲窺唐人之藩籬，首踵其域，如隍終南萬疊間，茫然弗知其所往。然後左攀右涉，晨躋夕覽，下上陟頓，進退周旋，歷十數年。厥中僻蹊通莊，高門邃室，歷歷可指數。故不自揆，竊願偶心前哲，採摭群英，芟夷繁蔓，裒成一集，以爲學唐詩者之門徑。❸

在凡例中又指出《品彙》分立品目的原因是"使學者知所趨向，庶不惑亂也。"當這些品目初次出現於五言古詩的《敍目》時，他又從指導初學的角度作說明，如：

> 正始："使學者本始知來，溯眞源而遊汗漫矣。"
> 正宗："使學者入門立志，取正於斯，庶無他歧之惑矣。"

名家：" 學者溯正宗而下，觀此足矣。 "

接武：" 俾學者知有源委矣。 "

各卷間有附錄，如七言古詩卷附 " 歌行長篇 "，五言排律卷附
" 長篇 "，他又說是 " 爲學者之助 "❹。可見他在編選《品彙》
時，指導初學的念頭恆存於心胸之中。

我們再簡單整理一下《唐詩品彙》的選錄情況，就可見到這
個學詩範本是極具規模的：

表六：《唐詩品彙》選錄唐詩的情況

	初	盛	中	晚	其他+	合計（首）
五　古 ++	196	723	443	76	70	1508
七　古 ++	46	269	237	11	42	605
五　律	239	345	361	171	92	1208
五　排 ++	193	122	199	20	55	589
七　律	56	81	171	178	41	527
五　絕	63	129	225	50	34	501
七　絕	42	180	360	166	88	836
六　言	2	5	17	0	0	24
七　排	1	0	1	1	1	4
合計（首）	838	1854	2014	673	423	5802
比重（％）	14.4	32.0	34.7	11.6	7.3	100

++ 卷中附錄該體長篇亦計算在內。

+ 其他即《詩人爵里世次》所列 " 有姓氏無字里世次 "、" 道士 "、
" 衲子 "、" 女冠 "、" 宮闈 "、" 外夷 " 等人的篇章；以下
統計亦仿此例。

全書分體選列了5802首❿，可說是自宋至明最大型的唐詩選本。明中後期詩論家討論唐詩，亦往往以此爲據。然而這個選本既以反映唐詩全貌爲目的（"凡不可闕者悉錄之"），所選就未必是他心中所認爲最値得學習的作品；事實上《品彙》這樣龐大的篇幅，初學者亦不易掌握，故此他要處處提點，要"學者詳之"、"觀者詳焉"❿。爲了要更清楚揭出唐詩的精純之作，他就再選了篇幅只有《品彙》六分之一的《唐詩正聲》，從後期坊間頻頻翻刻、合刻看來，《唐詩正聲》於民間所受歡迎的程度，可能更勝《品彙》。基於類似的想法，李攀龍又以《品彙》爲據，選錄了《古今詩刪》的唐詩部分，後來又成爲民間的流行選本❿。以下再就這兩個選本作出討論。

第四節　《唐詩正聲》與李攀龍選唐詩

高棅在《唐詩正聲》中指出，本書的編選是在《唐詩品彙》編定以後，"切慮博而寡要，雜而不純，乃拔其尤，彙爲此編"❿。書中不再分列"正始"、"正宗"等品目，只分體依世次先後排列，又不再收錄七言排律和六言詩。全書的選錄情況，大概可見下表（見次頁）：

表七：《唐詩正聲》選錄唐詩的情況

	初	盛	中	晚	其他	合計
五　　古	14	177	50	0	0	241
七　　古	0	70	39	0	0	109
五　　律	28	58	35	2	1	124
五　　排	20	30	20	1	0	71
七　　律	8	42	34	7	2	93
五　　絕	17	44	51	16	3	131
七　　絕	2	50	79	27	5	163
合計（首）	89	471	308	53	11	932
比重（％）	9.5	50.5	33.1	5.7	1.2	100

分期按《唐詩品彙·詩人爵里世次》所列

《唐詩品彙·凡例》的最後一條說：

> 是編之選詳於盛唐，次則初唐、中唐，其晚唐則略矣。 ⑨

《唐詩正聲·凡例》第三條又說：

> 以《正聲》采取者，詳乎盛唐也，次初唐、中唐；元和以還，
> 間得一二聲律近似者，亦隨類收錄。 ⑩

但我們若覆檢《唐詩品彙》入選詩篇的數量，會發覺中唐入選最
多，其次才是盛唐，又次是初唐、晚唐；除了作爲附錄的六言詩、
七言排律兩體不必計算之外，七種詩體中只有五言古詩的盛唐詩
篇較其他三唐多，其餘七言古詩到七言律詩六體，中唐入選的篇
數都比盛唐多，依此《凡例》之言好像就落空了。不過如果我們
參考施子愉就《全唐詩》中存詩一卷或一卷以上的詩人篇什所作
的統計，或者可以粗得一個梗概。《全唐詩》共 48900 餘首，施
氏統計了 33932 首，約佔全數的 69％；現列表如下（其中七言排
律有 70 首，因在此無比較意義，故在表中略去）❶：

表八：《全唐詩》收錄唐詩（一卷或一卷以上）的情況

		初	盛	中	晚	合　計
五	古	663	1759	2447	561	5466
七	古	58	521	1006	193	1778
五	律	823	1651	3233	3864	9571
五	排	188	329	807	610	1934
七	律	72	300	1848	3683	5903
五	絕	172	279	1015	674	2140
七	絕	77	472	2930	3591	7070
合計（首）		2853	5347	13286	13176	33862
比重（％）		6.1	15.8	39.2	39.9	100

在這裡運用施子愉的統計資料必需要極度審慎，因爲施子愉的統計對象不等於高棅所能探選的篇章。不過從此我們可以約略體會，中晚唐詩人的作品遠比初盛唐多（所佔比重分別是：39.2％及38.9％與6.1及15.8％之比）；再加上《唐音》以前的唐詩選本，多是"略於盛唐而詳於晚唐"，可以推想高棅所面對的材料，也是中晚唐多而初盛唐少；他在探選《品彙》的篇章時，已盡量多選初盛唐之作，所以盛唐詩和中唐詩的數量相差不遠（分佔32％及34.7％），而又大大超越了晚唐詩（11.6％）。另外，他又立有"正宗"、"正變"等品目，論詩宗旨就不需完全由數量來顯示了。

將《唐詩正聲》所選與其他數字比較，又可以理解他所謂"拔其尤"的意思；在《正聲》中，盛唐詩的入選達全數一半以上（50.5％），而中唐退爲三分一以下（33.1％）。七體之中只有五七絕的中唐詩比盛唐多，其餘五體都有所不及；而晚唐詩的數字則有更大的萎縮（只佔5.7％），所以重盛唐之音，以盛唐詩爲正格的宗旨就更彰明了。

《唐詩品彙》和《唐詩正聲》在嘉靖流行以後，對復古派詩論有多方面的影響，下文會有綜合的討論。在此我們先論復古派一個最直接的反應——李攀龍選唐詩。

明代刊行署名李攀龍編的詩選主要有《古今詩刪》和《唐詩選》。二書均是在李攀龍身後才刊刻的，所以頗有人懷疑其眞僞⑩。然而據現存資料看來，可知李攀龍生前一直從事編選《古今詩刪》的工作，而此書又由他的友人徐中行、汪時元校訂刊刻，王世貞寫序，除非我們假定王世貞與徐中行等串同作僞，否則此書的眞實性不應被懷疑⑩。

《古今詩刪》共三十四卷，卷1至卷9選錄古逸至南北朝古詩，卷 10 至卷22 選錄唐詩，卷 23 至 34 選錄明詩。其中唐詩部分選詩740首⑩。乍看其編次，會覺得非常古怪。卷10五古的張九齡列於陳子昂之前，卷 11 韋應物、柳宗元等列於崔顥之前，又不見有任何解釋。然而只要我們將集中的次序與《唐詩品彙》的次序比對一下，就會明白，原來其次序一依《品彙》，如張九齡的五古屬於"正始"一目，而陳子昂則被列爲"正宗"，所以張九齡就編在前面；同樣，韋柳的五古被列爲"名家"，而崔顥則屬"羽翼"，屬"名家"者居前而"羽翼"列後。再詳細覆檢二書，可知《詩刪》所載唐詩，幾全部從《品彙》中錄出，而次序亦跟隨《品彙》⑩。所以李攀龍實在也是從《品彙》"拔其尤"而編成《古今詩刪》的唐詩部分。其所選大略如下表：

表九：《古今詩刪》選錄唐詩的情況

		初	盛	中	晚	其他	合計
五	古	12	88	19	1	2	122
七	古	11	69	13	0	5	98
五	律	32	79	9	1	4	125
五	排	32	35	6	0	0	73
七	律	16	51	9	1	0	77
五	絕	11	35	24	3	5	78
七	絕	11	88	42	12	14	167
合計（首）		125	445	122	18	30	740
比重（％）		16.9	60.1	16.5	2.4	4.5	100

分期按《唐詩品彙·詩人爵里世次》所列

這裡選詩的規模比《唐詩正聲》略小，但盛唐詩所佔比重有更大的提升，佔全數的60.1％；晚唐更跌至2.4％，除七絕外，其餘六體只收0至3篇，可見受輕視的程度。由此而言，李攀龍詩選代表了求精純方向的再進一步。然而，我們要注意李攀龍選本的另一個重要目標：以此選體現他心目中的唐詩特色，這一點可能令李攀龍選詩的重點與前述幾個以初學範本爲目標的唐詩選本稍有差異。

李攀龍在《選唐詩序》說：

後之君子本茲集以盡唐詩，而唐詩盡於此。⓵

實際上唐詩現存近五萬首，《唐詩品彙》也收錄了近六千首⓵，《古今詩刪》的唐詩部分只有740首，說“唐詩盡於此”，當然不能從數量上著眼。李攀龍的意思是所有唐詩的最典型的代表作品已羅列在內，讀者（“後之君子”）只要能詳審這些選詩，就可以掌握唐詩的各種面貌。但據上表所列，《古今詩刪》中的中晚唐詩合共只佔全數的18.9％，盛唐詩卻佔60.1％，可知他所謂“唐詩”，也不是指整個唐代（依年代而言是武德元年〔618〕到天祐三年〔906〕）的詩，這不是一個朝代時期的概念，而是指同遵依某些文學規範，形成某種獨特風格的一種體類的詩篇；這些規範和風格，都是以盛唐詩爲基準；可能他認爲中晚唐詩大部分作品根本不是“唐詩”，所以不必“盡於”《古今詩刪》之中。

明白了李攀龍這個觀念，我們再可以分析書中一些選錄現象。

第四章討論過《選唐詩序》中"唐無五言古詩而有其古詩"一說反映的體類意識，李攀龍在序中批評唐代五古不如"正宗古詩"（以漢魏古詩爲其代表），但在集中卻收錄了唐代五古凡122首，在數量上，僅次於七絕的 167 首和五律的 125 首。序中說"陳子昂以其古詩爲古詩，弗取也"，但集中也選了陳子昂五古 7 首⓮，在初唐而言入選數量最高，總體來說也高佔全部入選的三十人中的第六位⓯，可見在他心中，包括陳子昂在內的唐代五言古詩，仍然是"唐詩"的一部分。他所謂"弗取"的陳子昂古詩，是那些混淆了古體和律體的作品⓰，他認爲這就不是"唐詩"了。證諸書中的選錄情況，大概是指陳子昂的《感遇》詩三十八首那類的作品，因爲《感遇》向來被視爲陳子昂追摹古作的代表作品⓱，而李攀龍卻一首也不選，只選了他的另一組名作《薊丘覽古贈盧居士藏用》六首和《訓暉上人夏日林泉》。這種有意的迴避還可由入選的李白詩篇察覺得到。李白有《古風》五十九首，後人也認爲是陳子昂《感遇》詩的後繼⓲。這些作品可能都是李攀龍所謂"以其古詩爲古詩"的作品，所以亦一首不選⓳。

反觀高棅的選本，如《唐詩品彙》選錄了 1508 首唐代五古，從敘目中可見高棅很重視唐代五古與漢魏五古的關係，其中提到的"通遠調"、"變雅正"⓴，就是說唐代五古超越了六朝綺靡之風，上接漢魏的古詩；陳子昂的五古也有 55 首入選（僅少於李白的 198 首、韋應物的 93 首、杜甫的 86 首），其中包括了《感遇》詩 36 首，都派入"正宗"一目之下。李白五古也選了 32 首《古風》。《唐詩正聲》在《品彙》當中"拔其尤"，也選了陳子昂五古 10 首，其中包括《感遇》7 首；選李白 35 首，包括《古風》7首，可見高棅以《感遇》詩爲陳子昂的代表作，視爲“正宗”的五言古詩；李攀龍的《古今詩刪》雖然以《品彙》爲據，但因爲他有力求純粹“唐體”古詩的想法，去取方向就有所不同了。

　　本書第三章論唐代的七言律體時，也提過《古今詩刪》的一些選錄現象及其意義，並指出李攀龍非常重視李頎的七律。現存李頎七律只有7首，也正是《唐詩品彙》所收的幾首。《唐詩正聲》拔選了其中4首，但《古今詩刪》在力求精嚴的情況下，仍把李頎的7首全數收錄。另外王維七律也選入 11 首，入選數量佔第二位，所以《選唐詩序》說：“七言律體，諸家所難，王維、李頎頗臻其妙”，以李、王二人爲七律的代表作家，證諸入錄情況，並無矛盾；但《選唐詩序》下文接著說：“卽子美篇什雖衆，憒焉自放矣。”⑮而《詩刪》卻選了杜甫詩 13 首，在數量上佔第一位，其間不能說沒有矛盾，事實上這也是第三章所講，復古派詩論家面對杜甫七律時所生的矛盾心態，因爲他們認爲杜詩“故多變態”，有“高于盛唐者”，有“不失盛唐者”，但也有“拙句累句”，“不能爲掩瑕”⑯。旣然杜甫是“高于盛唐”、“不失盛唐”的“大家”，唐詩選本當然不能不選，甚至不能不多選。所以《唐詩品彙》選了杜甫詩 32 首，《唐詩正聲》選了 16 首，都比其他諸家爲多。然而高棅別之爲“大家”而不是“正宗”，主要是根據杜詩的“超出盛唐”；李攀龍則因爲以“唐詩盡於此”爲鵠的，“不失盛唐”或“超出盛唐”的杜詩就以最高數量入選了。

　　類似的矛盾又存在於李白七言古詩的評價和選錄之間。《選唐詩序》批評李白的七古"往往強弩之末，間雜長語，英雄欺人耳"⑰。然而《詩刪》中又收錄了李白的七言古詩8首，在數量上居入選 40 家中的第三位（僅次於杜甫和高適）。可知李攀龍所選錄不一定是他認爲最好的作品，而是最能表現他心中的"唐詩"這個概念的作品。

明復古詩論一般認爲最好的作品就是最值得學習的作品，李攀龍選詩卻不全然以此爲目標。他要編集一本"唐詩"選本，而所謂"唐詩"只是他構想中的概念。固然他也選錄了不少復古派公認的名篇，也適合作爲學詩的典範，例如李頎的七律就是因此而被選錄的；但爲了表現他構想的"唐詩"概念，他也摒棄了很多復古派認爲宜於師法的篇章，或者選入了他們認爲不必仿習的作品。這種編選的宗旨，當然不易贏得復古派的一致贊同，因此他的選集就招來紛紛的議論，這一點下文再有討論。

第五節　唐詩選本與復古詩論的關係

前面有幾個章節都提及《唐詩品彙》等選本對明代復古詩論的影響，現在再將一些值得注意的現象，綜合作出分析。

李東陽曾說：

> 選詩誠難，必識足以兼諸家者，乃能選諸家；識足以兼一代者，乃能選一代。⑱

他的講法反映出一個常見的文學觀念——文學的價值是絕對的而

不是相對的，作品的好壞應該有＂定評＂，問題是有沒有足夠的
識力去判別而已。幾乎所有批評家都認爲自己就是最有識力的人，
但除非身兼選家的身分，他們多半不會將經自己識力判別的一套
文學正典一一羅列，可能他們根本也沒有一張詳細的清單。然而，
如果有一些大家都注意的選本出現，批評家要印證識力，就較爲
容易。無論從篇章的取捨、體例的安排，以至選詩的宗旨及相關
的文學觀念，都可以斟酌指點，表示認同或作出異議。以明代來
說，幾個重要的唐詩選本出現，正好引發了特別關注唐詩的復古
詩論家的種種意見。比方李東陽就批評過《唐音》和《三體唐詩》
＂有不必選者＂，《唐詩鼓吹》所選多爲＂卑陋＂之作⑲。但這
還是概括的議論，若果是選集的批點，如李夢陽、顧璘之批點
《唐音》，意見就會更直接、更具體了。例如顧璘在《批點唐詩
正音》中李商隱《錦瑟》詩下批注說：

　　詩以興意爲高，不以故實爲博；以音調爲美，不以屬對爲切；
　　此李、許二家識者不取也。⑳

一方面表明他對楊士弘於《正音》收錄李商隱、許渾二家七律的
不滿，另方面揭示＂興意＂爲宗的詩論。

　　《唐音》分畫《始音》、《正音》、《遺響》三部分，而以
《正音》爲尙的體例㉔，正好和復古詩論崇尙＂正格＂、＂正宗＂
的觀念相通，顧璘於此也就表示了不少意見。例如對＂遺響＂中
的作品重新檢閱，指出某些作品實可入《正音》；在孫革《訪羊
尊師》詩下說：

獨此一首似盛唐音調，可入《正音》。

高千里《步虛詞》下說：

不意晚唐有此，稍入古調，可入《正音》。

這些意見都是由《唐音》的架構所引發的。但從顧璘的批點中，也可以看到他的想法有部分已超出了《唐音》的觀念範圍，例如在這裡提到＂盛唐＂、＂晚唐＂，再參考他評點盧照鄰《長安古意》說：

詞語浮艷，骨力較輕，所以為初唐之音也。

評劉商《元使君自楚移越》說：

音律格調何忝＂中唐正音＂。⑫

可知他的唐詩分期概念已超出《唐音》的＂唐初盛唐＂、＂中唐＂、＂晚唐＂的三分法了。這一點我們也可參看李夢陽在《潛虬山人記》中引述他的弟子余育的話：

初唐色如朱甍而繡闥，盛唐者蒼然野眺乎，中微陽古松乎，晚幽巖積雪乎。⑬

亦以初、盛、中、晚四期分論唐詩，可見"四唐說"在《唐音》
流行期間，高棅《唐詩品彙》還未受注視時，已先存於復古派詩論
之中了。由此也可以見到復古詩論的發展超越了《唐音》的範圍
而漸漸與《唐詩品彙》所代表的觀念相接近。

　　可以進一步說明這個趨向的是辨體論的發展。論詩辨體之風
始自宋代"本色論"⓬，除《滄浪詩話》特立"詩體"一卷之外，
元代指導創作的詩話如楊載《詩法家數》等都有詩體分論的意見
⓭。《唐音》最直接的辨體工作是將所收唐詩區別其體製，按體
分編；再而是將難分者或不必分者，撥離《正音》。這些看似簡
單的工作對理論和批評都有推動的意義，前文已有討論。我們不
易證明《唐音》的辨體工夫對復古詩論有很直接的影響，但復古
派中人確有類似的思辨和行動。例如何景明就以"集中長短混列，
欲考體制以求作者之意，實煩簡閱"爲理由，按詩體重編王維詩
集，並"稍用己意去取之"⓮。《唐音》將"律調初變，未能皆
純"的唐初四子詩另編入《始音》一卷，可能刺激起復古派以調
之純雜爲論的實際批評，如顧璘在批點《唐詩正音》的盧照鄰《三
月曲水宴》詩說：

　　初變六朝，故"選"調與律調相雜。⓯

李夢陽在評點孟浩然詩時也多番從古律混雜的角度作批評⓰。至
於前兩章提到李東陽對辨析詩體的討論、李夢陽對五七言律詩特
質的分析，以至何景明提出師法前人要因應詩體之別而作出不同
的選擇，種種發展，在理論的層面上，又已超越《唐音》的規模

了。

　　高棅的唐詩選本，尤其《唐詩品彙》所代表的批評意識，本來就是《唐音》的進一步發展，其規模架構更能觸發復古詩論對唐詩的思索。只因流通不廣，以至鮮見談論。嘉靖以後，經過多次刊刻，漸漸成爲楊愼、謝榛、李攀龍等詩論家檢討唐詩所憑藉的重要工具。其中以楊愼對高棅選本最多批評。但總體來說，這時期復古詩論家的思考角度和方向，其實與《唐音》、《唐詩品彙》等選本的文學史意識是同一的。例如《唐詩品彙》雖然是專選有唐一代之詩，但高棅在每種詩體敍目的＂正始＂項下，都會稍爲提及該體在唐以前的情況，論述雖然粗疏，但對楊愼於五七言律詩的探源工作，相信有啓迪的作用⑲。《品彙》界畫初、盛、中、晚四期，說：

　　　　今試以數十百篇之詩，隱其姓名，以示學者，須要識得何者為初唐，何者為盛唐，何者為中唐、為晚唐。

其實不外想闡明初、盛、中、晚四期的＂聲律興象，文詞理致，各有高下之不同＂而已⑳。楊愼顯然也同意了四唐的分畫，而且也認同了高棅的辨析方法，他曾在《升庵詩話》中抄錄了余延壽的《折楊柳》和《南州行》二詩，說：

　　　　此二詩一見《英華》，一見《樂府》，蓋初唐人作也，所謂暗中摸索亦可知者，高棅乃編之中唐，真無見哉。㉛

《升庵詩話》又有《衛象＜吳宮怨＞》一條，在引述全詩之後說：

> 此詩與王子安《滕王閣》詩相似，少誦之，知為初唐人無疑，
> 而未有明證。偶閱《李嶠集》，有《詠衛象暘絲結》，知為
> 巨山同時。高棅選唐詩，乃收之晚唐，不考之甚矣。⓫

所謂"蓋初唐人作也，暗中摸索亦可知"、"少誦之，知為初唐
人無疑"，就是高棅的"隱其姓名"而能識得其為初、盛、中、
晚之意。楊慎目的是說高棅識力不高，而自己才真正具有這種辨
析詩風變化的能力⓭，其實認為唐詩有發展、有變化的看法是相
同的。楊慎又批評《唐詩正聲》五古部分收錄了陳子昂《送客》、
李白《登新平樓》及劉眘虛《海上詩送薛文學歸海東來》、崔曙
《潁陽東谿懷古》等詩⓮，認為這些詩"皆律也，而謂之古詩，
可乎"？而高棅有如"盲妁"，"取損罐而充完璧，以白練而為
黃花"，若有信從的讀者，楊慎更嘲之為"屧婿"；前文第四章
已就陳子昂的詩作出分析，並指出楊慎在此是從古詩的純度而作
辨體批評⓯。事實上，若碰上這些介乎古律之間的詩篇，處理的
方法有三種：一是如《唐音》對唐初四子詩的做法，另立一卷，
不強作分別；一是如《唐詩品彙》般盡量將所有詩篇分類，不完
全合律者就歸入古詩（楊慎矛頭所向的《唐詩正聲》只是照《品
彙》的歸類再作精選）；否則就如楊慎將接近律體者自古詩一類
剔出，他編集《五言律祖》就是根據這個想法，以為"六朝儷篇"
就是律體⓰。三種處理方法都是辨體工作，只是所採標準不同而
已。

　　楊愼特別批評《唐詩正聲》，是認為"正聲"應代表精純的
選擇，所取要最能顯示唐詩的價值。很多批評家都會從這個角度
批評各選本，前述李東陽就批評《唐音》等"有不必選者"，楊
愼又批評過《唐音》不應選王建的七言排律，《唐音》、《唐詩
品彙》不應選太多許渾詩等 ⑬。第三章又提及謝榛批評《唐詩品
彙》的"羽翼"、"接武"所選亦有不夠精純的作品 ⑱。

　　嚴格挑選最精純作品的想法，具體表現在李攀龍的《古今詩
刪》中，裡面的唐詩部分是他從《唐詩品彙》和《唐詩拾遺》的
六千餘首詩精選出來的。正如王世貞在《古今詩刪序》中說：

> 　　存詩而曰"刪"，曰"刪"者，刪之餘也。……令于鱗以意
> 而輕退古之作者間有之，于鱗舍格而輕進古之作者則無是
> 也。⑬

不過就因為李攀龍要"進退"作者的"意"不夠純一，不一定能
得到其他復古派的同意。王世貞在《藝苑卮言》說：

> 　　于鱗才可謂前無古人，至於裁鑒，亦不能無意向。

下文引述了《古今詩刪序》中有"以意輕退"而無"舍格輕進"
的話之後接著說：

> 　　此語雖為于鱗解紛，然亦大是實錄。⑭

說要"解紛"，可見當時議論之多。換句話說，李攀龍在《選唐詩序》中認爲自己已確立了一套"唐詩正典"，但他的詩選只激起更多的討論。例如王世貞就試圖針對個別的選擇提出意見說：

> 于鱗極嚴刻，卻收此，吾所不解。
>
> 于鱗不錄，又所未解。

有時批評相當嚴厲，如說：

> 于鱗選老杜七言律，似未識杜者。⑭

如果參看胡應麟就此作出的申述，其間的原因就會更明顯。他說李攀龍所選：

> 老杜律僅七篇，而首錄《張氏隱居》之作，既於輿論不合，又（與）己調不同。英雄欺人，不當至是。

又說：

> 如近李于鱗選唐詩，與己所作略無交涉，若並波及其詩，則非公論也。⑭

胡應麟認爲李攀龍所選杜甫律詩與七律創作的主張是兩回事，在他心目中所選詩應該就是創作典範，所以批評李攀龍"英雄欺人"

⑭。許學夷也批評李攀龍的詩選說：

> 李于鱗《古今詩刪》，……其去取之意，漫不可曉，大要黜
> 才華，尚氣格，而復有不然。姑摘其最異者，……唐五言古
> 《感遇》，不取陳子昂而取張九齡。七言歌行，高適取十二
> 篇而岑參五篇；孟浩然一篇，不取《鹿門歌》而取《送王七
> 尉松滋》。七言律，太白一篇，取《鳳凰臺》而遺《送賀
> 監》。

又說：

> 李于鱗《唐詩選》，較《詩刪》所錄益少，中復有《詩刪》
> 所無者。其去取之意，亦不可曉。

他批評李攀龍的出發點，也見於下面兩段說話：

> 若于鱗詩選，又與己作略無交涉，良可怪也。
> 于鱗《詩選》……似宗雅正，而實謬戾，學者苟不睹諸家全
> 集，不免終為所誤耳。孔子惡似而非，予於于鱗亦云。⑭

他的想法也和胡應麟相同，認為詩選的取向應能配合創作主張，
而初學可以遵此而師法，李攀龍的宗旨不在於此，難免不得諒解。

不過正因為李攀龍是復古派的重要倡導人，雖然所選不能成
為公論，但也不是沒有知音。例如胡震亨特別讚揚他的選本說：

李于鱗一編復興，學者尤宗之。……李選刻求精美，幸無贗寶誤收。王弇州以為于鱗"以意輕退作者有之，舍格輕進作者無是也。"良為篤論。

只是批評他"唐詩盡於此"的講法：

顧欲以是盡唐，侈言此外無詩，則過矣，宜有識者之不無遺議爾。⑭⑤

在此以外，李攀龍的選擇和意見予當時詩壇以至後世的影響還是不小的，如李頎七律地位的提升，張若虛《春江花月夜》之成為名篇等，都與李攀龍的選詩有關⑭⑥；而唐體古詩概念的產生，建立唐詩正典的企圖等等，都隨著他的詩選和《選唐詩序》的廣受議論而深入復古詩論家的意識之中。

復古詩論發展到後期，愈來愈自覺地要求對古代詩歌傳統有全面而系統的認識，這亦反映在他們對各種唐詩選本的檢討和評鑒之中。例如胡應麟說：

唐至宋元，選詩殆數十家，《英靈》、《國秀》、《間氣》、《極玄》，但輯一時之詩；荆公《百家》，缺略初、盛；章泉《唐絕》，僅取晚、中；至周弼《三體》，牽合支離；好問《鼓吹》，薰蕕錯雜。數百餘年未有得要領者。獨楊伯謙《唐音》頗具隻眼。然遺杜、李，詳晚唐，尚未盡善。蓋至明高廷禮《品彙》而始備，《正聲》而始精，習唐詩者必熟二書，始無他歧之惑。⑭

胡震亨又說：

> 自宋以還，選唐詩者，迄無定論。大抵宋失穿鑿，元失猥雜，
> 而其病總在略盛唐，詳晚唐。至楊伯謙氏始揭盛唐為主，得
> 其要領；復出四子為《始音》，以便區分，可稱千古偉識。
> 惟是所稱《正音》、《餘響》者，于前多有所遺，于後微有
> 所濫。而李杜大家，猥云示尊，未敢並驚，豈非唐篇一大闕
> 典？高廷禮巧用楊法，別益己裁，分各體以統類，立九目以
> 馭體，因其時以得其變，盡其變以收其詳，斯則流委既復不
> 紊，條理亦得全該，求大成于唐調，此其克集之者矣。⑭

胡應麟又提到“習唐詩者”，可以再次見到他的立足點，他和胡
震亨對《唐音》和《唐詩品彙》的看法大致相同，而胡震亨的批
評更詳細。他讚揚《唐音》取盛唐的宗旨和畫分《始音》的卓識；
高棅更能因應楊士弘所立的基礎而擴充改善，區分詩體、定立品
目，顯示唐詩的發展和變化，這些稱頌的說話一方面固然是因
《唐詩品彙》的特點而發，另一面也反映出他們的詩史觀念的成
熟。

　　另一個後期復古詩論家許學夷對《唐詩品彙》的評價似乎沒
有上述兩人的高：

> 高廷禮《唐詩品彙》，謂唐宋以來選唐詩者“立意造論，各

該一端”，僅取楊伯謙《唐音》而復有所詆，故其選較諸家為獨勝。至其所分，有“正始”、“正宗”、“大家”、“名家”、“羽翼”、“接武”、“正變”、“餘響”之目，似若有見，而實多未當。如初唐五言古，以太宗、虞、魏、王、楊、盧、駱、沈、宋諸公為“正始”，既已大謬；而五言律、排律，復以太宗、虞世南諸公及陳、杜、沈、宋為正始，則又無別；至五七言古，以太白為“正宗”、子美為“大家”，既淺之乎知李，而以韓退之、孟東野、李長吉、王建、張籍為“正變”，是亦豈識“正變”耶？且於元和以後，多失所長，又未可名“品彙”也。⑭

連《品彙》之名都要褫奪，看來高棅這選本極不愜意；但細看之下，許學夷所不滿的是各品目中詩家編派的具體安排，對高棅樹立的架構，以“正始”、“正宗”、“大家”、“正變”等品目顯示唐詩的演變以及其評價，並無反對之意。事實上胡震亨對《唐詩品彙》的架構亦有細緻的分析：

夫盡唐宜何如，亦惟用《品彙》之例，稍潤色焉而可。詩在唐一代，體數變矣。取數變之體，統列一卷之內，自衰盛相形，妍醜互眩，兩存既嫌尾或穢貌，盡棄又惜她堪續月，故必各自為域，庶兩無奪。倫此《品彙》之分編者，即繁雜得奏全勳；而諸選之合輯者，縱精嚴難免觭弊也。高所詮九目，強半允愜，惟律詩“正變”一目內，許渾、李頻、馬戴平調不足稱變，或尚有杜牧、薛能、李洞諸人足擇。五古則夷中、

鄴、駕葷，似亦可附郊、愈末，以終變風。斯皆可商者。其
最陋五言排律連卷錄省試詩，何所取義？而大謬在選中晚必
繩以盛唐格調，概取其膚立僅似之篇，而晚末人真正本色，
一無所收；李、杜兩家，尤多為宋人之論所囿，不能別出手
眼，有所去取。藥此眾病，更于初、盛十去二三，益如之；
于中唐十去四五，益二三；于晚唐十去七八，益三四，唐選
其有定本乎！假我數年，亮可卒業。⑩

我們在此參照胡震亨的意見分點，將許學夷和胡震亨等所考慮的
幾個方面稍作分析：

　　1.有唐一代的詩歌經歷不同的變化，其中有盛有衰：這種從
動態的角度看詩歌的不同風格，是明代復古派詩史觀的基礎。

　　2.盛衰不同的詩歌不宜同列：這當然是從學詩者的角度著眼；
認為供師法的典範作品不宜摻入水準較次的作品。這也是楊士弘
標立"正音"、高棅另選"正聲"的動機。但展現唐詩各種風貌
又是全面認識唐詩傳統所必需，所以最好按不同的特質和水平分
隸不同的品目。

　　3.高棅於"正變"的安排不合詩史的實際情況：《唐詩品彙》
的架構最有文學史意義的是"變"的處理，但胡震亨和許學夷也
於此處有最多意見。許學夷著力批評了五言古詩、五言律詩和五
言排律的"正始"，五七言古詩的"正變"，都是"變"的關鍵
——"正始"是由"未正"轉變為"正"，"正變"是由"正"
轉為"變"；胡震亨也不滿《品彙》中五言律詩和五言古詩的
"正變"。許、胡二人與高棅意見不同的主要原因，可能是對

"變"的理解不同。《品彙》雖說有表現各期"品格高下"的企圖，但始終有"詳盛唐"的傾向，往往要求在"變風"之中找尋"聲之純"者⑮，也就是胡震亨批評的"選中晚必繩以盛唐格調"，於是"晚末人眞正本色，一無所收"，許學夷批評的"於元和之後，多失所長"。後期復古詩論家對於"變"雖然也採批判的態度，但卻認爲要如實紀錄，如許學夷所說的"各錄其時體，以識其變"⑫。

4.《唐詩品彙》部分選錄有不當之處：許學夷和胡震亨的引文都舉列了不少他們對《品彙》選錄詩人和篇章的不同意見。部分固然有其立意的宗旨，但部分也可能只是出於個人好嗜的不同。例如胡震亨批評高棅於李杜二家：

> 尤多為宋人之論所囿，不能別出手眼，有所去取。

其實高棅在《五言律詩敍目》"大家"項下特別聲明自己選杜詩是：

> 非舊選所常取，余於欲離欲近取之矣，觀者詳焉。⑬

是否"別出手眼"，只是見仁見智的問題。此外許學夷有時讚揚《品彙》不錄某篇"良是"，有時又批評某篇入錄"大是可笑"⑭。這些個別篇章的討論，其理論意義當然不及前三點就全局立論那麼重要⑮。

正如上文所說，復古詩論發展到後期，其思慮愈趨周密，愈要求對古代詩歌傳統有整體的認識，《唐詩品彙》的架構所顯示出的系統意識很能配合這些想法，所以胡震亨就想到借用《品彙》的綱目，稍作修補增刪，就能有＂盡唐＂的定本，意思是這樣就能夠將唐詩發展的眞正面貌顯示，換句話說，這是他把握唐代詩史的具體方略。

另外胡應麟也說過類似的話；他認爲《唐詩品彙》和《唐詩正聲》雖然＂十得八九＂，但仍未盡善，所以預備作出修訂：

> 取王、楊、韓、白諸百家唐集遍閱之，益《品彙》之遺而大芟其蕪雜，損《正聲》之劣而畢聚其菁英。此則工力差易而僕亦自計足辨者，……顧丘陵川澤，因之高下易耳；新寧草創，非超世之識未易云也。⑯

可見高棅的詩選與他的想法是融合無間的。

至於對《唐詩品彙》有較多批評的許學夷，其思辨方向實在與高棅相差不遠，在《詩源辨體》中，尤其討論唐詩時，經常都運用＂正宗＂、＂入聖＂、＂入神＂、＂正變＂、＂大變＂等術語；例如五言古詩，他就以陳子昂、薛稷、岑參爲＂正宗＂，李白、杜甫爲＂入神＂，錢起、劉長卿爲＂正變＂，元和諸子、李商隱、杜牧等爲＂大變＂⑰。分類較簡，但所究心者仍然是由＂未正＂而＂正＂，＂正＂而＂變＂等的發展過程，由此可見其構思與《品彙》的同型。

綜合而言，唐詩選本與復古詩論之間的關係可說非常複雜，各種選本予批評家的各種影響也不一定能夠清楚的一一線畫，然而根據上文的討論，我們都會發覺復古詩論家一般對唐詩選本都很留心，這當然與復古詩論以唐詩爲主要的學習典範有關。進一步而言，唐詩究竟實指那些作品，應如何掌握唐詩的眞正面貌，《唐音》、《唐詩品彙》、《唐詩正聲》、《古今詩刪》等都從不同的角度提供了解答這些問題的線索。其中《唐詩正聲》和《古今詩刪》的選拔精純之作以爲唐詩的表徵的做法，配合了復古詩論追求正宗、正統的理想；《唐詩品彙》則大力推動了復古詩論家的文學史意識；而《唐音》則對這兩個方向又有啓迪之功。要深入瞭解復古詩論，這幾個重要選本所起的作用，實在不能忽略。

注　釋：

❶ 見王瑤：《關於中國古典文學問題》（上海：古典文學出版社，1956），頁45－50。

❷ 《明史》，卷286，頁7336。

❸ 《四庫全書總目》，卷189，頁6上。

❹ 參見復旦大學中文系編：《中國文學批評史》，中冊，頁246；敏澤：《中國文學理論批評史》，頁656；成復旺、蔡鍾翔、黃保眞：《中國文學理論史》（北京：北京出版社，1987），第三冊，頁31；龔顯宗：《明初詩文論研究》，頁158；馬茂元：《從嚴羽的＜滄浪詩話＞到高棅的＜唐詩品彙＞》，載馬茂元：《晚照樓論文集》，頁189。

❺ 《懷麓堂詩話》，頁1376。其中"但分體過於細碎"句的"過"字原闕，據《李東陽集》本補。（見第2卷，頁537。）

❻ 有關各唐詩選集的情況可參孫琴安：《唐詩選本百種提要》（西安：陝西人民教育出版社，1987），頁76－79，66－68，61－62，69－71。

❼ 瞿佑：《歸田詩話》（《歷代詩話續編》本），頁1235、1248；都
穆：《南濠詩話》（《歷代詩話續編》本），頁1349、1364。

❽ 蘇伯衡：《蘇平仲文集》，卷4，頁19上－21上。然而林敬伯之選卻不
見載於明代的書誌，不知有沒有刊行。

❾ 均見楊士奇：《東里集·續集》，卷19，頁6下－7上，頁7上，頁9
下。

❿ 楊榮《和唐詩正音》有成化十四年（1478）吳汝哲刊本。

⓫ 《四庫提要》云："此本題張震輯註。震字文亮，新淦人，其仕履始末
及朝代先後皆未詳。註極弇陋，……殆必明人也。"（載《唐音》〔《四
庫全書》本〕卷前。）《提要》因爲張震的註"弇陋"而說必是明人所
爲，這個講法不大可靠。另外《提要》又說曹安《讕言長語》提及丹陽
顏潤卿註本，但不及見。查此本原名《唐音緝釋》，宋訥在至正十四年
（1354）曾爲此本寫序。（見宋訥《西隱集》〔《四庫全書》本〕，
卷6，頁30下－31下。）可知是元末刊本。

⓬ 《懷麓堂詩話》，頁1385。然而《東里集》中卻不見此序。

⓭ 陸深：《儼山集》（《四庫全書》本），卷38，頁10上下。

⓮ 參簡錦松：《明代中期文壇研究》，頁187。

⓯ 顧璘在《題批點唐音前》說："余弘治間舉進士，請告還江南，始學詩，
一意唐風，若所批點《唐音》，乃其用力功程也。"（見顧璘：《批點
唐音》〔《湖北先正遺書》本〕，卷首。）按顧璘於弘治九年登進士，
故此本的批點工作應在此年之後不久完成。

⓰ 周復俊（嘉靖十一年〔1532〕進士）在《評點唐音序》說："念壬辰
獲雋禮闈，我師吏部蘇門高公手授空同批點《唐音》，丹鉛爛然，飛駕
塵品。"（載黃宗羲編：《明文海》，卷221，頁24上。）又，李維楨
（王世貞晚輩交游的"末五子"之一）有《顧李批評唐音序》，講及當
時有將顧璘及李夢陽的批點並刻的本子。（見李維楨：《大泌山房集》

〔明萬曆金陵刊本〕，卷9，頁25上－26下。）可見李夢陽應曾批點《唐音》，並有流傳，可惜現在已經遺佚。

⑰ 參周弘祖：《古今書刻》（與高儒《百川書志》合刊；上海：古典文學出版社，1957），頁325、330、374、376、380。

⑱ 邵天和在嘉靖五年（1526）的序文中說："楊伯謙……取於盛唐者太嚴，而於晚唐似又頗恕，以李、杜、韓三大家不與，尚自不能無遺憾。……故自初唐至晚唐，昔所遺者今並收之；昔所恕者，今且汰之；三氏之作，則倍蓰於諸家；凡爲卷十五，總曰《唐音大成》。……此帙既成，實正德之甲戌春也。"（見邵天和：《重選唐音大成》〔明嘉靖五年宜興刊本〕，卷首。）

⑲ 周弘祖《古今書刻》有《唐詩品彙》和《唐詩正聲》各兩次刊刻紀錄。（見頁357、374、336、352。）不過《古今書刻》已是嘉靖以後的書誌了。在嘉靖以前也不是完全沒有人談論過高棅的選本，但情況都比較特殊，不足以證明當時的流通情況。詳參本章第二節。

⑳ 楊士奇的書目中載有《唐音》，另外又記有《唐詩拾遺》一部二冊，但因爲沒有記錄編者名氏，所以不知和高棅《唐詩品彙》之後附刊的《唐詩拾遺》有無關連。（見楊士奇：《文淵閣書目》〔《四庫全書》本〕，卷2，頁50上。）但以楊士奇對唐詩的重視，在《東里集》中完全不提高棅，可見其書在館閣中並不流行。

㉑ 楊士奇《錄楊伯謙樂府》說："楊伯謙，名士弘，其先襄城人，後官臨江，遂家焉。"（《東里集·續集》，卷19，頁9下。）

㉒ 楊士弘：《唐音名氏并序》，見楊士弘：《唐音》（至正四年刊本），卷首，頁6上下。有關各選本的情況可參孫琴安：《唐詩選本六百種提要》，頁7－10，20－22，16－18，38－42，69－71，47－49，50－51，66－68。然其中曾蒼山孫琴安誤作魯蒼山。

㉓ 參閱下文所列選錄數量表。又，這本選集不選李白、杜甫和韓愈三家，

所以成爲後人的話柄。

㉔ 《唐音·凡例》，頁1下。

㉕ 分見《唐詩正音》，卷1《目錄》，頁1上下；卷4《目錄》，頁1上－2上。

㉖ 《唐音名氏幷序》，頁1上－5上。

㉗ 。分見《唐音遺響》，卷1《目錄》，頁1上－2上；卷2《目錄》，頁1上－2上；卷3《目錄》，頁1上－3上。

㉘ 《唐詩正音·本卷篇首》，頁1上下。

㉙ 《唐音遺響·總目幷序》，頁1下。

㉚ 《唐詩正音·本卷篇首》，頁1上。

㉛ 虞集：《雍虞先生道園類稿》（元至正五年〔1345〕刊本），卷17，頁22下－23上；又載《唐音》卷前。

㉜ 參《樂記第十九》，《禮記正義》，卷37，頁4上下；《毛詩序》，《毛詩正義，卷1之1，頁6上－7上；《離婁章句下》，《孟子注疏》（《十三經注疏》本），卷8上，頁12上。

㉝ 《雍虞先生道園類稿》，卷17，頁22下。

㉞ 虞集曾從理學家吳澄遊，喜好邵雍之書，更以"邵庵"爲室名，所以持道學觀點論詩絕不出奇。（虞集生平可參宋濂：《元史》〔北京：中華書局，1976〕，卷181，頁4174－82。）

㉟ 《西隱集》，卷6，頁31上下。

㊱ 《蘇平仲文集》，卷4，頁19下－21上。

㊲ 這種"正變"的解釋，當是由《詩大序》的"風雅正變"觀念而來。（參朱自清：《詩言志辨》，收入《朱自清古典文學論文集》〔上海：上海古籍出版社，1981〕，頁319－335。）

㊳ 分見《和唐詩正音》，卷首，頁1上下；卷後，頁1上、2下。

㊴ 《唐音輯註》（建安葉氏刊本），《後序》，頁1上下。

㊵ 《唐音名氏并序》，頁6下。

㊶ 很多學者討論高棅的時候，都只以《唐詩品彙》爲據。例如方孝岳:《中國文學批評》，頁151－157；朱東潤：《中國文學批評史大綱》，頁186－196；龔顯宗：《明初詩文論研究》，頁153－158。甚至有學者懷疑《唐詩正聲》是否出於高棅之手。例如屈萬里就曾提出這個懷疑。（見屈萬里：《普林斯敦大學葛思德東方圖書館中文善本書志》〔台北:藝文印書館，1975〕，頁503－504。）不過早自高棅門人林誌在永樂年間寫的《漫士高先生棅墓志》，已說他有《唐詩正聲》之編，而且據後來有關刊刻的資料看來，《唐詩正聲》應該是高棅所編。（參林誌：《漫士高先生棅墓志》，《國朝獻徵錄》，卷22，頁61上－62下，以及下文第二節的討論。）今人對高棅《唐詩正聲》作正面討論的，有蔡瑜:《高棅詩學研究》〔台灣大學碩士論文，1985〕，頁144－181。

㊷ 《唐詩拾遺》（附《唐詩品彙》後），《序》，頁1上。

㊸ 均見《唐詩品彙》卷首。其中馬得華序署洪武辛巳，其實應是建文三年。

㊹ 此序除見於葛思德圖書館藏萬曆刊本之外，還收入清刊吳中珩本；另外沈子來編《唐詩三集合編》（明天啓四年〔1624〕吳興刊，清康熙修補本）亦收有此序。可惜完全沒有提到編選的經過。

㊺ 《唐音癸籤》，頁326。

㊻ 見桂天祥：《批點唐詩正聲》，卷首，《凡例》，頁3上下。按：葛思德藏萬曆本卷首另有《重刻唐詩正聲凡例》，明顯是書商所另擬。

㊼ 此序見於吳中珩刊本及美國國會圖書館藏嘉靖刊十卷本卷首。

㊽ 見同上，頁1下。

㊾ 高棅：《高漫士嘯臺集》（明成化十九年〔1483〕刊本），卷首，黃鎬序。

㊿ 黃鎬：《唐詩正聲序》，頁1下。

(51) 張恂：《重訂唐詩品彙序》，《唐詩品彙》（崇禎年間張恂重訂本），卷首，頁1下。

(52) 《四庫全書總目》，卷175，頁46下。

(53) 周弘祖《古今書刻》亦有這次江西刊本的記錄。（見頁357。）

(54) 黃鎬爲正統十年（1455）進士，成化十六年（1480）任南京戶部尙書。（本傳見《明史》，卷157，頁4301。）

(55) 參閱黃鎬爲《唐聲正聲》、《嘯臺集》、《木天淸氣集》（明成化二十年〔1484〕刊本）所寫各篇序。

(56) 桑悅《跋唐詩品彙》說："唐人好吟詠，傳凡三百餘家眞有盛、中、晚之殊，唐業隨之可考也。楊仲弘（士弘）等所選，俱得其柔熟之一體，唐人詩技要不止此。國朝閩人高棅有《唐詩品彙》五千餘首，……要其見亦仲弘之見。"（見《明文海》，卷212，頁25下－26上。）

(57) 胡纘宗序亦見載多個《唐詩正聲》版本之中。此據桂天祥本，卷首，頁1上。

(58) 王世貞說："胡孝思〔纘宗〕嘗爲吾吳郡守，才敏風流，前後罕儷。公暇多游行湖山園亭間，從諸名士一觴一詠，題墨淋漓，遍於壁石。"（見《藝苑卮言》，頁1058。）

(59) 楊愼曾說："近見蘇刻本某公之序，乃謂《正聲》其格渾，其選嚴。"（見《升庵詩話》頁784。）《升庵詩話》爲楊愼謫戍雲南以後所作，胡纘宗在蘇州寫《唐詩正聲》序文之年，楊愼正因上疏議大禮，兩被廷杖，當無暇講論詩文，旋被謫雲南，以後生活才慢慢安定下來，於閒暇中寫成各則論詩文字。（參《明史·楊愼傳》，卷192，頁5081－83；王仲鏞《升庵詩話箋證·前言》，頁11。）

(60) 牛斗爲嘉靖十四年（1535）進士。此本見載於邵懿辰著，邵章續錄：《增訂四庫簡明目錄標注》（上海：上海古籍出版社，1979），頁909。

(61) 《四友齋叢說》，頁223－224。

㉒ 潘光統：《唐音類選》（嘉靖刊本），卷首，黃佐序，頁1上。

㉓ 到萬曆年間沈子來編《唐詩三集合編》時就說"《唐音》坊刻頗少"，而《唐詩正聲》世多佳刻"了。（見《唐詩三集合編·凡例》，頁2上。）

㉔ 《鳴盛集》（《四庫全書》本）只錄詩賦，並無論詩之語。

㉕ 《唐詩品彙·凡例》，頁1上。

㉖ 除了虞集之言選了兩則，題爲傅與礪作的《詩法源流》選了3則之外，其餘諸人都只選1則。（見《唐詩品彙·歷代名公敍論》，頁1上－6下。）

㉗ 高棅在《學古錄》中說："古何學？學乎詩。詩可學乎？曰：可。學而得之乎？曰學其上者得其中，學其中者斯爲下矣。"也是套用嚴羽所說："故曰：學其上僅得其中，學其中斯爲下矣。"（見《高漫士嘯臺集》，卷1，頁1上；《滄浪詩話校釋》，頁1。）

㉘ 高棅的論詩文字也頗有因襲楊士弘之跡。例如《學古錄》中就有襲用《唐音序》的文字。（參《高漫士嘯臺集》，卷1，頁1下；《唐音名氏并序》，頁6上。）

㉙ 《唐詩品彙·總敍》，頁3下－4上。

㉚ 同上註，《凡例》頁1上下。

㉛ 這正是楊士弘說"《正音》以五七言古律絕各分類者，……欲以便於觀者"之意。（見《唐音·凡例》，頁1下。）

㉜ 《四庫全書總目》，卷186，頁27下。此說出自馮舒、馮班合編《二馮評點才調集》。原書未見。《唐詩選評釋》引馮班的話說："《古意》原是樂府，故平仄不協。《品彙》派以爲律詩，故改卻其許多之字。"又說："下葉爲寒砧催之，若作'木'字，呆而可笑，此亦《品彙》之所改，以與下句相對。雖然'木葉'可對'遼陽'、'征戍'如何可對'寒砧'耶？"又說："結末'誰知'與'使妾'，文義甚明，一改作'誰爲'、'更教'便成不通。"（見題李攀龍選，森大來評釋，江俠

菴譯述：《唐詩選評釋》〔香港：商務印書館，1958〕，頁329。)
《唐詩品彙》所載沈佺期《古意》詩是："盧家少婦鬱金堂，海燕雙棲
玳瑁梁；九月寒砧催木葉，十年征戍憶遼陽；白狼河北音書斷，丹鳳城
南秋夜長；誰爲含愁獨不見，更敎明月照流黃。"（見《唐詩品彙》，
卷82，頁1下－2上。)

⑦ 許學夷亦曾注意到這些現象，他說："古人爲詩不憚改削，故多可傳，
……嘗觀唐人諸選，字有不同，句有增損，正由前後竄削不一故耳。如
沈佺期'盧家少婦鬱金堂'，《搜玉集》較今〔原誤作'金'〕本，但
'少婦'作'小婦'、'音書'作'軍書'；《才調集》則'盧家少婦'
作'織錦少婦'、'白狼'作'白駒'、'誰謂'作'誰知'、'更敎'
作'使妾'，不但工拙不侔，其乖調竟似梁陳。然《才調集》乃唐末人
選，而猶未從改本者，蓋彼但見初本，尙未見改本故也。"許學夷認
爲傳本用字不同是因爲詩人先後稿有更動；但他也曾指高棅刪張說的
《傀松篇》末二句，派入律詩。（均見《詩源辨體》，頁150、151。)

⑦ 如胡應麟說："文章自有體裁，凡爲某體，務須尋其本色，庶幾當行。"
王世懋評晚唐七絕說："晚唐快心露骨，便非本色。"都是基於這種辨
體理論。（分見《詩藪》，頁21；《藝圃擷餘》，頁779。)

⑦ 參第三章第四節論"唐人七律第一"部分兩人對沈詩的批評。

⑦ 《唐詩品彙》，卷30，頁13下－14上。又，楊士弘亦將此詩收入《唐詩
正音》的七律卷上。

⑦ 《詩藪》，頁51。

⑦ 《詩源辯體》，頁171－172。

⑦ 參朱自清：《詩言志辨》，頁346－349；朱東潤：《中國文學批評史
大綱》，頁189；復旦大學：《中國文學批評史》，頁243。

⑧ 有關分期的理論可參Tak-wai Wong（黃德偉），"Period Style
and Periodization: A Survey of Theory and Practice in the

Histories of Chinese and European Literature," *New Asia Academic Bulletin*, Vol.1（1978）, pp. 45 – 67.

⑧ 《滄浪詩話校釋》,頁52 – 53。

⑧ 《半軒集》,卷6,頁1下 – 2上。

⑧ 另外高棅在《總敍》中對初、盛、中、晚再"詳而分之",以虞世南到上官儀等人之作爲"初唐之始製",陳子昻到張說等爲"初唐之漸盛",李白到常建爲"盛唐之盛";韋應物到李嘉祐爲"中唐之再盛",柳宗元到賈島爲"晚唐之變";杜牧到李群玉爲"晚唐變態之極"。其中柳宗元以後說是"晚唐之變"與《詩人爵里詳節》所列不同;然而後者的分期將所有入選詩人分列四期,應該比《總敍》所分審愼。（見《唐詩品彙‧總敍》,頁1上 – 2下。）

⑧ 徐師曾:《文體明辯》（京都:中文出版社,1982影印和刻本）,卷14,頁1下。

⑧ 《詩源辯體‧世次》,頁1 – 12。

⑧ René Wellek 稱之爲"extreme nominalism",認爲這種方法不能顯示文學史的方向。（參*Theory of Literature*, p.262.）

⑧ 《唐詩品彙‧總敍》,頁1上。

⑧ 同上註,《凡例》,頁1下 – 2上。

⑧ 所以不少人將"始"、"正"、"遺"與"盛"、"中"、"晚"等同,以爲指三個階段。

⑨ "Evolutionary value"一詞是指文學作品在歷時層面的意義,比以前的作品有何改革,對後來的作品有何推動作用。（參陳國球:《文學結構的生成、演化與接受》,頁143 – 145。）

⑨ "傍流"一目專指"道人、衲子、宮閨、仙怪,及有姓氏無世次可考者",所以並不是文學史地位的類別。（見《唐詩品彙‧五言古詩敍目》,頁15上。）

㊈ 雖然高棅也曾說："時有廢興，道有隆替，文章與時高下，與代終始"一類的話，但顯然不是他詩論重點。（同上註，頁13上。）

㊝ 同上註，《總敍》，頁3上、下。

㊚ 同上註，《五言古詩敍目》，頁3上、4下、7上、11上；《七言古詩敍目》，頁9下；《五言排律敍目》，頁9上。

㊟ 據汪宗尼刊本核實；然《敍目》說錄詩5769首，少有參差。

㊜ 見同上註，《凡例》，頁2上；《五言律詩敍目》，頁4上。

㊞ 葛思德藏本的《凡例》說："吾朝選唐詩者不下數十家，昔宗廷禮，近推于鱗。"又說："坊間有以《唐音》、李選與《正聲》合刻者，有以李選與《正聲》合刻者。"《四庫提要》論李攀龍《唐詩選》說："至今盛行鄉塾間，亦可異也。"可見二書的流行情況。（分見《唐詩正聲》〔萬曆刊本〕，《重刻唐詩正聲凡例》，頁1上；《四庫全書總目》，卷192，頁33下。）

㊠ 《批點唐詩正聲·凡例》，頁3上。

㊡ 《唐詩品彙·凡例》，頁3上。

㊢ 《批點唐詩正聲·凡例》，頁3下。

⑩ 見施子愉：《唐代科舉制度與五言詩的關係》，《東方雜誌》，第40卷，第8期（1944），頁39。

⑩ 王世貞有《古今詩刪序》。文中說："李攀龍于鱗所爲《古今詩刪》成，凡數年而歿，歿而新都汪時元謀梓之，走數千里以序屬世貞。"（見《弇州山人四部稿》，卷67，頁8上。）又，凌濛初《唐詩廣選序》說："粵自歷下《刪》成，元美攜其本歸吳中，館客某者潛錄之，頗有軼落，他日客復館先君子所，出其本相示，家仲叔欣然授諸梓，而《選》始傳。後元美觀察吾郡，見而語先君子曰：'此當有漏，其完者子與行且校之。'先君子更從子與所請得其原抄本，則子與時已有手鉛評騭之草犂然秘之書簏，已而《古今詩刪》出，《刪》止載子與名，不存其筆，此

《選》與《刪》各行之始末也。嗣後晉陵蔣仲舒取所爲《選》而箋釋之，詮載既詳，揚榷咸備，博雅欣賞，海內家傳戶習之，以爲李《選》正是矣。"（見《唐詩廣選》〔明吳興凌氏刊本〕，卷首。）可知二書都不是李攀龍生前所刻。另外《四庫提要》的敍述較簡，但認定《古今詩刪》爲眞本，而《唐詩選》爲書商僞託。（見《四庫全書總目》，卷189，頁23下；卷192，頁33下。）楊松年《李攀龍及其<古今詩刪>研究》亦同意《四庫提要》的講法。（見楊松年：《中國古典文學批評論集》〔香港：三聯書店，1987〕，頁109。）然而日本學者平野彥次郎卻認爲《唐詩選》出版先於《古今詩刪》，而且應該最接近李攀龍的原稿；《詩刪》的唐詩部分可能是在《唐詩選》的基礎之上任意補添而成，因爲《唐詩選》的次序依是《唐詩品彙》，反而《詩刪》稍有淆亂，似是後來的增添，而增補者很可能是徐中行或汪時元，因爲明詩部分收徐、汪詩多於其他明詩選本，故最有可疑。（見平野彥次郎：《唐詩選研究》〔東京：明德出版社，1974〕，頁24－56。）

⑩ 王世貞在《藝苑卮言》中多次提及李攀龍的選詩工作。如：頁1004、1005、1007、1049、1051、1063、1064。從他論述的語氣看來，並沒有懷疑當時流傳的《古今詩刪》是僞書。

⑩ 這是據《四庫全書》本作的統計。有關各種版本的異同可參許建崑：《李攀龍<古今詩刪>與相關<唐詩選>各版本的比較》，《東海中文學報》，第6期（1986年4月）；後收入《李攀龍文學研究》，頁290－308。

⑩ 少數篇章採自《唐詩拾遺》。如：五古有李頎《送綦母三謁房給事》（《古今詩刪》，卷11，頁2上；《唐詩拾遺》，卷1，頁20上），五絕有韋應物《答李澣三首》（《古今詩刪》，卷20，頁7下；《唐詩拾遺》，卷4，頁5上）。又有小部分文字歧異。如七絕李白的《舟下荆門》（卷21，頁5上），《品彙》作《秋下荆門》（卷47，頁6上）；

七律沈佺期《同杜員外審言過嶺》第四句"青山瘴癘不堪聞"（卷16，頁2下），《品彙》詩題前多"遙"字，"青山"作"崇山"（卷82，頁4上）。此外也間有一些篇章前後互易。變動最大的是卷 21－22 的七言絕句。其中劉長卿以下（卷22，頁6下），似從前面脫落而後再補入。平野彥次郎以此爲後人妄圖補添《唐詩選》的主要證據。（見《唐詩選研究》，35－38。）然而編次之亂可能是李攀龍自己於初選後再作增補。觀其於《品彙》之倫次也不作調動，可知他初編唐詩時，尚未考慮要按世次整理。或者他是先從《品彙》勾起所選，請人抄定，預備到最後才再重新編次；但這項工作尚未正式完成，所以汪時元等刊刻時也就只好依初稿的編次。七絕兩卷編次特亂，當然也有可能出於書坊刻工之誤。許建崑就指出吳國倫曾抱怨汪時元所刊印書不精。（見《李攀龍文學研究》，頁291。）基於種種的可能，平野之說實在難成定論。

⑩⑥ 《滄溟先生集》，卷18，頁1下。

⑩⑦ 高棅《唐詩拾遺序》說："《唐詩拾遺》附于《品彙》之後，足爲百卷，以成集。或曰：唐詩於此盡矣。吁！尚何能盡之哉？蓋唐世以詩取士，士之生斯世也，孰不以詩鳴其精深閎博，窮極興致；而瑰奇雅麗者，往往震發；散落天地間篇什之多，莫可限量。矧余之窮山獨處，力勢孤微，無以博觀天儲四庫之盛，徒貽坐井之譏耳。然嗜好之篤，夙志未平，冀待將來之歲月，得以窮探遠討，續錄別抄，庶見唐詩之集大成者，此予之素願也。"（頁1上、下）李攀龍應該看過高棅的序文，然而兩人所說的"盡"唐詩意義不同；高棅所說是網羅總攬，李攀龍所說是精選典型。

⑩⑧ 其他詩體陳子昂的入選情況是：七古，0首；五律，3首；七律，0首；五排，2首；五絕，1首；七絕，0首；連五古合共入選13首，於初唐僅次於沈佺期的17首。

⑩⑨ 入選數量最高的前幾位是：杜甫，17首；李白，9首；儲光羲，9首；

高適，8首；韋應物，8首；陳子昂，7首；王維，7首。

⑩　參第四章第一節。

⑪　早自皎然《詩式》已說："子昂《感寓》三十首，出自阮公《詠懷》。"
　　（見皎然著，李壯鷹校注：《詩式校注》〔濟南：齊魯書社，1986〕，
　　頁162。）

⑫　朱熹說："（李白）《古風》兩卷，多效陳子昂，亦有全用其句處，太
　　白去子昂不遠，其尊慕之如此。"（見《朱子語類》，頁3326。）

⑬　許學夷就曾經批評他於"唐五言古《感遇》不取陳子昂而取張九齡"，
　　"其去取之意，漫不可曉。"（見《詩源辯體》，頁367。）

⑭　《唐詩品彙·五言古詩敍目》，頁3上。

⑮　《滄溟先生集》，卷18，頁1下。

⑯　參王世懋：《藝圃擷餘》，頁777，以及本書第三章第二節。

⑰　《滄溟先生集》，卷18，頁1上。

⑱　《懷麓堂詩話》，頁1376。

⑲　同上註。

⑳　《批點唐音》，卷10，頁1上。

㉑　《唐音遺響·總目幷序》，頁1下。

㉒　分見《批點唐音》，卷15，頁19下，頁57上；卷1，頁11下；卷15，頁
　　15上。

㉓　《空同集》，卷48，頁12下。

㉔　參陳國球：《胡應麟詩論研究》，第四章，《本色的探求與應用》，頁
　　82－86；龔鵬程：《論本色》，見龔鵬程：《詩史本色與妙悟》（台
　　北：學生書局，1986），頁93－136。

㉕　參楊載：《詩法家數》，頁728－732。

㉖　《大復集》，卷34，頁2上下。

㉗　《批點唐音》，卷1，頁14上。

⑫ 參本書第四章第四節的討論。

⑫ 楊慎選有《五言律祖》，此外《升庵詩話》中亦記載他對七言律詩、七言排律、絕句等的探源。（見《升庵詩話箋證》，頁135－136，140－144，78。）

⑬ 《唐詩品彙·總敘》，頁3上、1上。這種方法實源於嚴羽的"辨體製"。（見嚴羽：《答出繼叔臨安吳景仙書》，附錄於《滄浪詩話校釋》，頁252。）

⑬ 《歷代詩話》本《升庵詩話》將《余延壽》一則與《南州行》一則分列，然據王仲鏞之說，兩條應並列；再參《唐詩品彙》，其中收有余延壽《折楊柳》、《南州行》二詩，可知楊慎本據此作批評。（分見《升庵詩話》，頁711、772；《升庵詩話箋證》，頁209－211；《唐詩品彙》，卷18，頁9上下。）

⑬ 《升庵詩話》，頁900。

⑬ 高棅於《品彙》的五古"接武"一目收錄了余延壽《折楊柳》、《南州行》二詩，在《詩人爵里詳節》中又將余延壽列作中唐間人。《全唐詩》卷114收徐延壽詩，下注："徐一作余。"（見彭定求等編：《全唐詩》〔北京：中華書局，1979〕，頁1165。）《唐詩紀事》記載："延壽，開元間江寧人，處士也。"（見計有功：《唐詩紀事》，頁257。）楊慎說他是初唐人，當比高棅作中唐人較近真相。至於《吳宮怨》，《品彙》收入七言古詩中"旁流"一目，作為"有姓氏無字里世次可考九人"之一，《詩人爵里詳節》亦同；另外衛象則列作中唐人，下注"字長林，大曆間司空曙同時人，官為侍御。"（分見《唐詩品彙》卷37，頁3上下，及《詩人爵里詳節》，頁49上、28下。）《唐詩紀事》記衛象說："乃知象大曆間江陵詩人也。"（頁664）《全唐詩》卷295收衛象詩亦說他是大曆人（頁3353），另卷773"世次不可考者"收有衛萬《吳宮怨》（頁8767）。楊慎之說犯了幾個錯誤：一是閱讀《品彙》時不

夠仔細，可能因見《吳宮怨》收在七言古詩的最後一卷，就以爲高棅編之爲晚唐作品；其次是誤以衞萬爲衞象，又說李嶠集中有《詠衞象錫絲結》，證明衞象是初唐人，然據王仲鏞《升庵詩話箋證》的考查，李嶠根本無此詩（頁 207）；衞象既不是初唐人，也不是《吳宮怨》的作者。高棅以衞萬爲"世次不可考"，只是實錄，算不得是錯誤，只是不符前述"隱其姓名"而識得初盛中晚之說而已。胡應麟《詩藪》曾論此詩說："王勃《滕王閣》、衞萬《吳宮怨》，自是初唐短歌，婉麗和平，極可師法。"又說此詩"高華響亮，可與王勃《滕王閣》詩對壘"，用楊愼意而無其誤。（見《詩藪》，頁51、52。）

⑬④ 見《批點唐詩正聲》，卷1，頁2下；卷2，頁9上；卷1，頁5下－6上；卷1，頁6上下。

⑬⑤ 參第四章第三節。

⑬⑥ 楊愼《五言律祖序》說："北風南枝，方隅不忒，紅妝素手，彩色相宣，是儷律本于西漢也。豈得云切響浮聲，興于梁代；平頭上尾，創自唐年乎？近日雕龍名家，凌雲鴻筆，尋濫觴于景雲重拱之上，著先鞭于延清必簡之前，遠取宋齊梁陳，徑造陰何沈范，顧于先律，未有別編。愼犀渠歲暇，隃麋日親，乃取六朝儷篇，題爲《五言律祖》。"（見王文才、張錫厚輯：《升庵著述序跋》，〔昆明：雲南人民出版社，1985〕，頁199。）

⑬⑦ 《升庵詩話》，頁882、821－2。

⑬⑧ 參第三章第二節。

⑬⑨ 《弇州山人四部稿》，卷67，頁9上。

⑭⓪ 《藝苑卮言》，頁1064。

⑭① 同上，頁1004、1010、1007。

⑭② 均見《詩藪》，頁191－192。

⑭③ 王世貞評《古今詩删》時也說過："豈所謂英雄欺人，不可盡信耶？"（見

《藝苑卮言》，頁1064。）可見胡應麟所想與王世貞相同。

144 均見《詩源辯體》，頁367－368。

145 《唐音癸籤》，頁326。

146 有關李頎七律可參本書第三章第四節；張若虛詩參程千帆：《張若虛<春江花月夜>的被理解和被誤解》，載霍松林編：《全國唐詩討論會論文選》（西安：陝西人民出版社，1984），頁23－41。

147 《詩藪》，頁190－191；又胡應麟在《與顧叔時論宋元二代詩十六通》之六說："唐宋選詩，《國秀》、《英靈》、《極玄》、《間氣》，皆漫無倫次；《鼓吹》等集，尤爲可嗤；周氏主裁，方氏主格，牽泥一偏；僅《唐音》粗備一代，而簡擇未精，蒐輯未廣。至庭禮二編，庶幾十得八九矣。"（《少室山房類稿》，卷118，頁4上。）

148 《唐音癸籤》，頁326。

149 《詩源辯體》，頁364。

150 《唐音癸籤》，頁326－327。

151 《唐詩品彙·五言古詩敍目》，頁13下。

152 《詩源辯體·凡例》，頁2。

153 《唐詩品彙·五言律詩敍目》，頁4上。

154 例見《詩源辯體》，頁214、231。

155 胡應麟在上引的一封信中對於《唐詩品彙》的"缺點"又提出一種解釋："而時際國初，元風未滌，兵燹之後，載籍多湮，耳目所羈，故難盡善也。"（《少室山房類稿》，卷118，頁4上。）

156 同上註，頁4上下。

157 他所謂"正宗"是指正式顯示唐詩特色的詩人詩篇，與高棅稍有不同，所以沈佺期、宋之問的律詩都被他列爲"正宗"，而高棅的"正宗"和"大家"則接近許學夷的"入聖"、"入神"，如五七言詩的"入聖"是李杜，而律詩的"入神"就是盛唐的高岑王孟；"正變"與"大變"

則以離＂正宗＂的特色多遠而定，如元和諸子的古詩＂開宋人門戶＂，
所以是＂大變＂。（參《詩源辯體》，頁146、155、179、193、
223、248、306等。）

第六章 餘 論

第一節 唐詩與復古派的創作

本書前幾章一直強調，明代復古詩論的終極目標是創作，所有對前代詩歌的討論都是爲了創作而作的準備，例如《四溟詩話》記載：

子客京時，李于麟、王元美、徐子與、梁公實、宗子相諸君招余結社賦詩。一日，因談初唐盛唐十二家詩集，幷李杜二家，孰可專爲楷範？或云沈宋，或云李杜，或云王孟。予默然久之，曰："歷觀十四家所作，咸可爲法。當選其諸集中之最佳者，錄成一帙，熟讀之以奪神氣，歌詠之以求聲調，玩味之以裒精華。得此三要，則造乎渾淪，不必塑謫仙而畫少陵也。夫萬物一我也，千古一心也，易駁而爲純，去濁而歸清，使李杜諸公復起，孰以予爲可敎也。"諸君笑而然之。是夕，夢李杜二公登堂謂余曰："子老狂而遽言如此。若能出入十四家之間，俾人莫知所宗，則十四家又添一家矣。子其勉之！" ❶

復古派在同輩間談詩論藝時，時常想到"孰可楷範"，希望通過學習鍛鍊，然後憑藉自己的優秀作品而成為文學史上的一家。這種觀念其實很接近艾略特（T. S. Eliot）在《傳統與個人才能》一文的構想：詩人要認識傳統，從傳統中得滋養，最後加入傳統，成為傳統一分子❷。照謝榛所講，這個詩學傳統之中，唐詩是最重要的組成分子之一❸。在這種理論影響之下，他們的詩作與唐詩的關係一定非常密切。以下預備就此問題作一探討。

首先要指出的是，即使復古派中人都承認，不是每一個復古派的作家的每一種作品都有同樣的水平，例如胡應麟就說：

> 獻吉學杜，趨步形骸，登善之模《蘭亭》也；于鱗擬古，割裂餖飣，懷仁之集《聖教》也。必如獻吉歌行，于鱗七言律，斯為雙雕並運，各極摩天之勢。❹

王世貞也批評李夢陽的七律說：

> 七言雄渾豪麗，深於少陵，抵掌捧心，不能厭服眾志。

又評李攀龍擬古詩說：

> 于鱗擬古樂府，無一字一句不精美，然不堪與古樂府並看，看則似臨摹帖耳。

可見不無微詞；但對於李夢陽的歌行則稱讚說：

七言歌行縱橫如意，開闔有法，最為合作。歌行之有獻吉也，
其猶龍乎！❺

王世懋論及李攀龍七律時又說：

李于鱗七言律俊潔響亮，余兄極推轂之；海內為詩者，爭事
剽竊。❻

胡應麟又說：

于鱗七言律絕，高華傑起，一代宗風。❼

可見稱賞之多。
　　對於二李這兩種備極推崇的作品，復古派都認為是因學唐詩
得其法而獲致的成果。胡應麟說：

（歌行）惟獻吉宗師子美，併奪其神。
國朝學杜者，獻吉歌行，如龍跳天門，……獻吉得杜之神，
……皆未嘗用其一語，允可為後學法。❽

許學夷又說李夢陽的歌行：

雖學子美，而馳騁縱橫實有過之，……蓋獻吉斗山一代，實
在歌行。❾

如果我們舉李夢陽其中一首名作《林良畫兩角鷹歌》爲例，可以
見到他效法杜甫而能靈活變化的情況。原詩是：

> 百餘年來畫禽鳥，後有呂紀前邊昭。
> 二子工似不工意，吮筆決眥分毫毛。
> 林良寫鳥只用墨，開縑半掃風雲黑。
> 水禽陸禽各臻妙，掛出滿堂皆動色。
> 空山古林江怒濤，兩鷹突出霜崖高。
> 整骨刷羽意勢動，四壁六月生秋颼。
> 一鷹下視睛不轉，已知兩眼無秋毫。
> 一鷹掉頭復欲下，漸覺颯颯開風毛。
> 匹絹雖慘淡，殺氣不可滅。
> 戴角森森爪拳鐵，迴如愁胡眥欲裂。
> 朔風吹沙秋草黃，安得臂爾騎駉鐵？
> 草間妖鳥盡擊死，萬里晴空灑毛血。
> 我聞宋徽宗，亦善貌此鷹。
> 後來失天子，餓死五國城。
> 乃知圖寫小人藝，工意工似皆虛名。
> 校獵馳騁亦末事，外作禽荒古有經。
> 今皇恭默罷游燕，講經日御文華殿。
> 南海西湖馳道荒，獵師虞長俱貧賤。
> 呂紀白首金爐邊，日暮還家無酒錢。
> 從來上智不貴物，淫巧豈敢陳王前？
> 良乎良乎，寧使爾畫不直錢，

無令後世好畫兼好畋。❿

當然我們可以從字詞的對照見到此詩與杜詩類同的痕跡，例如
"戴角森森爪拳鐵"略似杜甫《姜楚公畫角鷹歌》的"楚公畫鷹
鷹帶角，殺氣森森到幽朔"；"迥如愁胡皆欲裂"略似杜甫《王
兵馬使二角鷹》的"目如愁胡視天地"；"草間妖鳥盡擊死，萬
里晴空灑毛血"略似杜甫《畫鷹》的"何當擊凡鳥，毛血灑平蕪"
⓫；不過這些字詞的沿用，本是做詩的常法⓬，更重要的是整首
詩的運思與組織。從這一方面看來，我們就較難指定李詩如何模
擬杜甫。不鄉線索還是可以追尋出來的。

　　這首詩先由畫師說到畫，接著寫畫中鷹的捕獵英姿，轉筆寫
宋徽宗善畫，帶出帝主好淫樂之弊，映襯當日孝宗皇帝的勤政不
嬉，以致獵師、畫師的投閒置散⓭。沈德潛在《明詩別裁集》評
此詩說：

　　　從畫說到獵，從獵開出議論，後畫獵雙收，何等章法！筆力
　　　亦如神龍蜿蜒，捕捉不住。⓮

這種寫法，正是杜甫題畫詩的特色。沈德潛又在《說詩晬語》說：

　　　唐以前未見題畫詩，開此體者老杜也。其法全不粘畫上發論，
　　　如題畫馬畫鷹，必說到真馬真鷹，復從真鷹開出議論，後人
　　　可以為式。⓯

再參看沈德潛評杜甫《韋諷錄事宅觀曹將軍畫馬圖》說：

> 因畫馬說到真馬，因真馬說到天子巡幸，故君之思，惓惓不
> 忘，此題後開拓一步法。⓰

這首杜甫歌行由"憶昔巡幸新豐宮"而下八句，就是將畫意與昔
日君主的景況相提，帶出議論和感慨；再結合沈德潛的剖析，我們
就可以隱約看到李夢陽詩章法的淵源⓱。另外杜甫又有《楊監又
出畫鷹十二扇》五古一首，詩中又由畫中鷹的英姿寫到開元玄宗
畋獵的盛況，然後因題畫鷹而感嘆當前戰亂頻仍，獵鷹只能投閒
於山中⓲。仇注說：

> 寫一畫鷹，而世之治亂，身之用舍，俱在其中，真是變化百
> 出。⓳

李詩也隱用此法而反其意。杜甫以不暇獵為江山多亂的比況，而
李夢陽則以獵師畫師不得重用而喻當前帝主勤政，反指好畋獵畫
藝為荒怠的表現，由是可見李夢陽的承襲與更新。

再說李攀龍的七律，胡應麟也有深入的分析：

> 于鱗七言律所以能奔走一代者，實源流《早朝》、《秋興》、
> 李頎、祖詠等詩。大率句法得之老杜，篇法得之李頎。屬對
> 多偏枯，屬詞多重犯，是其小疵，未妨大雅。"紫氣關臨天
> 地闊，黃金臺貯俊賢多"，"萬里悲秋長作客，百年多病獨

登臺 ”，少陵句也。“九天閶闔開宮殿，萬國衣冠拜冕旒”，
“雲裡帝城雙鳳闕，雨中春樹萬人家”，王維句也。“秦地
立春傳太史，漢宮題柱憶仙郎”，“南川粳稻花侵縣，西嶺
雲霞色滿堂”，李頎句也。“三山半落青天外，二水中分白
鷺洲”，“瑤臺含霧星辰滿，仙嶠浮空島嶼微”，青蓮句也。
“萬里寒光生積雪，三邊曙色動危旌，沙場烽火侵胡月，海
畔雲山擁薊城”，祖詠句也。“千門柳色連青瑣，三殿花香
入紫微”，“花迎劍佩星初落，柳拂旌旗露未乾”，岑參句
也。凡于鱗七言律，大率本此數聯。今人但見黃金、紫氣、
青山、萬里，則以于鱗體，不熟唐詩故耳。中間李頎四首，
尤是濟南篇法所自。❷

在此胡應麟將李攀龍的七律的根源一一點出，尤其聲明李頎的影
響。我們試將李頎的《送魏萬之京》與李攀龍的《送皇甫別駕往
開州》並排而讀，大概會更了解二者的傳承關係：

送魏萬之京　　　　　李　頎

朝聞遊子唱離歌，昨夜微霜初度河；
鴻雁不堪愁裡聽，雲山況是客中過。
關城曙色催寒近，御苑砧聲向晚多；
莫是長安行樂處，空令歲月易蹉跎。❷

送皇甫別駕往開州　　李攀龍

銜杯昨日夏雲過，愁向燕山送玉珂。
吳下功名諸弟少，天涯宦跡左遷多。
人家夜雨黎陽樹，客渡秋風瓠子河。
自有呂虔刀可贈，開州別駕豈蹉跎？㉒

李攀龍刻意取資於李頎詩的地方非常明顯，例如李攀龍詩中的＂昨
日＂與李頎詩的＂昨夜＂同是講及離別那天以前的時刻；＂夏雲
過＂與＂雲山客中過＂詞義不同意境相似；＂送玉珂＂與＂唱離
歌＂同樣點明送別；＂人家夜雨＂兩句與＂昨夜微霜＂句亦類同；
＂自有呂虔＂兩句與＂莫是長安＂兩句，一是撫慰，一是勸勉，
用意不殊而用字又相同。以聲律而言，二詩同是平起首句押韻七
律，同用下平五歌韻。這許多的相同之處，絕不是偶然的現象。
當然李攀龍的詩亦不是普通的模擬複製，事實上其中隱藏了相當
幅度的變奏。李頎詩一開首就用了所謂＂倒戟而入＂的筆法，先
說離別，然後追述前一夜的景象，以下則順次舖排，由客途
而達目的地，再展望將來。全詩只有首聯是較曲折的安排，
以後一氣直下，步步相連。李攀龍的開首沒有了那種＂先得
勢＂的筆法，但以下的安排卻大有不同。其中最重要的特點就是
時空的往返交錯：例如＂昨日＂是往，＂送玉珂＂是今；＂吳下
詩名＂是昔日，＂天涯宦跡＂是目前；＂人家夜雨＂與＂客渡秋
風＂沒有先後的指標，但相對於＂夏雲＂當是較近當前的描寫；
＂呂虔刀＂帶著三國時代的歷史意識，＂開州別駕＂則是預想履

任後的事業。這樣的運意安排肯定比李頎詩複雜，針線更加緊密。
但李攀龍將這些細密的針線隱藏在平順的聲調之下，他選用了同
李頎詩一樣自然順暢的格律；在相同的表象之下，埋伏了更曲折
的時空意識。我們不必評畫其高下，但於文學技巧方面，李攀龍
顯然用力較多❷。

以上檢閱的是復古派公認的高水平作品的兩例，其他大家當然
也有師習前人的地方，如何景明詩，胡應麟的看法是：

> 就仲默言，古詩全法漢魏，歌行短篇法杜，長篇王楊四子，
> 五七言律法杜之宏麗，而兼取王岑高李之神秀，卒於自成一
> 家，冠冕當代。

王世貞所學更博，胡應麟說他：

> 古詩枚、李、曹、劉、阮、謝、鮑、庾，以及青蓮、工部，
> 靡所不有，亦鮮所不合。歌行自青蓮、工部以至高、岑王、
> 李、玉川、長吉，近獻吉、仲默，諸體畢備。……五七言絕
> 句，本青蓮、右丞、少伯，而多自出結構，奇逸瀟灑，種種
> 絕塵。

總體來說，他認為明代的特色應該是承襲前人：

> 盛唐而後，樂選律絕，種種具備，無復堂奧可開，門戶可立。
> 是以獻吉崛起成弘，追師百代；仲默勃興河洛，合軌一時。

古惟獨造，我則兼工，集其大成，何忝名世。詩至於唐而格備，至於絕而體窮。……明不致工於作，而致工於述；不求多於專門，而求多於具體，所以度越元宋，苞綜漢唐也。㉔

許學夷也很贊成胡應麟的意見，例如評述李攀龍等人的七律時，就先引胡應麟之說，再加申論：

胡元瑞云："七言律開元之後，便到嘉靖。雖圭角巉巖，鋩穎峭屬，視唐人性情風致，尚自不侔；而碩大高華，精深奇絕，人驅上駟，家握連城，名篇傑作，布滿區宇。古今七言律之盛，極於此矣。"愚按：元瑞此論，於于鱗諸子最為公平，且字字精切，無容擬議。今人第以其語意多同，幷多用"乾坤"、"日月"等字，遂幷其高處棄之，此雖識性淺鄙，抑亦袁氏之說中之也。㉕

"袁氏之說"是指公安三袁的言論；連同鍾惺、譚友夏等反復古的詩論，許學夷都一一申斥：

近袁氏鍾氏出，欲背古師心，詭誕相尚，於道為難。……漢魏六朝，體有未備，而境有未臻，於法宜廣；自唐而後，體無弗備，而境無弗臻，於法宜守。論者謂"漢魏不能為《三百》，唐人不能為漢魏"，既不識通變之道，謂我明諸公"多法古人，不能自創自立"，此又論高而見淺，志遠而識疏耳。

照許學夷的理解，復古派師法古代正統的詩作所造達的成就是極高的，在文學史上亦必有其價值與地位。反復古的言論只能動聽一時；他們反對尊尚盛唐，其實不外另選學習對象，務爲新奇而已：

> 且二氏旣以師心爲尚矣，然於學漢魏、學初盛唐則力詆毀，學齊梁晚季，又深喜之。唐世修謂："拾古人久棄之唾餘，眩今人厭常之耳目，又未見其能師心也。"夫擧業求售於一時，而詩文定論於後世。歷考宋、元、國初，於長吉、張（籍）、王（建），蓋多有學之者，而後世泯焉無聞。卽今日之所尚，而他日之定論可知。❷⑥
>
> 蓋中郎、伯敬尚偏奇、黜雅正，一時後進雖爲所惑，後世苟能反正，其惑易除。❷⑦

他的理論根據就如胡應麟所講的，盛唐後"無復堂奧可開，門戶可立"，他說：

> 世多稱獻吉倣鞏，于鱗倣古。予謂：國朝人詩，惟二子可稱自立門戶，如獻吉七言古、于鱗七言律是也。蓋詩之門戶前人旣已盡開，後人但七分宗古，三分自創，便可成家。中郎一派僅拾唐末五代涕唾，今人不知，以爲自立門戶耳。❷⑧

胡應麟所謂"立門戶"是說另創新格，許學夷說二李"自立門戶"、"成家"是指能夠在文學史上爭一席位。當然胡許二人也不是看不到復古派創作的一些毛病，如許學夷就指出：

七子七言律碩大高華者多，而溫雅和平者少，祇是不能通變。
……李本寧"學唐太過"之說，實為七子藥石。㉙

胡應麟也批評過李攀龍七律說：

於杜得其正不得其變，故時困於重複。

又批評李攀龍和吳國倫的詩說：

然于鱗則用字多同，明卿則用句多同，故十篇而外，不耐多
讀，皆大有所短也。㉚

不過照他們的邏輯，這些問題只是"小疵，未妨大雅"，許學夷說：

于鱗七言律，冠冕雄壯，俊亮高華，直欲逼唐人而上之。其
俊亮處或有近晚唐者，餘子亦然。然二十篇而外，句意多同
，故後人往往相詆。然唐人七言律，李頎諸公僅得數篇，尚
足不朽，于鱗嚴選可得二十餘篇，顧不足以傳後耶？㉛

從胡應麟、許學夷等屢次用到"何忝名世"、"奔走一代"、
"他日之定論"、"顧不足以傳後耶？"等語，就可知到他們對
於復古派的文學史地位是充滿信心的。

然而復古派所帶動的學古學唐風氣，卻沒有贏得一致的讚賞。

在明代先有公安三袁反對復古派模習唐詩的創作方法，如袁宏道
《敍小修詩》說：

> 蓋詩文至近代而卑極矣，文則必欲準于秦漢，詩則必欲準于
> 盛唐，勦襲模擬，影響步趨，見人有一語不相肖者，則共指
> 以為野狐外道。曾不知文準秦漢矣，秦漢人曷嘗字字學六經
> 歟？詩準盛唐矣，盛唐人曷嘗字字學漢魏歟？秦漢而學六經，
> 豈復有秦漢之文？盛唐而學漢魏，豈復有盛唐之詩？

袁宏道所反對的，主要是復古派作品的模擬痕跡，如《答梅客生
開府》說：

> 空同才雖高，不免為工部奴僕。

《答徐見可太府》又說：

> 于鱗有遠體，元美有遠韻，然以摹擬損其骨。

甚至認為唐詩不必學，《答張東阿》說：

> 僕竊謂王李固不足法，法李唐，猶王李也。唐人妙處，正在
> 無法耳。

又在《敍小修詩》稱讚袁中道詩說：

> 不效顰於漢魏，不學步於盛唐，任性而發，尚能通于人之喜
> 怒哀樂、嗜好情欲，是可喜也。❸

不過袁宏道所非議的是復古派的創作理論，針對的是追隨復古派
的末流詩人，沿襲格套、千篇一律的詩作❸，對於李夢陽等大家
的作品並沒有作具體的分析。到稍後錢謙益（ 1582 —1664 ）
在編選明代詩成《列朝詩集》時，就分別檢討復古派的詩作，作
出猛烈的批評。例如他對李夢陽詩，就評說：

> 獻吉以復古自命，曰古詩·必漢魏，·必三謝；今體·必初盛唐，
> ·必杜；舍是無詩焉。牽率模擬剽賊於聲句字之間，如嬰兒之
> 學語，如桐子之洛誦，字則字、句則句、篇則篇，毫不能吐
> 其心之所有，古之人固如是乎？

對李攀龍的七律又評說：

> 七言今體，承學師傳，三百年來，推為冠冕，舉其字則五十
> 餘字盡之矣，舉其句則數十句盡之矣。"百年""萬里"，
> 已憎疊出；周禮漢宮，何煩洛誦？刻畫雄詞，規摹秀句，沿
> 李顧之餘波，指少陵為頹放，昔人所以笑模帖為從門，指偷
> 句為鈍賊也。專城出守，動曰東方千騎；方舟共載，輒云二
> 子乘舟。遼海中丞，襲驃騎之號；盧江別駕，蒙小吏之呼。
> 投杼曾母，訝許自天；傅粉何郎，冠以帝謂。經義寡稽，援
> 據失當，瑕疵曉然，無庸抉摘。何來天地，我蹕中原。矢口

囂騰，殊乏風人之致；易詞夸詡，初無贈處之言。於是狂易
成風，叫呶日甚，"微吾長夜"，于鱗既跋扈于前；"才勝
相如"，伯玉（汪道崑）亦簸揚于後。斯又風雅之下流，聲
偶之極弊也。㉞

在錢謙益筆下，無論是復古派的詩論還是他們的詩作，都是庸劣
不可取的。

這種激烈的批評，在清代亦引來不少反響；例如王士禎
（ 1634 —1711 ）就不同意《列朝詩集》對復古派作品的評選。
他說：

弘嘉間，虞山先生之論不足爲據。

又說：

錢牧翁撰《列朝詩》，大旨在尊李西涯，貶李空同、李滄溟，
又因空同而及大復，因滄溟而及弇州，索垢指瘢，不遺餘力。
夫其駁滄溟擬古樂府擬古詩，是也；並空同《東山草堂歌》
（七言歌行）而亦疵之，則妄矣。所錄《空同集》詩，亦多
泯其傑作。

王士禎認爲李夢陽歌行的造詣甚高，錢謙益的貶抑並不公允；再
者，他對二李的七律亦非常推崇，例如他在附和七律難於五律之
說後接著舉列歷代七律大家：

> 因思唐宋以來，為此體者，何翅千百人，求其十分滿者，唯
> 杜甫、李頎、李商隱、陸游，及明之空同、滄溟二李數家耳。
> ㉟

類似的講法亦見於沈德潛（1673─1769），他在《明詩別裁》
評論李夢陽的作品說：

> 空同五古宗法陳思康樂，然過于雕刻，未極自然；七言古雄
> 渾悲壯，縱橫變化；七言近體開合動蕩，不拘故方，準之杜
> 陵，幾于具體。故當雄規一代，邈焉寡儔。而錢受之詆其模
> 擬剽賊，等于嬰兒之學語，至謂"讀書種子，從此斷絕"，
> 吾不知其為何心也！

評李攀龍詩說：

> 歷下詩，元美諸家推獎過盛，而受之掊擊，讙呼叫呶，幾至
> 身無完膚，皆黨同伐私之見也。分而觀之，古樂府及五言古
> 體，臨摹太過，痕跡宛然，七言律及七言絕句，高華矜貴，
> 脫棄凡庸。去短取長，不存意見，歷下之面目出矣。㊱

然而站在錢謙益一方批評復古派的詩論家亦不少，例如與王士禎
同時的吳喬，在所著《圍爐詩話》中批評明代復古派詩說：

> 明之瞎盛唐詩，字面煥然，無意無法，直是木偶被文繡耳。

此病二高（高啓、高棅）萌之，弘嘉大盛。

評二李詩說：

> 獻吉高聲大氣，于鱗絢爛鏗鏘，遇湊手題，則能作殼硬浮華
> 之語，以震眩無識；題不湊手，便如優人扮生旦，而身披綺
> 紗袍子，口唱《大江東去》，為牧齋所鄙笑。由其但學盛唐
> 皮毛，全不知詩故也。
> 于鱗甜邪俗賴，惑人更甚獻吉。凡外贍中乾者，皆其習氣所
> 誤也。❸⃝

後來袁枚（1716—1798）在《隨園詩話》中也有批評復古派
詩，如說：

> 七子擊鼓鳴鉦，專唱宮商大調，易生人厭。

又批評其創作理論說：

> 七律始於盛唐，如國家締造之初，宮室粗備，故不過樹立架
> 子，創建規模；而其中之洞房曲室，網戶罘罳，尚未齊備。
> 至中晚而始備，至宋元而愈出愈奇。明七子不知此理，空想
> 挾天子以臨諸侯，於是空架雖立，而諸妙盡捐。《淮南子》
> 曰：“鸚鵡能言，而不能得其所以言。”❸⃝

王與吳、沈與袁，都是同時人，但他們的評論卻有懸殊的分別。

這些是丹非素的評論，由明末到現代都不難發現。不同的見解，往往基於特定的背景，或根源於某些理論；但有時部分結論也未必是出於對復古派作品的真正理解❸。有關復古派詩作在後世被接受承納的過程，亦很值得專題深入探討；然而這項工作又已超出本書的範圍了。以上摘引的一些言論，不外想說明復古派期望透過學古的方法而得到與古代文學大家同樣的文學史地位，而實際上他們的作品卻未能與李杜衆作一樣，在不同的接受環境保持旺盛的＂文學生命＂。因此，他們學古的理論是否真如他們的設想中那麼有效，實在尚成疑問；但他們在學古過程中對古代作品的整理分析，可能是復古詩論中最值得珍視的成果。

第二節　復古詩論的文學史意識

今人研究文學史，可以視之爲專業研究的領域，以求對過去的文學現象有一個綜合的認識。無論我們是否能客觀地認識過去的文學史，文學史之成爲現代學術的＂研究客體＂（ research object ）是沒有問題的。但在復古派而言，創作才是最終目的，他們沒有必要去專門研究文學史，除非這些研究與創作有關。究之，對於創作者來說，所謂文學史的意識，其實就是對文學傳統的省察。正如李夢陽和何景明的論詩爭辯，其中心論題正是個人（作爲當代作家）與傳統的關係。何景明≪與李空同論詩書≫說：

　　鴻荒邈矣，書契以來，人文漸朗，孔子斯爲折中之聖，自餘

諸子，悉成一家之言。體物雜撰，言辭各殊，君子不例而同
之也，取其善焉已爾。故曹、劉、阮、陸，下及李、杜，異
曲同工，各擅其時，並稱能言。何也？辭有高下，皆能擬議
以成其變化也。若必例其同曲，夫然後取，則既主曹、劉、
阮、陸矣，李、杜即不得更登詩壇，何以謂千載獨步也？……
今為詩不推類極變，開其未發，泯其擬議之跡，以成神聖
之功，徒敘其已陳，修飾成文，稍離舊本，便自杌隉；如小
兒倚物能行，獨趨顛仆。雖由此即曹、劉，即阮、陸，即李、
杜，且何以益於道化也？佛有筏喻，言舍筏則達岸矣，達岸
則舍筏矣。

"曹、劉、阮、陸、李、杜"所代表的就是詩歌的傳統，何景明
要探索的是，面對這個詩歌傳統，個人應如何自處，才能"登詩
壇"，"千載獨步"。所謂"登壇""獨步"也就是贏得文學史
的地位。他認為個人在向古代傳統學習之後，就要"泯其擬議之
跡"，"達岸則舍筏"，在言辭上脫離古作的影響。不過他又說：

　　僕嘗謂詩文有不可易之法者，辭斷而意屬，聯類而比物也。
㊵

古代傳統與當代詩人之間，即使在"舍筏"之後，仍有相連的地
方，就是"詩文不可易之法"了。

　　李夢陽《駁何氏論文書》說：

　　古之工，如倕，如班，堂非不殊，戶非同也，至其為方也，

圓也，弗能舍規矩。何也？規矩者，法也。僕之尺尺而寸寸
之者，固法也。假令僕竊古之意，盜古形，剪截古辭以為文，
謂之影子誠可。若以我之情，述今之事，尺寸古法，罔襲其
辭，猶班圓倕之圓，倕方班之方，而倕之木，非班之木也。
此奚不可也？**❹**

李夢陽在這裡分析的"法"，也是個人與傳統的連繫。他說如果
創作時專門剽襲古代詩文的意旨言辭，才是何景明非議的"古人
影子"**❹**。但他認為自己從古代傳統中探求所得的不是意旨言辭，
而是如同建房子所必需的規矩方法。他甚至聲明"罔襲其辭"。
又說：

予之同，法也。……子以我之尺寸者，言也。

他對"言"的重視程度比何景明實有不及。何景明認為文學史的
不斷演變，是由於後人能"達岸舍筏"，在言辭上與前人相異，
以"成一家之言"。李夢陽也注意到文學史上各種不同的演變，
他又用建築的比喻說：

阿房之巨，靈光之歸，臨春、結綺之侈麗，楊亭、萬廬之幽
之寂，未必皆倕與班為之也。乃其為之也，大小鮮不中方圓
也。何也？有必同者也。獲所必同，寂可也，幽可也，侈以
麗可也，歸可也，巨可也。守之不易，久而推移，因質順勢，
融鎔而不自知。於是為曹為劉為阮為陸，為李為杜，即今為

何大復，何不可哉？此變化之要也。❹

在"法"同之餘，他也肯定有曹劉阮陸的不同，好比歷史上著名
的宮殿，以相同的規矩建成，而各具不同的風格。這些變化的因
素就是前文所引的"以我之情，迹今之事"；依著這些不同的
"情"、"事"，自然"不求異而其言人人殊"，寫成不同風格的
作品。何景明沒有特別提到個人的"情"、"事"，但也提過：

　　僕則欲富於材積，領會神情，臨景構結，不倣形跡。❹

"臨景構結"是說當創作時，因應目前之景物而構思，與李夢陽
的"迹今之事"相近。但"領會神情"與"我之情"卻不同，因
爲所領會的是平日的"材積"，是指領會古作的精要處；大概他
所講的"不可易之法"也是由此而得。

　　總言之，李夢陽重視"法"之同，但也考慮到屬於個人的
"情"、"事"等變化因素；何景明重視的是與古人異，力求在
言辭上擺脫古作的痕跡，不過也注意到從古作"領會"，歸納
"詩文不可易之法"。兩人對於個人與傳統的思考，大概可以下
表圖示（見次頁）：

表一○：李夢陽、何景明論個人與傳統的關係

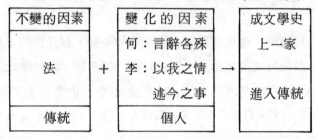

不變的因素		變 化 的 因 素		成文學史
		何：言辭各殊		上一家
法	+	李：以我之情	→	
		述今之事		進入傳統
傳統		個人		

這種對文學史的理解其實在李東陽的言論中也可以見到。他在
《懷麓堂詩話》說：

> 詩貴不經人道語。自有詩以來，經幾千百人，出幾千萬語，
> 而不能窮，是物之理無窮，而詩之為道亦無窮也。
> 漢魏以前，詩格簡古，世間一切細事長語，皆著不得，其勢
> 必久而漸窮。賴杜詩一出，乃稍為開擴，庶幾可盡天下之情
> 事。韓一衍之，蘇再衍之，於是情與事，無不可盡。而其為
> 格，亦漸粗矣。然非具宏才博學，遠原而泛應，誰與開後學
> 之路哉？⑤

"詩貴不經人道語"看來好像何景明所講的"言辭各殊"、"泯
其擬議之跡"；但若結合下文所講，"不經人道語"是指語言因
應無窮的"物理"而作的相應變化，則與李夢陽"述今之事"的想
法相同。李東陽又以詩史上的三個關鍵人物對詩歌題材的拓展去
進一步闡釋他的文學史觀。他所謂"物之理"是指詩人所處身的
環境，所面對的種種事物以至人情世態；他認為隨著時間的推移，

屬於"物"的範疇當然不斷產生變化,如果詩人抱殘守闕,不敢
變化,詩作只能反映有限的"物之理",表現有限的經驗,"詩
之道"自然會"久而漸窮";其所以無窮是因爲詩人將"情"、
"事"的範圍拓展,使"詩之道"與"物之道"相應變化,而杜
甫、韓愈、蘇軾就是這些促使變化產生的關鍵人物。除了"情"、
"事"的拓展衍變之外,李東陽還以律詩爲例,說明歷代詩歌演
變的另外一些因素:

> 所謂"律"者,非獨字數之同,而凡聲之平仄,亦無不同也;
> 然其"調"之爲唐爲宋爲元者,亦較然明甚。此何故耶?大
> 匠能與人以規矩,不能使人巧。"律"者,規矩之謂,而其
> 爲"調"則有巧存焉。苟非心領神會,自有所得,雖日提耳
> 而教之無益也。❻

李東陽以律詩爲例,是因爲律詩的傳統習套(convention)最明
顯而固定,無論字數、平仄,都有規限;但歷代律詩卻有不同的
"調"。李東陽將"律"比喻爲"規矩",令人想起李夢陽的
"法"與"規矩"的比喻。當然李夢陽的"法",範疇應較廣闊,
是需要揣摩琢磨才能掌握的;李東陽的"律"則似是唾手可得的
工具,所以沒有特別珍視❼。至於他所講的"調"是規矩以外的
東西,屬於個人因素;這些個人因素促成詩史的變化發展,形成
不同時代的"調"。

依此看來李東陽的文學史觀似乎比較重視詩史的變化動因,
在傳統與個人的關係方面,比較看重個人的因素。相對來說,李

夢陽在傳統的繼承方面著墨較多。李、何都同意“法”是文學傳統延續的線索，創作者要能成爲文學史上一脈相承的後繼者，就要掌握“法”。這種講法亦有其理論邏輯，問題是“法”究竟有甚麼具體內容。一落實到這個具體問題，李何提供的答案都難稱人意。何景明提出的“法”是：

> 辭斷而意屬，聯類而比物。

李夢陽在《再與何氏書》中指出他所謂“法”是：

> 大抵前疏者後·必·密，半闊者半·必·細；一實者·必·一虛，疊景者意·必·二。❹❽

無論李夢陽抑或何景明，所具體指陳的“法”都只是創作上的一些技術性的原則，涵蓋面不廣，不能以這些簡單的原則去解決個人與傳統所關涉的種種問題。

事實上在兩人的詩論中，還從不同方向提到向前人取法的問題，並不局限於上舉兩條法則。如前文提到何景明《王右丞詩集序》所說：

> 考體制以求作者之意。

《海叟集序》說：

學歌行近體有取于二家（李、杜），旁及唐初盛唐諸人，而古作·必從漢魏求之。㊾

便是從詩體的角度考慮傳統的傳承。又如李夢陽從前人作品歸納而得的詩學原則，還有《潛虬山人記》所說：

詩有七難，格古，調逸、氣舒，句渾，音圓，思沖，情以發之，七者備而後詩昌矣，然非色弗神。

《缶音序》說：

夫詩，比興錯雜，假物以神變者也。㊿

這些從詩歌傳統歸納得來的詩學主張，本來是用以指導創作的，但同時也會用來評價詩歌的發展。例如李夢陽認爲宋詩與唐詩之別，就在於宋詩不能繼承這些詩學傳統㊶。可見他們的詩史觀與創作論的緊密結合。

楊愼以後，深廣化的論詩傾向使過往的詩歌傳統受到更多方面的關注，例如李何詩論廢棄不提的晚唐詩又再被拈出討論。楊愼的《升庵詩話》中有《晚唐絕唱》一則，在引錄許渾《蓮塘》詩後說：

此爲《許丁卯集》中第一詩，而選者不之取也。他如韋莊"昔年曾向五陵遊"一首，羅隱《梅花》"吳王醉處十餘里"

一首，李郢《上裴晉公》"四朝憂國鬢成絲"一首，皆晚唐之絕唱，可與盛唐崢嶸，惟具眼者知之。

又有《晚唐兩詩派》一條：

晚唐之詩分為二派：一派學張籍，則朱慶餘、陳標、任蕃、章孝標、司空圖、項斯其人也；一派學賈島，則李洞、姚合、方干、喻鳧、周賀、九僧其人也。其間雖多，不越此二派，學乎其中，日趨于下。其詩不過五言律，更無古體。五言律起結皆平平，前聯俗語十字一串帶過，後聯謂之"頸聯"，極其用工。又忌用事，謂之"點鬼簿"，惟搜眼前景而深刻思之，所謂"吟成五個字，撚斷數莖鬚"也。余嘗笑之，彼之視詩道也狹矣。《三百篇》皆民間士女所作，何嘗撚鬚？今不讀書而徒事苦吟，撚斷肋骨亦何益哉！晚唐惟韓柳為大家。韓柳之外，元白皆自成家。餘如李賀孟郊祖《騷》宗謝；李義山杜牧之學杜甫；溫庭筠權德輿學六朝；馬戴李益不墜盛唐風格，不可以晚唐目之。數君子真豪傑之士哉！彼學張籍賈島者，真處禪中之蝨也。二派見張洎集序項斯詩，非余之臆說也。❺❷

一方面舉出晚唐中足以和盛唐比肩的作品，另方面就晚唐的詩風作出綜合分析。又如論宋詩，雖然繼承了李夢陽"宋人主理"的看法，說宋詩"去《三百篇》卻遠矣"❺❸，但仍然對宋詩的具體作品加以分析❺❹。雖然他的析論間有未能圓融的地方❺❺，然而我

們應該注意的是他的批評視野的開闊；而這正是後期復古詩論家
興起全面整理詩歌遺產的念頭的促成元素之一。再者，楊慎在爲
多種詩體尋源時所說：

> 尋濫觴于景雲垂拱之上，著先鞭于延清必簡之前。❺❻
> 當知其濫觴。❺❼
> 泝流而不窮其源，可乎？❺❽

確實顯出他的動態眼光。

　　然而，正式面對詩歌發展歷程中的"變"的現象，試圖探究
其規律的論述，卻見於謝榛和王世貞等的論詩專著之中。謝榛
《四溟詩話》開卷第一條就提到"文隨世變"，後人難寫出有如
《三百篇》一般的詩作；第二條說"蘇李五言詩一出，詩體變矣"，
不再如漢初繼承《風》《雅》《頌》的樂府般"高嚴簡古"❺❾。
對於復古派來說，"高古"是很難企及的品質，這種"變"是一
變不再復的。但《四溟詩話》另有一則看來似是詩史循環觀的評
論：

> 詩至三謝，迺有唐調；香山九老，迺有宋調；胡元諸公，頗
> 有唐調；國朝何大復李空同，憲章子美，翕然成風。吾不知
> 百年後，又何如爾。❻⓪

在此謝榛指出六朝到明代間，唐詩風格曾變成宋詩風格，宋詩風
格又轉囘唐詩風格，看來正是唐宋詩風的循環。不過相信謝榛的
目的不在推斷李何之後宋詩一定會復興；他只想說明詩風不會恒

久不變，明代李何學唐學杜的風氣不會永遠維持。他的著眼點應是
"變"，而不是唐宋詩風的更替。

正式的循環觀見諸王世貞的這段說話：

> 吾故曰：衰中有盛，盛中有衰，各含機藏隙。盛者得衰而變
> 之，功在創始；衰者自盛而沿之，弊絲趨下。又曰：勝國之
> 敗材，乃興邦之隆幹；熙朝之佚事，即衰世之危端。此雖人
> 力，自是天地間陰陽剝復之妙。❻

王世貞之說，顯然源自《周易》以來，論"變"、"物極必反"
的傳統思想。"陰"、"陽"、"剝"、"復"本是《周易》爻
卦之名。《易》之六十四重卦以"乾坤"爲首，以"既濟""未
濟"爲終，以見宇宙生生不息之變化。《易經》的思想，承認事
物存在著對立面，承認對立事物的互相轉化，《易傳·序卦》所
謂：

> "剝"者，剝也。物不可以終盡剝，窮上反下，故受之以
> "復"。

或者：

> "泰"者，通也。物不可以終通，故受之以"否"。物不可
> 以終否，故受之以"同人"。❻

這一類的傳統思維方式，正是王世貞之說的根源。王世貞以否泰、剝復的變化觀念去解釋詩史上的盛衰期的轉變，特別究心於變化前的醞釀時期，本書第三章已提過他用這些觀念去解釋律詩的變化階段；王世懋論唐代律詩的 " 初而逗盛，盛而逗中，中而逗晚 "，並解釋說 " 逗者，變之漸也，非逗故無由變 "，也可說是王世貞的講法的闡釋❸。

能夠將這 " 變 " 的觀念成熟運用在詩史解釋方面的，應數胡應麟。他在《詩藪》縱論古今文學的演變時說：

> 中古享國之悠遠，莫過於夏、商、周。近古享國之悠遠，莫過於漢、唐、宋。中古之文，始開於夏，至商積久而盛徵，至於周而極其盛。近古之文，大盛於漢，至唐盛極而衰兆，至於宋而極其衰。秦，周之餘也，泰極而否，故有焚書之禍。元，宋之閏也，剝極而坤，遂為陽復之機。此古今文運盛衰之大較也。
>
> 自《三百篇》以迄於今，詩歌之道，無慮三變：一盛於漢，再盛於唐，又再盛於明。典午創變，至於梁陳極矣，唐人出而聲律大宏。大曆積衰，至於元宋極矣，明風啓而制作大備。❸

胡應麟用盛衰起伏不息的說法將詩史各時期的變化加添上價值高低的意識，將明代自李何復古運動以來的詩歌定位在盛世，而唐代又是不爭的另一個盛世，於是其間的宋元兩代，正好作為衰世的具體呈現。胡應麟又嘗試說明其間變化的必然，如說：

> 聲詩之道，始於周，盛於漢，極於唐。宋元繼唐之後，啓明
> 之先，宇宙之一終乎！盛極而衰，理勢必至，雖屈、宋、李、
> 杜挺生，其運未易為力也。⑯

這種解釋方法，就像王世懋所說許渾、溫庭筠詩之不逮，是：

> 風會使然耳，覽者悲其衰運可也。⑯

所謂"運""會"等，都是傳統思想中表達對宇宙間的大型運動
的體認而用到的術語⑰。有時加上"氣"字、"世"字在"運"
字之前，就轉成天道或世情的變動的解釋術語，基本上還是表明
這些大型運動的不可遏止，如胡應麟所說：

> 盛、中、晚界限斬然，故知文章關氣運，非人力。
> 優柔敦厚，周也；樸茂雄深，漢也；風華秀發，唐也。三代
> 政事俗習，亦略如之。魏繼漢後，故漢風猶存；六代居唐前，
> 故唐風先兆。文章關世運，詎謂不然！⑱

這些"氣運"、"世運"，以至"泰否"、"剝復"的概念，在
中國傳統文化中並無新穎之處，但大規模借用到文學演化的描述
之上，以種種文學現象去印證這些規律，使到看來不一定有倫次
的文學現象，被放置入一個井然有序的詮釋架構之中，這都是胡
應麟具有通盤史識的表現。

在詩史發展過程的具體問題上，胡應麟亦有細意的處理，例

如特別留意詩史過程的轉變關鍵❻，於各種詩體的變化作或詳或略的分析❼，甚或詳列代表詩人以至代表作品❼。在羅列詩人詩作的時候，當然有所取捨權衡，所以其中已經包含了價值判斷的成分。有時胡應麟更直接將重要的詩人排列名次❼，又或者選拔某體在不同時期的第一詩作，或某時期中不同體裁的冠軍詩人❼。這些品評判斷，容或有個人喜好的成分在其中，不一定得到所有人的同意❼。但我們應該注意這些品評背後的思想架構，胡應麟的做法是試圖在一套"文學正典"之中，建立一個價值等級的梯次（heirachy）。這是對過去文學現象作全面的系統的掌握的一種方法。

在胡應麟之後的許學夷，吸收了前人論著的成果，加以貫通融會；他在≪詩源辯體≫中說：

> 古今詩賦文章，代曰益降，而識見議論，則代曰益精。……試觀六朝人論詩，多浮泛迂遠，精切肯綮者十得其一，而晚唐、宋、元，則又穿鑿淺稚矣。滄浪號為卓識，而其說渾淪，至元美始為詳悉。逮乎元瑞，則發竅中竅，十得其七。繼元瑞而起者，合古今而一貫之，當必有在也。❼

當然他會以繼承胡應麟，"合古今而一貫之"者自任。≪詩源辯體≫對歷代詩歌如"漢、魏、六朝、初、盛、中、晚唐，盛衰懸絕"等變化❼，也有很深入的討論。前文第三、四章已論及許學夷對詩歌變化關鍵及各階段的特色的掌握和辨析，在此不贅。值得留意的還有他對自己的論述方法及意義的自覺。他說：

學者審其源流，識其正變，始可與言詩矣。

而他自己的書是：

> 旣代分以舉其綱，復人判而理其目。諸家之說，實悟者引證
> 之，疑似者辯明之。反覆開闔，次第聯絡，……以盡歷代之
> 變。

又說：

> 古今人論詩，論字不如論句，論句不如論篇，論篇不如論人，
> 論人不如論代。晚唐、宋、元諸人論詩，多論字、論句，至
> 論篇、論人者寡矣，況論代乎？予以論詩，多論代、論人，
> 至論篇、論句者寡矣，況論字乎？（原注：各卷中雖多引篇摘句，
> 實論一代之體，或一人之體也。）⑰

許學夷對自己的方法解釋得很清楚：不是尋章摘句的"文學批評"，
而是對詩歌發展源流，詩史時期風氣的變遷作出分析。他又認爲
這些分析應有正變盛衰的判斷，對於一些以歷代詩歌"各有所至"，
不必分盛衰優劣的講法⑱，他就大力批評：

> 或言：漢、魏、六朝、初、盛、中、晚唐，各有所至，未易
> 優劣。予曰：不然。《三百篇》而下，惟漢魏古詩、盛唐律
> 詩、李杜古詩歌行，各造其極；次則淵明、元結、章、柳、

韓、白諸公，各有所至；他如漢魏以至齊梁，初盛以至中晚，
乃流而日卑，變而日降。其氣運消長，文運盛衰，正當以此
別之。苟為無別，則齊梁可並漢魏，而中晚可並初盛也，詩
道於是為之不明矣。

因為詩道有盛衰正變，如果不能判別，則會迷失方向而不自知，
故此《詩源辯體》特重"正變"之分：

> 予作《辯體》，於漢、魏、六朝、初、盛、中、晚唐既詳論
> 之矣，而於元和諸公以至王、杜、皮、陸亦皆反覆懇至，深
> 切著明，正欲分別正變，使人知所趨向耳。宋朝諸公非無才
> 力，而終不免於元和、西崑之流，蓋徒取快意一時，而不識
> 正變之體故也。

他又提出以司馬光治史的方法來讀詩：

> 詩道興衰，與國運相若，大抵國運初興，政·必寬大；變而為
> 苛細，則衰；再變而為深刻，則亡矣。今人讀史傳·必明於
> 治亂，讀古詩則昧於興衰者，實以未嘗講究故也。故予編
> 《三百篇》、《楚騷》、漢魏、六朝、唐人詩，類溫公《通
> 鑑》；論《三百篇》、《楚騷》、漢魏、六朝、唐人詩，類
> 溫公《歷年圖論》。學者苟能熟讀而深究之，則詩道之興衰
> 見矣。⑲

司馬光的《資治通鑑》是帶有鮮明價值取向而編成的歷史紀錄，

而《歷年圖》中所載司馬光的“論”則是他對每個朝代興衰的分析總論⑩。許學夷分別以自己所編詩及所撰詩論比附,他的目的本來是提醒讀者,讀歷代詩要有評斷的能力,知道詩道的“興衰”。然而,由此又清楚地揭示出《詩源辯體》的文學史意圖。換句話說,許學夷不滿足於單篇作品或個別詩人的“文學批評”,他編撰的是一本顯示歷代詩歌變遷的“詩史”。

　　復古詩論要復古,目的是希望通過向古代傳統學習,以求達到與古代盛世詩歌同樣的水平。所以由李夢陽、何景明開始,就爭論如何向古代詩歌傳統學習,對個人與傳統的關係作多方面的探索。隨著這個方向發展,楊愼、謝榛與王世貞等詩論家更要求對古代詩歌傳統有更深更廣的認識,於是討論範圍便愈來愈開闊,而且注意到不同時期風格變化的現象,並試圖作出解釋。後期的胡應麟和許學夷刻意地繼承了這種工作,將過去的詩歌發展源流的脈絡和規律整理出來;而許學夷更是有意識地作詩史的企劃,《詩源辨體》就是他設想的文學史(詩史)的實踐。

　　簡言之,明代復古詩論中文學史意識的萌芽以至發展,大概有以下幾個階段:

　　　1.因提倡學古而留意詩歌傳統;

　　　2.對古代詩歌傳統作深廣的探究;

　　　3.整理分析古代詩歌的發展歷程;

　　　4.認識以文學史眼光看詩歌傳統的意義。

其中第三個階段可說是文學史編寫的實際行動,最後一個階段更是對詩歌的歷時研究的方法及其意義的省察了。

第三節　總　結

　　明代復古詩論最重要的特點是重視古代作品的傳承，尤其唐詩更是復古派學習取法的主要對象。本書以唐詩在明代的傳承過程爲研究主題，以上各章節環繞這個主題從不同的角度作出探討。

　　本書先對復古詩論的興起和發展作重點析述，並根據有關資料的整理結果，指出"前後七子"之目並不適宜作爲復古思潮的標誌，因爲若果以這個思潮的廣泛影響和普及程度爲論，只標舉前後十四人實在有所不足；若以重點的領導人物爲論，則這十四人的聲望、影響和貢獻又有輕重之殊。其中"前七子"之名更不是李何等人都接受的事實；"後七子"所指亦不能明確肯定，故所以對這一派詩論的研究實不必爲"七子"的名目所限；再者在"後七子"之後還有胡應麟等復古派後勁出現，其重要性更不能輕輕抹煞。

　　書中接著探討復古派對宋詩的看法。復古詩論家認爲宋詩"主理作理語"的風尙與他們崇信的"比興錯雜，假物似神變"、"緣物極興"的詩學原理大相逕庭；宋代歐陽修的拒斥"風雲月露"，黃庭堅、陳師道的不避拗澀，邵雍的以詩談理，在復古派眼中都是"宋人主理"的表現。在明代兩次復古運動的興起之際，明代詩壇亦剛好有性理詩風出現；第一期以前有"陳莊體"的陳獻章和莊㫪，第二期時又有改宗邵雍詩的王愼中和唐順之；因此復古派的反宋詩也寓有廓清當前詩壇風氣的動機在其中。到後期胡應麟等人反宋詩，才是純粹理論的思索。

　　本書第三、四章分別探討復古詩論如何承納唐代的七言律詩和五言古詩。前期復古詩論家並沒有對唐代的七律作整體的討論；在他們的論詩文字當中只顯示出他們心目中學習七律所應取式的部分典範。到楊慎、王世貞等中期復古論者，就有較多向的探索，尤其於盛唐七律大家以至杜甫的討論，更加精細深刻；而且又開始從歷時的角度剖視唐七律。後期復古詩論家承接了前輩的論見，對唐代七律的發展有更全面的整理分析，可以說當時的＂七律正典＂正以＂七律詩史＂的模式存現於批評家的意識之中。第四章則以李攀龍一段頗具爭議性的陳述爲出發點，指出＂唐無古詩而有其古詩＂其實是＂唐體古詩＂這一概念成立的標誌。早期復古派由於尊崇漢魏古詩，所以對唐代古詩不大重視，但到＂唐體＂觀念確立以後，後期詩論家開始探討唐體古詩與漢魏古詩的關係，以至唐代五古的特色和發展。

　　第三、四章又探討了復古詩論家如何從文體的角度去看唐代七律和五古。復古詩論家努力研究唐代七律，其目的在於追尋學習的典範。不過在他們多番鑽研探索之後，他們發覺根本找不到一首公認的完美無瑕的七律典範；＂唐人七律第一＂的爭議，只證明了常見習用的七言律體是難於臻妙的詩體。古詩本來是未有任何律體規條限制出現以前的一種自由靈活的體裁，但在復古詩論家眼中卻成爲與律體對立、互不相容的詩體。唐體古詩則一方面與律詩對立，另方面又與漢魏古詩對立；所以這一個詩體的概念是辨體論愈趨精微的情況下所形成的。

　　第五章的探討對象是明代幾個重要文學選本。不少人都接受《明史・文苑傳》和《四庫提要》的講法，認爲《唐詩品彙》對

"前後七子"的詩論都有極大影響。經過考查之後，這個流行的
說法證明並不可靠，因爲直到明嘉靖以前，《唐詩品彙》並不流
行。反而元末楊士弘編的《唐音》流通量更大，對前期復古詩論
有直接間接的影響。到楊愼以後，復古派接觸到高棅的《唐詩品
彙》和《唐詩正聲》，其詩論發展方向與高棅選本顯示出的詩學
概念多能吻合；李攀龍甚至從《品彙》中精選部分詩篇作爲唐詩
的代表。《品彙》、《正聲》和李攀龍所選唐詩在後期復古派中
又成爲議論的重心，尤其《唐詩品彙》的架構更是胡應麟、胡震
亨和許學夷建構唐代詩史的基礎。

最後本書還就以上的討論作出兩方面的補充。因爲復古詩論
的目標在於創作，故此了解他們的創作與所尊尙師法的唐詩之間
的關係，以及其作品所得的評價，實有助於我們對復古詩論的檢
討。經過文中選樣的分析，大概可知復古詩論最重要的貢獻不必
在於他們預設的創作目標，而可能在於爲了達到這個目標努力識
古學古的過程。在這個過程之中，前期復古詩論家反覆思索個人
與傳統的關係；一方面考慮到詩歌傳統的延續不斷，另方面注意
到歷代詩風的變化。中後期的詩論家對其間變化的脈絡，轉變的
關鍵等，都著意剖析。而他們的文學史意識亦愈來愈淸晰，甚至
標榜以治史的方法來硏究歷代詩歌；這個發展趨向正好進一步說
明上文幾章所見復古派承納唐詩的取向。

由以上各章的討論，可見復古詩論在文學硏究的積極貢獻，
而且他們的硏究成果亦廣爲後人吸收。然而，在現今大部分文學
論著當中，復古派卻往往是攻擊的對象，變成只懂剽竊模擬的擬古主

義者。這些論述對復古派的一些創作陋習的指斥，不能說沒有根據；不過對復古派成就的評估卻稍嫌不足。本書以上的討論，相信對我們了解明代最重要的一股文學思潮的正面意義，會有參考的價值。

注　釋：

❶ 《四溟詩話》，頁1189。"玩味之以裒精華"句中"裒"字原作"衰"，據《詩家直說箋注》頁364改。

❷ T.S.Eliot,"Tradition and the Individual Talent,"pp.21－30.

❸ 當然復古派所學不止於唐詩。詳參本書第四章。

❹ 《詩藪》，頁340－341。

❺ 《藝苑巵言》，頁1045、1066、1048。

❻ 《藝圃擷餘》，頁778。

❼ 《詩藪》，頁352。

❽ 同上註，頁57、356。

❾ 《詩源辯體》，頁404。

❿ 《空同集》，卷22，頁3上－4下。

⓫ 參杜甫著，仇兆鰲注：《杜詩詳註》（北京：中華書局，1979），頁924、1585、19。

⓬ 前人作詩集箋注或現代學者作詩人淵源考索往往揭出詩人大量套用古人詩句的例子。（前者例見仇兆鰲：《杜詩詳註》；後者例見劉維崇：《李白詩歌淵源與特色》，載羅聯添編：《中國文學史論文選集》〔台北：學生書局，1979〕，頁843－878）。

⓭ 明孝宗在位期間，可算是政治比較清明的時期。孝宗非常重視經筵，史書記載他多次因日講而悟，隨即改革陋端之事。《明史紀事本末》論孝宗說："孝宗恭儉仁明，勤求治理，置亮弼之輔，召敢言之臣，求方正之

士，絕嬖倖之門，卻珍奇，放鷹犬，抑外戚，裁中官，平臺煖閣，經筵
午朝，無不訪問疾苦，旁求治安。”《明史》亦說：“孝宗獨能恭儉有
制，勤政愛民，兢兢於保泰持盈之道，用使朝序清寧，民物康阜。”可
見李夢陽詩所講並非虛飾。（參《明史·孝宗本紀》，頁183－197；
谷應泰：《明史紀事本末》〔台北：華世出版社，1976〕，卷42，
《宏治君臣》，頁423－437。）又，邵紅《明代前七子的時代背景及
文學理論》，亦有專節講孝宗與七子關係，（載《幼獅學誌》，第18卷，
第1期〔1984年5月〕，頁67－100；第18卷，第2期〔1984年10
月〕，頁71－129。）可以並參。

❹ 沈德潛、周準編：《明詩別裁集》（上海：上海古籍出版社，1979），
頁100。

❺ 沈德潛著，霍松林校注：《說詩晬語》，頁245。

❻ 沈德潛評語見《唐詩別裁集》（上海：上海古籍出版社，1979），頁
221。杜甫詩原文爲：“國初已來畫鞍馬，神妙獨數江都王。將軍得名
三十載，人間又見眞乘黃。曾貌先帝照夜白，龍池十日飛霹靂。內府殷
紅瑪瑙盤，婕妤傳詔才人索。盤賜將軍拜舞歸，輕紈細綺相追飛。貴戚
權門得筆跡，始覺屛障生光輝。昔日太宗拳毛騧，近時郭家獅子花。今
之新圖有二馬，復令識者久嘆嗟。此皆戰騎一敵萬，縞素漠漠開風沙。
其餘七匹亦殊絕，迥若寒空雜霞雪。霜蹄蹴踏長楸間，馬官廝養森成列。
可憐九馬爭神駿，顧視清高氣深穩。借問苦心愛者誰，後有韋諷前支遁。
憶昔巡幸新豐宮，翠華拂天來向東。騰驤磊落三萬匹，皆與此圖筋骨同。
自從獻寶朝河宗，無復射蛟江水中。君不見金粟堆前松柏裡，龍媒去盡
鳥呼風。“（見《杜詩詳註》，頁1152－56）。

❼ 兩詩的開端亦類同，杜甫詩是：“國初已來畫鞍馬，神妙獨數江都王”，
李夢陽詩是“百餘年來畫禽鳥，後有呂紀前邊昭”；分別舉以前畫馬畫
鷹的能手來作襯托，句子結構又相近。

⑱　原文爲："近時馮紹正，能畫鶖鳥樣；明公出此圖，無乃傳其狀。殊姿各獨立，淸絕心有向。疾禁千里馬，氣敵萬人將。憶昔驪山宮，冬移含元仗。天寒大羽獵，此物神俱王。當時無凡材，百中皆用壯。粉墨形似間，識者一惆悵。干戈少暇日，眞骨老崖嶂。爲君除狡兔，會是翻韝上。"（見《杜詩詳注》，頁1341 − 42。）

⑲　同上註，頁1342。

⑳　《詩藪》，頁352、353。

㉑　見《唐詩品彙》，卷83，頁6下。

㉒　《滄溟先生集》，卷7，頁14上。

㉓　許建崑亦曾將李攀龍的七律與其他唐代作品比較，可以並參。（見《李攀龍文學研究》，頁350− 352。）

㉔　《詩藪》頁349、353、349、1。

㉕　《詩源辯體》，頁426；所引胡應麟之言見《詩藪》，頁103。

㉖　《詩源辯體·自序》，頁1 − 2。

㉗　《詩源辯體》，頁368。

㉘　同上註，頁416。

㉙　同上註，頁426− 427。李本寧（維楨）之說，許學夷亦有稱引。原文是："今之詩不患不學唐，而患學之太過。卽事對物、情與景合而有言，幹之以風骨，文之以丹彩，唐詩如是止耳。事物情景，必求唐人所未道者而稱之，弔詭蒐隱，誇新示異，過也。山林宴遊則興寄淸遠，朝響侍從則制存莊麗，邊塞征伐則悽惋悲壯，睽離患難則沈痛感慨，緣機觸變，各適其宜，唐人之妙以此。今懼其格之卑也，而偏求之於悽惋、悲壯、沈痛、感慨，過也。"（見同上，頁185；又見李維楨《唐詩紀序》，《大泌山房集》，卷9，頁20下−21上。）李維楨所論學唐之過有二，對復古派而言，應是指"懼其格之卑"而偏求的一種。不過李維楨對弘正、嘉隆間的七律亦非常讚賞，認爲可比唐代。（見《皇明律範序》，

《大泌山房集》，卷 9 ，頁30上－32下。）

㉚　《詩藪》，頁103、352。

㉛　《詩源辯體》，頁415。

㉜　見袁宏道著，錢伯城箋校：《袁宏道集箋校》，頁188、734、1248、
　　753、188。

㉝　例如袁宗道《論文下》說："余少時喜讀滄溟、鳳洲二先生集，二集佳
　　處固不可掩，其持論大謬，迷誤後學，有不容不辨者。"（見袁宗道著，
　　阿英校點：《白蘇齋類集》〔《中國文學珍本叢書》；上海：上海雜誌
　　公司，1935〕，頁255。）又袁宏道答張幼于信中說："記得幾個爛
　　熟故事，便日博識；用得幾個見成字眼，亦日騷人。計騙杜工部，囤紮
　　李空同，一個八寸三分帽子，人人戴得。以是言詩，安在而不詩哉？"
　　（見《袁宏道集箋校》，頁502。）前者說李王的持論會誤導後學，
　　後者說模擬杜甫、李夢陽等末流後學的剽襲可厭。都不是對李何李王等
　　大家作品的批評。

㉞　《列朝詩集小傳》，頁311、428。

㉟　王士禎著，張宗柟纂集，戴鴻森校點：《帶經堂詩話》（北京：人民文
　　學出版社，1982），頁107、62、32。

㊱　《明詩別裁集》，頁89、193；又參《說詩晬語》對二李的批評，頁
　　238－240。

㊲　吳喬：《圍爐詩話》，頁472、665、668。吳喬又曾對李夢陽等人的
　　詩作詳細批評。（參頁669－677。）

㊳　袁枚著，顧學頡校點：《隨園詩話》（北京：人民文學出版社，1982），
　　頁122、177。

㊴　在此我們就以近年流行的兩本文學史為例。中國社會科學院編的《中國文
　　學史》除了批評復古派說："在復古理論指導下，便產生了一大批'假古
　　董'，上面抹著銅綠，散放霉氣"，就只徵引了復古派兩人各一首詩作為
　　例證。

一是作爲剿竊剽襲樣本的李夢陽《艷歌行》，另一是作爲"不脫摹擬古詩的痕跡，不過現實性還相當強烈"的少數例外的王世貞《太保歌》；但這兩首詩都算不得是二人的代表作。游國恩等編的《中國文學史》也對復古派作猛烈批評，說"他們拋棄了唐宋以來文學發展的旣成傳統，走上了盲目尊古的道路"。作品討論方面，亦只有兩首詩被提出討論：一是李夢陽的《秋望》，另一是"何景明"的《杪秋登太華絕頂》四首其二。前者評爲："雄渾有氣派，稍能擺脫模擬，直抒愛國感情"；後者評爲："意境開闊，寫景抒情，豪放而含蓄，頗能表現新穎的面目"。這些評語已經算有讚賞之意，然而題爲"何景明"所作的詩根本是李攀龍的名作，這樣李戴張冠，怎見得是對李攀龍或何景明作品的認眞評論？（參見中國社會科學院文學研究所編：《中國文學史》，頁883－886；游國恩、王起、蕭滌非、季鎭淮、費振剛主編：《中國文學史》，第四冊，頁134－137。）

⑩ 《大復集》，卷32，頁20下－21下。

⑪ 《空同集》，卷62，頁7下－8上。

⑫ 《駁何氏論文書》引述何景明批評李夢陽的話說："子高處是古人影子耳"；然而在《與李空同論詩書》的原文是："其高者不能外前人也"；可能何景明在編訂文稿時曾加修訂。（分見《空同集》，卷62，頁7下；《大復集》，卷32，頁21下。）

⑬ 《空同集》，卷62，頁8下－9上。

⑭ 《大復集》，卷32，頁19上。

⑮ 《懷麓堂詩話》，頁1372、1386。

⑯ 同上註，頁1379。

⑰ 不過他也談"律法"，而有點像李夢陽的規矩法則，他說："律詩起承轉合，不爲無法；但不可泥，泥於法而爲之，則撐柱對待，四方八角，無圓活生動之意。然必待法度旣定，從容閑習之餘，或溢而爲波，或變

而為奇，乃有自然之妙，是不可以強致也。若并而廢之，亦奚以律為哉？”（同上註，頁1376。）

(48) 《空同集》，卷62，頁11下。

(49) 《大復集》，卷34，頁2上、3下。

(50) 《空同集》，卷48，頁12下；卷52，頁5下。

(51) 詳參本書第二章。

(52) 《升庵詩話》，頁850－851。

(53) 同上註，頁799。

(54) 《升庵詩話》中曾對文與可、蘇舜欽、王安石、孔文仲、寇準、郭祥正、蘇轍、張栻、劉克莊、劉敞等宋代詩人的作品加以評賞。（分見頁655，717－718，893，894。）

(55) 例如他分晚唐兩詩派又不包括所謂“晚唐絕唱”諸家；而晚唐連權德輿、李益等都包括在內，範圍似乎太大。他說二派之分見《張洎集》序項斯詩。原文存於《唐文拾遺》卷47，但文中並沒有論賈島一派。（參《升庵詩話箋證》，頁123－124。）

(56) 楊慎《五言律祖序》。（見《升庵著述序跋》，頁199。）

(57) 楊慎評梁簡文帝《春情》詩按語。（見《千里面譚》，轉引自《升庵詩話箋證》，頁136。）

(58) 楊慎評江總《怨詩》按語。（見楊慎著，王仲鏞、王大厚箋注：《絕句衍義箋注》〔成都：四川人民出版社，1986〕，頁7。）

(59) 《四溟詩話》，頁1137。

(60) 同上註，頁1139。

(61) 《藝苑卮言》，頁1008。

(62) 《周易序卦第十》，《周易正義》（《十三經注疏》本），卷9，頁12上下、11下。又參馮友蘭：《中國哲學史》（香港：太平洋圖書公司，1959），頁457－477；勞思光：《中國哲學史》（台北：三民書局，

1981 ），第1卷，頁83－87；第2卷，頁71－105。

(63) 《藝圃擷餘》，頁776。

(64) 《詩藪》，頁125、341。

(65) 同上註，頁206。

(66) 《藝圃擷餘》，頁 780 。

(67) 例如邵雍就以"運"、"會"等字眼爲描述宇宙變遷的單位：以30年爲一"世"，12"世"爲一"運"，30"運"爲一"會"，12"會"爲一"元"；一"元"爲天地終始所需時間。（參馮友蘭：《中國哲學史》，頁845－849；勞思光：《中國哲學史》，頁162－164。）雖然王世懋等人未必一定據邵雍之說，但使用這些字詞時，應是受到這一類描述宇宙變遷的思想所影響。

(68) 《詩藪》，頁59、1－2。

(69) 例如對曹植、陸機、謝朓等的批評都集中於他們在於詩風改變時所起的關鍵作用。（參見《詩藪》，頁146、143、148。）

(70) 例如評五言古詩在唐以前的發展時簡括地說："統論五言之變，則質漓於魏，體俳於晉，調流於宋，格喪於齊。"（同上註，頁24。）評七言律詩則詳分十一期。參見第三章引述。

(71) 例如論唐代五言絕句，羅列李白到柳宗元等代表作家20人，論七言絕句列李白到王涯等16人，又如論五言律詩，分別舉出初唐杜審言《早春遊望》以至盛唐李白《塞下曲》、中唐劉長卿《送李中丞》等代表作品39篇。（均見《詩藪》，頁120、 66 。）

(72) 例如論盛唐排律時，就將杜甫、王維、李白、高適等家排列等級。（同上註，頁77。）

(73) 例如論排律時分別選出初、盛、中的第一作品；又如論初盛間詩人就以陳子昂、王勃、駱賓王、杜審言、沈佺期、宋之問分別爲五言古詩、七言短古及五言絕句、長歌、五言律詩、七言律詩、排律等體裁的冠軍。

（同上註，頁66、77。）

⑭　例如論"唐人七律第一"便衆說紛紜。詳參第三章第四節。

⑮　《詩源辯體》，頁348。

⑯　同上註，《凡例》，頁2。

⑰　同上註，頁1、326。

⑱　這是公安派的主張。袁宏道《敍小修詩》說："唯夫代有升降，而法不相沿，各極其變，各窮其趣，所以可貴，原不以優劣論也。"（《袁宏道集箋校》，頁188。）

⑲　《詩源辯體》，頁317－318、328。

⑳　《歷年圖》載入《稽古錄》卷11至15，卷16爲序；其中司馬光所作的"論"，都是整個朝代興衰的評論。《資治通鑑》中亦有論，但主要是就歷史人物與事件立論，與《歷年圖》中的"論"不同。（參王亦令點校《稽古錄》的《前言》，載司馬光著，王亦令點校：《稽古錄點校本》〔北京：中國友誼出版社，1987〕，頁1－16。）

徵引書目

1.本書目只包括正文及註釋曾徵引的書籍和論文。

2.本書目分三部分：

　　㈠中文（日文附）專籍及博士、碩士論文；

　　㈡中文雜誌期刊及學術會議發表之論文；

　　㈢英文專籍及單篇論文。

3.中文資料排列，以著、編者等姓氏之漢語拼音字母為序。

4.英文資料悉依著、編者等姓氏字母次序排列。

㈠

安　磐　　《頤山詩話》，《四庫全書》本

白居易著，顧學頡校點　　《白居易集》，北京：中華書局，
　　1979

貝　瓊　　《清江貝先生文集》，《四部叢刊》本

蔡英俊　　《比興、物色與情景交融》，台北：大安出版社，
　　1986

蔡英俊編　　《意象的流變》，《中國文化新論，文學篇二》，
　　台北：聯經出版公司，1982

蔡　瑜　　《高棅詩學研究》，台灣大學碩士論文，1985

曹溶輯　　《學海類編》，台北：文海出版社，1964　影印

陳國球　　《胡應麟詩論研究》，香港：華風書局，1986

陳國球　　《鏡花水月——文學理論批評論文集》，台北：東大
　　圖書公司，1987

陳繼儒輯　　《寶顏堂秘笈》，1922年石印本

陳夢雷　　《古今圖書集成》，台北：文星書店，1964

陳師道　　《後山詩話》，《歷代詩話》本

陳萬益　　《晚明性靈文學思想研究》，台灣大學博士論文，
　　1977

陳獻章　　《白沙集》，《四庫全書》本

陳巖肖　　《庚溪詩話》，《歷代詩話續編》本

陳子昂著，徐鵬校　　《陳子昂集》，北京：中華書局，1968

成復旺、蔡鍾翔、黃保眞　　《中國文學理論史》，北京：北京
　　出版社，1987

程顥、程頤　　《二程集》，北京：中華書局，1981

崔　銑　　《洹詞》，《四庫全書》本

丁福保編　　《清詩話》，上海：上海古籍出版社，1978

丁福保編　　《歷代詩話續編》，北京：中華書局，1983

都　穆　　《南濠詩話》，《歷代詩話續編》本

杜甫著，仇兆鰲注　　《杜詩詳註》，北京：中華書局，1979

范　溫　　《潛溪詩眼》，《宋詩話輯佚》本

范晞文　　《對床夜語》，《歷代詩話續編》本

方　回　　《桐江續集》，《四庫全書》本

方回編，李慶甲集評校點　　《瀛奎律髓》，上海：上海古籍出

版社，1986年

方孝岳　　《中國文學批評》，北京：三聯書店，1986年

方祖燊　　《漢詩研究》，台北，正中書局，1967

馮友蘭　　《中國哲學史》，香港：太平洋圖書公司，1959

復旦大學中文系編　　《中國文學批評史》，上海：上海古籍出
　　版社，1979－85

高　棅　　《高漫士嘯臺集》，明成化十九年（1483）刊本

高　棅　　《木天清氣集》，明成化二十年（1484）刊本

高　棅　　《唐詩品彙》，上海：上海古籍出版社，1982影印
　　明汪宗尼刊本

高棅選，張恂重訂　　《唐詩品彙》，明崇禎年間本

高棅編，桂天祥批點　　《批點唐詩正聲》，明嘉靖刊本

高棅編　《唐詩正聲》，明萬曆刊本

龔鵬程　　《江西詩社宗派研究》，台北：文史哲出版社，1984

龔鵬程　　《詩史本色與妙悟》，台北：學生書局，1986

龔顯宗　　《謝茂秦之生平及其文學觀》，政治大學碩士論文，
　　1973

龔顯宗　　《明七子詩文及其論評之研究》，中國文化學院博士
　　論文，1979

龔顯宗　　《明初詩文論研究》，台北：華正書局，1985

顧起綸　　《國雅品》，《歷代詩話續編》本

谷應泰　　《明史紀事本末》，台北：華世出版社，1976

郭紹虞　　《中國文學批評史》，上海：商務印書館，1934－47

郭紹虞輯　　《宋詩話輯佚》，北京：中華書局，1980

郭紹虞編，富壽蓀校點　≪清詩話續編≫，上海：上海古籍出版社，1983

何良俊　≪四友齋叢說≫，北京：中華書局，1959

何文煥輯　≪歷代詩話≫，北京：中華書局，1981

弘道文化公司編　≪詩話叢刊≫，台北：弘道文化事業公司，1978　，增補≪螢雪軒叢書≫

洪　邁　≪容齋隨筆≫，上海：上海古籍出版社，1978

胡應麟　≪少室山房類稿≫，≪續金華叢書≫本

胡應麟著，王國安校點　≪詩藪≫，上海：上海古籍出版社，1979

胡震亨著，周本淳校點　≪唐音癸籤≫，上海：上海古籍出版社，1981

胡　仔　≪苕溪漁隱叢話≫，香港：中華書局，1976

胡宗楙輯　≪續金華叢書≫，台北：藝文印書館，1979影印1924年本

黃海章　≪中國文學批評簡史≫（增訂本），廣州：廣東人民出版社，1981

黃庭堅　≪豫章黃先生文集≫，≪四部叢刊≫本

黃庭堅　≪山谷刀筆≫，上海：大達圖書供應社，1936

黃休復著，何韞若、林孔翼注　≪益州名畫錄≫，成都：四川人民出版社，1982

黃志民　≪王世貞研究≫，政治大學博士論文，1976

黃宗羲編　≪明文海≫，≪四庫全書≫本

黃宗羲撰，全祖望補　≪宋元學案≫，台北：世界書局，1983

四版

霍松林編　　《全國唐詩討論會論文選》，西安：陝西人民出版
　　社，1984

計有功　　《唐詩記事》，上海：中華書局，1965

紀昀等　　《四庫全書總目》，武英殿刊本

賈　島　　《二南密旨》，《學海類編》本

簡錦松　　《李何詩論研究》，台灣大學碩士論文，1980

簡錦松　　《明代中期文壇研究》，台灣大學博士論文，1987

姜公韜　　《王弇州生平與著述》，台北：台灣大學文史叢刊，
　　1974

焦　竑　　《國朝獻徵錄》，台北：學生書局，1965 影印明刊
　　本

皎然著，李壯鷹校注　　《詩式校注》，濟南：齊魯書社，1986

竟陵派文學研究會編　　《竟陵派與晚明文學革新思潮》，武昌：
　　武漢大學出版社，1987

康　海　　《對山集》，《四庫全書》本

孔穎達　　《周易正義》，《十三經注疏》本

孔穎達　　《毛詩正義》，《十三經注疏》本

孔穎達　　《禮記正義》，《十三經注疏》本

勞思光　　《中國哲學史》，台北：三民書局，1981

李開先著，路工輯校　　《李開先集》，上海：中華書局，1959

李東陽著，周寅賓點校　　《李東陽集》，長沙：岳麓書社，
　　1984 － 85

李東陽　　《懷麓堂詩話》，《歷代詩話續編》本

李夢陽　　《空同集》，《四庫全書》本

李夢陽　　《空同集》，明嘉靖十年（1531）刊本

李攀龍　　《滄溟先生集》，台北：偉文圖書公司，1976影印
　　明刊本

李攀龍編　　《古今詩刪》，《四庫全書》本

李攀龍編，徐中行訂　　《古今詩刪》，明萬曆汪時元刊本

李攀龍選，凌弘憲重編　　《唐詩廣選》，明吳興凌氏刊本

李攀龍選，森大來評釋，江俠菴譯述　　《唐詩選評釋》，香港
　　商務印書館，1958

李維楨　　《大泌山房集》，明萬曆金陵刊本

李延壽　　《南史》，北京：中華書局，1975

李澤厚　　《美的歷程》，北京：文物出版社，1981

李澤厚、劉綱紀主編　　《中國美學史》第一、二卷，北京：中
　　國社會科學出版社，1984－87

林　鴻　　《鳴盛集》，《四庫全書》本

鈴木虎雄著，洪順隆譯　　《中國詩論史》，台北：商務印書館，
　　1972

劉　攽　　《中山詩話》，《歷代詩話》本

劉大杰　　《中國文學發展史》，上海：上海古籍出版社，1982
　　重印1962年版

劉　基　　《誠意伯文集》，《四部叢刊》本

劉　績　　《霏雪錄》，《學海類編》本

劉克莊　　《後村先生大全集》，《四部叢刊》本

劉勰著，王利器校箋　　《文心雕龍校證》，上海：上海古籍出

版社，1980

劉　因　　《靜修先生文集》，《四部叢刊》本

羅聯添編　　《中國文學史論文選集》，台北：學生書局，1979

逯欽立　　《漢魏六朝文學論集》，西安：陝西人民出版社，
1984

逯欽立編　　《先秦漢魏晉南北朝詩》，北京：中華書局，1983

陸　深　　《儼山集》，《四庫全書》本

呂本中　　《童蒙詩訓》，《宋詩話輯佚》本

馬茂元　　《晚照樓論文集》，上海：上海古籍出版社，1981

梅堯臣著，朱東潤編年校注　　《梅堯臣集編年校注》，上海：
上海古籍出版社，1980

敏　澤　　《中國文學理論批評史》，北京：人民文學出版社，
1981

歐陽修　　《歐陽文忠公集》，《四部叢刊》本

歐陽修　　《六一詩話》，（與《白石詩話》，《瀟南詩話》合
刊），北京：人民文學出版社，1983

潘光統編　　《唐音類選》，明嘉靖刊本

彭定求等編　　《全唐詩》，北京：中華書局，1979

皮朝綱　　《中國古代文藝美學概要》，成都：四川省社會科學
院出版社，1986

平野彥次郎　　《唐詩選研究》，東京：明德出版社，1974

齊治平　　《唐宋詩之爭概述》，長沙：岳麓書社，1984

錢大昕　　《潛研堂文集》，《四部叢刊》本

錢謙益　　《列朝詩集小傳》，上海：上海古籍出版社，1983

錢鍾書編　　《宋詩選註》，北京：人民文學出版社，1979

屈萬里　　《普林斯敦大學葛思德東方圖書館中文善本書志》，
　　台北：藝文印書館，1975

瞿　佑　　《歸田詩話》，《歷代詩話續編》本

阮元刊　　《十三經注疏》，台北：藝文印書館，1965影印

邵天和編　　《重選唐音大成》，明嘉靖五年宜興刊本

邵懿辰著，邵章續錄　　《增訂四庫簡明目錄標注》，上海：上
　　海古籍出版社，1979

沈德潛編　　《唐詩別裁集》，上海：上海古籍出版社，1979

沈德潛著，霍松林校注　　《說詩晬語》（與《原詩》、《一瓢
　　詩話》合刊），北京：人民文學出版社，1979

沈德潛、周準編　　《明詩別裁集》，上海：上海古籍出版社，
　　1979

沈節甫輯　　《紀錄彙編》，明刻本

沈子來編　　《唐詩三集合編》，明天啓四年（1624）吳興刊，
　　清康熙修補本

施閏章　　《蠖齋詩話》，《清詩話》本

司馬光著，王亦令點校　　《稽古錄點校本》，北京：中國友誼
　　出版社，1987

宋　濂　　《宋文憲公全集》，《四部備要》本

宋　濂　　《元史》，北京：中華書局，1976

宋　訥　　《西隱集》，《四庫全書》本

蘇伯衡　　《蘇平仲文集》，《四部叢刊》本

蘇軾著，孔凡禮校點　　《蘇軾文集》，北京：中華書局，1986

孫琴安　　≪唐詩選本六百種提要≫，西安：陝西人民教育出版
　　社，1987

孫　濤　　≪全唐詩話續編≫，≪清詩話≫本

唐順之　　≪唐荊川集≫，≪四部叢刊≫本

王　行　　≪半軒集≫，≪四庫全書≫本

王　褘　　≪王忠文公集≫，≪四庫全書≫本

王　楙　　≪野客叢書≫，≪叢書集成新編≫本

王若虛　　≪滹南詩話≫，≪歷代詩話續編≫本

王世懋　　≪王奉常集≫，萬曆十七年（1589）吳邵王氏家刊本

王世懋　　≪藝圃擷餘≫，≪歷代詩話≫本

王世貞　　≪弇州山人四部稿≫，台北：偉文圖書公司，1976
　　影印明刊本

王世貞　　≪弇州山人續稿≫，台北：文海出版社，1970影印
　　明刊本

王世貞　　≪讀書後≫，≪四庫全書≫本

王世貞　　≪明詩評≫，≪紀錄彙編≫本

王世貞　　≪藝苑卮言≫，≪歷代詩話續編≫本

王士禎著，張宗柟纂集，戴鴻森校點　　≪帶經堂詩話≫，北京：
　　人民文學出版社，1982

王士禎等著，周維德箋注　　≪詩問四種≫，濟南：齊魯書社，
　　1985

王守仁　　≪王陽明全集≫，台北：正中書局，1970台四版

王文才、張錫厚輯　　≪升庵著述序跋≫，昆明：雲南人民出版
　　社，1985

王文生　　《臨海集》，西安：陝西人民出版社，1983

王　瑤　　《關於中國古典文學問題》，上海：古典文學出版社，
　　　　1956

王直方　　《王直方詩話》，《宋詩話輯佚》本

魏慶之　　《詩人玉屑》，上海：上海古籍出版社，1978

魏　徵、令狐德棻　　《隋書》，北京：中華書局，1973

吳國倫　　《甔甀洞稿、續稿》，明萬曆刊本

吳　晗　　《胡應麟年譜》，《清華學報》，第 9 卷，第 1 期
　　　　（ 1934 ），頁 183 — 252

吳　可　　《藏海詩話》，《歷代詩話續編》本

吳訥著，于北山校點　　《文章辨體序說》（與徐師曾《文體明
　　　　辨序說》合刊），香港：太平書局，1965

吳　喬　　《圍爐詩話》，《清詩話續編》本

吳之器　　《婺書》，崇禎十四（ 1641 ）刊本

蕭繼宗　　《孟浩然詩說》，台北：商務印書館，1969

蕭統編，李善注　　《文選》，北京：中華書局，1977 影印胡
　　　　克家刻本

謝　榛　　《四溟山人全集》，台北：偉文圖書公司，1976 影
　　　　印明刊本

謝　榛　　《四溟詩話》，《歷代詩話續編》本

謝榛著，李慶立、孫慎之箋注　　《詩家直說箋注》，濟南：齊
　　　　魯書社，1987

許建崑　　《王世貞評傳》，東海大學碩士論文，1976

許建崑　　《李攀龍文學研究》，台北：文史哲出版社，1987

許學夷著，杜維沫校點　《詩源辯體》，北京：人民文學出版社，1987

許學夷　《詩源辯體》，1921年上海惲毓齡刊本

徐陵編，吳兆宜注，程琰刪補　《玉臺新詠箋注》，北京：中華書局，1985

徐師曾　《文體明辯》，京都：中文出版社，1982影印和刻本

顏婉雲　《王世貞<藝苑卮言>詩論析論》，香港大學碩士論文，1975

嚴可均輯　《全上古三代秦漢三國六朝文》，北京：中華書局，1958

嚴羽著，郭邵虞校釋　《滄浪詩話校釋》，北京：人民文學出版社，1983

楊　愼　《升庵集》，《四庫全書》本

楊愼著，焦竑輯　《升庵外集》，台北：學生書局，1971影印萬曆本

楊　愼　《升庵詩話》，《歷代詩話續篇》本

楊愼著，王仲鏞箋證　《升庵詩話箋證》，上海：上海古籍出版社，1987

楊愼著，王仲鏞、王大厚箋注　《絕句衍義箋注》，成都：四川人民出版社，1986

楊士弘選　《唐音》，元至正四年刊本

楊士弘選　《唐音》，《四庫全書》本

楊士弘選，張震輯註　《唐音輯註》，建安葉氏刊本

楊士弘選，顧璘批點　　《批點唐音》，《湖北先正遺書》本

楊士奇　　《東里集》，《四庫全書》本

楊士奇　　《文淵閣書目》，《四庫全書》本

楊松年　　《中國古典文學批評論集》，香港：三聯書店，1987

楊　載　　《詩法家數》，《歷代詩話》本

葉　盛　　《水東日記》，《四庫全書》本

葉　適　　《水心文集》，《四部叢刊》本

葉子奇　　《草木子》，北京：中華書局，1959

游國恩、王起、蕭滌非、季鎮淮、費振剛等主編　　《中國文學
　　史》，北京：人民文學出版社，1979

于安瀾編　　《畫品叢書》，上海：上海人民美術出版社，1982

虞　集　　《雍虞先生道園類稿》，元至正五年（1345）刊本

元好問編，郝天挺注，廖文炳解，何義門評註　　《唐詩鼓吹評
　　詮》，上海：文明書局，1919

元結等選　　《唐人選唐詩（十種）》，香港：中華民局，1958

袁宏道著，錢伯城箋校　　《袁宏道集箋校》，上海：上海古籍
　　出版社，1981

袁枚著，顧學頡校點　　《隨園詩話》，北京：人民文學出版社，
　　1982

袁　袠　　《皇明獻實》，台北：文海出版社，1970影印明抄
　　本

袁中道　　《珂雪齋前集》，台北偉文圖書公司，1976影印明
　　刊本

袁宗道著，阿英校點　　《白蘇齋類集》，《中國文學珍本叢書》，

上海：上海雜誌公司，1935

張少康　　《中國古代文學創作論》，北京：北京大學出版社，
　　1983

張廷玉等　　《明史》，北京：中華書局，1974

張彥遠　　《法書要錄》，《叢書集成新編》本

張　載　　《歲寒堂詩話》，《歷代詩話續編》本

趙岐注，孫奭疏　　《孟子注疏》，《十三經注疏》本

中國社會科學院文學研究所編　　《中國文學史》，北京：人民
　　文學出版社，1984

周弘祖　　《古今書刻》（與高儒《百川書志》合刊），上海：
　　古典文學出版社，1957

周勛初　　《文史探微》，上海：上海古籍出版社，1987

周質平　　《公安派的文學批評及其發展》，台北：商務印書館，
　　1986

朱　弁　　《風月堂詩話》，《寶顏堂秘笈》本

朱東潤　　《中國文學批評史大綱》，上海：上海古籍出版社，
　　1983

朱　熹　　《朱子大全》，《四部備要》本

朱熹著，黎靖德編　　《朱子語類》，北京：中華書局，1986

朱　熹　　《詩集傳》，台北：藝文印書館，1976再版

朱彝尊　　《曝書亭集》，《四部備要》本

朱彝尊編　　《明詩綜》，台北：世界書局，1970再版

朱自清　　《朱自清古典文學論集》，上海：上海古籍出版社，
　　1981

莊　昶　　《定山集》，《四庫全書》本

宗　臣　　《宗子相集》，明萬曆二十七年（1599）刊本

(二)

陳國球　　《<詩藪>與胡應麟詩論》，《中外文學》，第12卷，
　　　　第8期（1984年1月），頁176－180

陳國球　　《文學結構的生成、演化與接受——伏迪契卡的文學
　　　　史理論》，《中外文學》，第15卷，第8期（1987年1月），
　　　　頁64－96

陳志明　　《謝榛生平及其<四溟詩話>述評》，《中國古典文
　　　　學論叢》，第5輯（1987年9月），頁309－323

黃如文　　《弇州先生文學年表》，《文學年報》，第4期
　　　　（1938年4月），頁189－226

簡錦松　　《論明代嘉靖以前之臺閣體與臺閣文權之下移》，
　　　　《古典文學》，第9集，1987年4月，頁289－354

逯欽立　　《漢詩別錄》，《中央研究院歷史語言研究所集刊》，
　　　　第13本（1948年9月），頁269－334

呂正惠　　《南宋詩論與江西詩派》，《第一屆中國文學批評研
　　　　討會》論文，（1987年6月）

馬積高　　《江西詩派與理學》，《文學遺產》，1987年第2
　　　　期（4月），頁66－74

饒宗頤　　《陳白沙在明代詩史的地位》，《東方雜誌》，復刊
　　　　第1卷，第2期，（1967年9月），頁31－34

邵　紅　　《公安竟陵文學理論的探究》，《思與言》，第12卷，
　　　　　第 2 期（ 1974 年 7 月 ），頁16－23

邵　紅　　《明代前七子的時代背景及文學理論》，《幼獅學誌》，
　　　　　第18卷，第 1 期，（ 1984 年 5 月 ），頁67－100，第18卷，
　　　　　第 2 期（ 1984 年10月 ），頁71－ 129

施子愉　　《唐代科舉制度與五言詩的關係》，《東方雜誌》，
　　　　　第40卷，第 8 期（ 1944 ），頁37－40

俞大綱　　《紀唐音統籤》，《中央研究院歷史語言研究所集刊》，
　　　　　第 7 本，第 3 分（ 1936 年11月 ），頁 355 － 384

趙昌平　　《從鄭谷及其周圍詩人看唐末至宋初詩風動向》，
　　　　　《文學遺產》，1987 年第 3 期（ 6 月 ），頁33－42

鄭　文　　《論 " 枚乘 " 詩》，《中華文史論叢 》，1979 年第
　　　　　3 輯（ 9 月 ），頁 225 － 240

周本淳　　《胡震亨的家世生平及其著述考略》，《杭州大學學
　　　　　報 》，1979 年第 4 期（ 12 月 ），頁 56 － 60 、 68

周本淳　　《有關胡震亨材料補正》，《杭州大學學報 》，
　　　　　1982 年第 3 期（ 9 月 ），頁 115 － 120

周勛初　　《從 " 唐人七律第一 " 之事看文學觀念的演變》，
　　　　　《文學評論 》，1985 年第 5 期（ 9 月 ），頁 110 － 123

（三）

Bojtar,Endre. *Slavic Structuralism.*　Amsterdam: John
　　Benjamins, 1985.

Eliot, T.S.. *Selected Prose*. Harmondsworth,Middlesex:
Penguin Books Ltd., 1953.

Fokkema, Douwe and Elrud Kunne-Ibsch. *Theories of
Literature in the Twentieth Century*. London: C. Hurst
& Co ; 1977.

Gombrich, E. H. *Norm and Form: Studies in the Arts of
the Renaissance*, 3rd edn. London & New York:
Phaidon Press,1978.

Jauss, Robert. *Toward an Aesthetic of Reception*,Brighton:
Harvester Press,1982.

Liu,James J.Y.(劉若愚). *Chinese Theories of Litera-
ture*. Chicago and London:The University of Chicago
Press,1975.

Margolin, Uri. " Historical Literary Genre: The Concept and
Its Uses. " *Comparative Literature Studies*, Vol. 10,
No. 1 (March,1973), pp. 551 − 59.

Steiner, P.,M.Cervanka and R. Vroon ed. *The Structure of
the Literary Process*. Amsterdam: John Benjamins,
1982.

Wellek,René. *Concepts of Criticism*. New Haven and
London: Yale University Press, 1963.

Wellek,René and Austin Warren. *Theory of Literature*,
3rd edn. New York: Harcourt, Brace & World Inc.,
1966.

Wong, Siu-kit（黃兆傑）. "A Reading of the Ssu-ming shih-hua,"*Tamkang Review*, Vol. 2, No. 2／Vol. 3, No. 1（1971—1972）, pp. 237—249.

Wong, Tak-wai（黃德偉）. " Period Style and Periodization: A Survey of Theory and Practice in the Histories of Chinese and European Literature," *New Asia Academic Bulletin*, Vol. 1（1978）, pp. 45—67.

..., Smith, ... "A Tradition of the Storytelling ...," ... *Chinese Literature*, Vol. 3, No. 3, ... Vol. 2, ..., 1972, pp. ... .

..., Pak, ..., "... Period with Anecdotal ... various ... forms of the Yuan era, based on the ... Anthology of Chinese and Burmese Literatures," ..., *... International (?)*, Vol. 5, 1975, pp. ...

後　記

　　本書初稿爲提交香港大學中文系博士課程的學位論文；撰寫期間曾蒙香港浸會學院左松超敎授、東海大學許建崑敎授、政治大學黃景進敎授、中山大學簡錦松敎授、淡江大學龔鵬程敎授、上海復旦大學王國安敎授、江蘇淮陰師專周本淳敎授等惠贈大作或提示相關資料，馮平山圖書館、中文大學圖書館、中央圖書館、葛思德圖書館、哥倫比亞大學圖書館、多倫多大學圖書館等惠予方便，特別在普林斯頓大學訪書期間，得朱鴻林博士及容世誠兄鼎力幫忙，謹此敬申謝忱。本書之能出版，有賴龔鵬程敎授的支持和鼓勵，於此再致謝意。香港中文大學黃繼持敎授曾審議本書初稿，賜益良多，現在又惠贈鴻文，更需言謝。至於陳師炳良敎授在這十多年來照顧和關懷的情誼，又非紙墨能宣，謹銘刻於中。

陳　國　球　　一九八九年十月十一日
於加拿大多倫多之柳谷

國立中央圖書館出版品預行編目資料

唐詩的傳承:民代復古詩論研究／陳國球著 -- 初版 --
臺北市：臺灣學生，民79
18,357 面；21 公分 --（中國文學研究叢刊；27）
ISBN 957-15-0134-4（精裝）
ISBN 957-15-0135-2（平裝）

1.中國詩 - 歷史與批評 - 唐（ 618-907 ）
821.84   79000177

唐詩的傳承—明代復古詩論研究(全一冊)

著作者：陳　　　國　　　球
出版者：臺　灣　學　生　書　局
本書局登
記證字號：行政院新聞局局版臺業字第一一〇〇號
發行人：丁　　　文　　　治
發行所：臺　灣　學　生　書　局
　　　　臺北市和平東路一段一九八號
　　　　郵政劃撥帳號〇〇〇二四六六~八號
　　　　電　話：3 6 3 4 1 5 6
　　　　FAX:(02)3636334
印刷所：淵　　明　　印　　刷　　廠
　　　　地　址：永和市成功路一段43巷五號
　　　　電　話：9 2 8 7 1 4 5
香港總經銷：藝　文　圖　書　公　司
　　　　地址：九龍偉業街99號連順大厦五字
　　　　樓及七字樓　電話：7959595

定價　精裝新台幣三二〇元
　　　平裝新台幣二七〇元

中 華 民 國 七 十 九 年 九 月 初 版